David en Jona

D1137901

De Tillerman-boeken van Cynthia Voigt

1. *Onder de blote hemel* (1985)
2. *Samen onder dak* (1985)
3. *Het verhaal van Dicey* (1986)
4. *Niemand anders dan ik* (1987)
5. *De hardloper* (1987) Zilveren Griffel 1988
6. *Wilhemina Smiths* (1989)
7. *De verloren vader* (1989)
8. *Alles op één kaart* (1990)

Cynthia Voigt
David en Jonathan

Amsterdam

Em. Querido's Uitgeverij B.V.

1992

STICHTING NEDERLANDSE
KINDERJURY
1993

M 92/47
6604M

Oorspronkelijke titel: *David and Jonathan* (Charles Scribner's Sons, New York).

Vertaald door Els Pelgrom.

ISBN 90 214 8627 X / CIP / NUGI 222

Voor Robin

Inhoud

1967
11

1952
25

1967
193

Een geheugensteuntje

September 1939 – augustus 1945
Tweede wereldoorlog. Jodenvervolging, in Europa zes miljoen joden vermoord.

December 1941
De Japanners vallen Pearl Harbor aan, een Amerikaanse marinebasis op Hawaii, en betrekken zo de Verenigde Staten bij de oorlog.

Juni 1950 – juli 1953
Koreaanse oorlog. Na de wereldoorlog ontstond ook in Korea en in Vietnam een soort IJzeren Gordijn. In 1950 riep Zuid-Korea de Amerikanen te hulp tegen infiltraties van het communistische Noorden.

Maart 1965 – januari 1973
Vietnamese oorlog. Deze lange en wrede oorlog is enigszins vergelijkbaar met de Koreaanse: De Verenigde Staten werden door Zuid-Vietnam te hulp geroepen tegen het communistische Noorden.

1967

Hij liep tussen de rijen bedden door naar het eind van de zaal, rechte rijen, elk bed precies gelijk aan dat ernaast, als de kruisen op een militaire begraafplaats. Hij liep om de wagentjes heen die op het middenpad stonden; er werden appels en crackers met pindakaas uitgedeeld aan wie eten kon. Niemand vroeg hem wat; had iemand dat wel gedaan, dan zou hij geen antwoord hebben gegeven, waarschijnlijk zou hij het niet eens gehoord hebben. Het was december; het licht van de tropen viel in banen de zaal in, door de drukkende tropische hitte was de lucht tastbaar zwaar.

Hij liep door tot aan de kleine afgeschoten ruimten achter in de zaal, die in een militair hospitaal voor de Intensive Care door moesten gaan. Daar lag de man die hij zocht, in een van die kleine ruimten. Alleen, bewegingloos, zonder geluid. Het hospitaallaken lag, keurig omgeslagen, in een rechte lijn over zijn borstkas. Uitgemergelde armen, met knobbelige gewrichten en lange dunne botten, lagen boven op het laken langs het lichaam gestrekt. De bovenste helft van zijn hoofd leek vreemd gezwollen door het verband eromheen; uit een infuus druppelde gestaag glucose in zijn arm.

Dit hier leek helemaal niet op Jon. Dit leek niet op iets menselijks, niet op iets dat leefde. Wat er nog over was van de armspieren zat strak om gewrichten en beenderen heen. Op de armen lagen dikke blauwe aderen. Het leek of het lange smalle lichaam onder het laken uit drie afzonderlijke delen bestond: gebogen ribben, omhoogstekende heupbeenderen, tenen in de houding aan het eind van de uitgeteerde benen. In wat van het gezicht te zien was, staken de botten zo scherp naar buiten dat het haast op een reliëf leek. De lippen waren ontspannen, hingen slap. Dit leek helemaal niet op Jon... het was net of het Jon niet was...

maar hij was het wel. Henry Marr, chirurg, kapitein pro tem*, u.s.a., liep naar het hoofdeind van het bed en legde zijn hand op Jons schouder, en vroeg zich bij zichzelf af of hij nu moest gaan staan toekijken hoe Jon stierf.

Het ronde gewricht voelde hard aan onder zijn vingers. De man op het bed was zwaar verdoofd en sliep door. Het duurde een tijd voor Henry naar het voeteneind van het bed toe ging en Jons kaart oppakte.

De kolonel zat in de kantine oploskoffie uit een plastic bekertje te drinken, dik van de saccharine en de poedermelk. 'Marr, jij hebt vannacht dienst, ik heb jou op de lijst gezet.'

Henry ging tegenover de kolonel zitten. Hij vouwde zijn armen over elkaar op het formica blad van de tafel.

'Alles goed met je?'

'Jawel,' zei Henry. 'Alleen moe.'

'Verbaast me niets. Jij had hier al maanden geleden weg moeten zijn. Begrijp me niet verkeerd, Marr, ik waardeer je hulp en schat heus je diensten naar waarde... maar echt, je zou zo'n baan die de ziekenhuizen thuis in het goede vaderland je telkens aanbieden moeten accepteren. Als ik er de tijd voor had, Marr, zou ik me zorgen over je maken.'

'Ik weet wie een van de kerels is die gisteravond werden binnengebracht, een van de gevangenen.'

'Die aan zijn ruggegraat gewond is, of die aan zijn hoofd?'

'Nafiche, Jonathan. Hij werd sinds mei vermist. Die met de hoofdwond.'

'Ik zal de papieren laten komen. Ben je er zeker van?'

'Ja.'

De kolonel dronk zijn koffie op en dacht in stilte na. 'Heb je de foto's al gezien?'

Die had Henry niet gezien.

'Ken je hem?'

'Ben samen met hem opgegroeid.'

'Jij komt er het eerst voor in aanmerking om met hem aan de slag te gaan.'

pro tempore: tijdelijk.

14

'Je kunt hem nu niet opereren... dat zou hij nooit overleven.'

'Bekijk eerst die foto's eens en zie wat je er dan van zegt.'

'Ik kan het niet doen,' zei Henry. Hij was van alle chirurgen van de Medische Dienst het best in dit soort operaties.

De kolonel haalde zijn schouders op. 'Misschien komt het probleem niet eens aan de orde. Er schijnt pal naast hem een granaat te zijn ontploft.'

'Kan hij niet naar Tokio? Daar zijn ze erop ingericht... ik ken wel iemand in Boston aan wie ik vragen kan daarheen te vliegen... We zouden hem naar Tokio kunnen sturen.'

'Jawel, dat zouden we kunnen,' gaf de kolonel toe. 'Maar dan is de kans groot dat hij uiteindelijk alleen nog een zak nodig heeft om zijn lijk in naar huis te sturen. Hij zit vol met scherven, Marr, en er zit er een heel diep. Die kon wel eens bezig zijn nog dieper te kruipen, dat doet-ie waarschijnlijk al, en als hij dan een hersenbloeding krijgt, heeft het leger er weer een oorlogsinvalide bij die ze de rest van zijn leven moeten onderhouden, als hij er ten minste niet in blijft. Bekijk de foto's maar eens,' raadde hij nog eens.

Die hele avond en ook de volgende dag was Henry in afwachting of Jon zou sterven, of bij kennis kwam. Toen hij niet doodging, zorgden ze ervoor dat hij zich in bed niet kon bewegen; ze zetten zijn hoofd tussen twee metalen klemmen om het stil te houden, en bonden riemen over zijn borst, bekken, polsen en enkels. Wanneer Henry maar kon, als hij elders geen plichten te vervullen had, zat hij op een rechte hospitaalstoel naast Jons bed.

Hoe vaak had hij Jon niet al slapend gezien! Dat eerste jaar op Harvard, toen hij als hij de deur van hun kamer opendeed, nooit wist of hij Jon al dan niet half over een meisje heen slapend zou aantreffen, op welk uur van de dag, welk uur van de nacht ook, en de hele kamer stonk dan naar parfum en naar sex. Tot hij ten slotte gevraagd had: 'Wat wil je toch, probeer je nou echt elke griet in Cambridge te naaien?' Jon had alleen maar gelachen. 'Ben je jaloers, Henkie?' Daar had Henry geen antwoord op gegeven. 'Misschien zou je een briefje op de deur kunnen hangen om me te waarschuwen?' vroeg hij. 'Waarschuwen?' zei Jon. 'Wel een beetje merkwaardige woordkeus, hè? Wat zou er dan op dat briefje moeten staan? Voorzichtig, spelende kinderen? *Mene mene tekel upharsin*?* Of wat vind je van *caveat emptor***, hoewel ik met trots kan zeggen dat er van kopen geen sprake is. Als je je dat soms af mocht vragen.' Jon wou het per se verkeerd begrijpen en daarom maakte Henry er verder geen punt van. Hij verhuisde naar een eenpersoonskamer. Jon ging politieke wetenschappen doen en hield het bij nog maar één meisje; Henry begon aan zijn propedeutisch jaar en was getuige bij Jons huwelijk. Jon ging naar Chicago, 'om talen te studeren, om op meer manieren hetzelfde te leren zeggen'. Henry ging medicijnen studeren. Meestal wachtte Henry tot Jon hem vanuit Chicago in Boston belde, want hij wilde zich niet opdringen aan een getrouwd man met zijn eerste kind op komst, en wat hij aan Jon ook te vragen had, meestal was dat iets dat ook wel kon wachten. Jon raadde hem aan verloskunde te gaan doen, toen Henry hem om zijn mening vroeg. 'Maar ik heb van nature veel meer aanleg voor chirurgie,' pleitte Henry. 'En met chirurgie is het zo dat je de helft van de tijd niet meer doen kunt dan... dan een leven een beetje rekken, of de schade beperken.' 'Wat jammer nou!' zei Jon spottend. 'Schei uit, Jon, je weet best wat ik bedoel. Wat vind jij nu echt?' 'Ik zou verloskunde gaan doen, als ik voor de keus stond.' 'Ja, maar jij maakt altijd overal grappen over, of je maakt het op een gekke manier melodramatisch. Jij houdt er nou eenmaal van om met alles de draak te steken.' 'Nu onderschat je mij toch, Henk. Dat zou je niet moeten doen. Jij zeker niet.' Henry zei maar niets meer. 'Trouwens, wat gebeurt er de andere helft van de tijd?' had Jon nog gevraagd.

Verdiept in herinneringen dronk Henry de ene beker thee na de ander leeg, en onderwijl keek hij naar Jon, die nog steeds niet doodging, en nog meer herinneringen kwamen er bij hem naar boven. Ver, heel ver naar het westen, was een schiereiland dat de Atlantische Oceaan in stak, en daar moest het nu koud zijn, die bijtende kou van december. Bij eb liet de zee daar randen ijs op de witte stranden achter, die op repen witte kant leken, als

*mene mene tekel upharsin: (onheils)teken aan de wand.
**caveat emptor: de koper zij op zijn hoede.

16

offeranden aan het vasteland. Hier leek het wel april, maar dan wel een april die zich had uitgedost in kleuren en stoffen van augustus, puntige, donkergroene bladeren, een overdaad aan oranjeroze fluweelachtige bloesems. Henry wist niet waardoor hij zich nog het meest ontheemd voelde, doordat er geen seizoenen waren of door het ontbreken van de zee. De zee, dacht hij, die de eeuwige klank van droefenis brengt – zoals geschreven staat. Een eeuwige klank was het, waarvan dan ook – dat eindeloze dreunen van de branding die langzaam uitvloeide over het zand.

En wat hier lag leek zelfs helemaal niet op Jon. Want Jon... die zag eruit als een bruidegom, als de bruidegom van het leven, of iets dergelijks... zo had hij eruitgezien op zijn trouwdag, toen Henry naar Jon had gekeken hoe die naar Laurie keek, met zijn donkere ogen die schitterden van liefde en verlangen en lachen. Maar hij moest in dienst, kort nadat hij zijn doctoraal had gedaan... en daarna had hij bijgetekend. Hij had Henry niet opgebeld om dat te vertellen. Henry kon er zich geen voorstelling van maken wat de tijd en dit stuk geschiedenis met Jon gedaan hadden, en daarom leunde hij naar voren toen het lichaam op het bed eindelijk even bewoog, bereid alles te horen en alles te aanvaarden.

'Zo, Mo-ri-arty...' zei Jon met gebarsten stem. 'Wij-zien-el-kaar-dus-weer.'

'Ik hoopte zo dat ik je niet hier zou zien.' De zuivere waarheid.

'Henk, ik...' zijn lippen bewogen moeizaam, 'word net... wakker. Je kunt niet... nu al... boos op mij zijn.'

'Nee, dat is waar.' Henry was het met hem eens.

'Henry,' zei Jon. 'Henry.' Hij lag stil, ademde zwaar. 'Ik ben... vast... gebonden.'

'We willen niet dat je je beweegt. Hoe voel je je? Ik weet wel dat het een stomme vraag is.'

'Ik voel me... vastgebonden. Afschuwelijk.'

'Honger?'

'Nee.' Hij wachtte, begon toen weer te praten. 'Is dit... chirurgie?'

'Ja. We willen wel graag dat je wat eet.'

17

'Ben moe.'

'Verbaast me niets. Goed dan. Ga maar weer slapen.'

'Zo... dadelijk.' Jon wachtte, alsof er nog kracht in hem zat die hij verzamelen kon. 'Jij zou... naar huis gaan. In juli.' Hij liet Henry tijd om te antwoorden. 'Ik heb pijn,' zei hij en toen vragend: 'Henry?'

'Ik zal je een injectie geven.'

'Ik kan niet... zien.'

'Is verband,' legde Henry uit, en stond op.

'Alleen dat?'

'Nee.' Hij zweeg. Jon zweeg. 'Wil je dat nu weten?'

'Ben jij mijn dokter?'

'Ik geloof het wel.'

'Vertel het... me dan maar... morgenvroeg. Zoals geschreven staat... elke dag... heeft genoeg... aan zijn eigen goede nieuws*.'

Henry draaide zich om en keek naar de figuur op het bed. 'Zo staat het helemaal niet geschreven.'

'Mijn injectie,' waarschuwde Jon.

Omdat het de tijd van Kerstmis was, waren de zalen versierd met aluminium kerstbomen, met plastic kransen, met kaartjes die met linten aan de muren waren geprikt. Een van de keren dat Henry bij Jon binnenkwam om even naar hem te kijken, haalde hij de krans van het gordijn dat hem van de andere gewonden scheidde. Een verpleegster keek naar hem, maar had niet de moed iets te vragen. 'Hij is joods,' legde Henry haar uit. 'Dat staat niet op zijn kaart,' antwoordde de verpleegster. Henry pakte de kaart van het voeteneind van het bed en vulde in: joods.

'Je eet niet genoeg,' zei hij tegen de onbeweeglijke figuur.

'Wat is er toch met je gebeurd, Henk? Vroeger was je nooit zo'n mopperkont.'

Henry gaf daar maar geen antwoord op. Hij trok een stoel tot dicht bij Jons hoofd en ging zitten. 'Hoe voel je je?'

'Beter. Je kunt je niet voorstellen hoeveel beter ik me voel. Verschrikkelijk. Hoe zie ik eruit?'

Henry wist niet goed wat hij daarop zeggen moest.

Mattheus 6 : 34: elke dag heeft genoeg aan zijn eigen kwaad.

'Is het zo erg?'

'Ja. Ik heb hier een beetje bouillon, heldere bouillon, waarschijnlijk kip, waarschijnlijk uit een pakje, en je zal het wel niet erg lekker vinden. Doe je mond open.'

Het duurde een poos voor Jons mond openging. Henry goot er een lepelvol van de vloeistof in. Hij zag hoe de keel bewoog. 'In elk geval praat je beter. Open.'

Jon slikte nog een lepelvol naar binnen.

'We moeten zorgen dat je een beetje aansterkt,' zei Henry.

'Jawel, de laatste keer dat ik mezelf eens goed heb bekeken, zag ik er niet al te best uit.'

'Je werkt niet mee. Open.'

'Ik ben te moe.'

'Jon...' Het verbaasde Henry niets. En met haast een gevoel van voldoening dacht hij: iedere wijngaard kan onvruchtbaar worden gemaakt, tijd en weder dienende. Hij ging door met de lepel naar de mond brengen, drong aan: 'Jon.'

'Ik ben écht moe, Henry. Niet zoals jij denkt.'

'Hoe weet jij nou wat ik denk?'

'Dat weet ik, dat weet ik gewoon. Kunnen we er niet een andere keer ruzie over maken?'

Er viel niet aan te twijfelen dat er niets anders op zat, hij zou ermee door moeten gaan, gewoon door ermee door te gaan. En Henry voerde Jon geklutste eieren en runderbouillon.

'Ik zou beter kunnen eten als je me rechtop liet zitten,' zei Jon. 'En met een scheutje cognac zou een geklutst ei veel lekkerder zijn.'

'Iemand zal je moeten opereren.'

'Jij?'

Henry gaf geen antwoord.

'Je weet wat er in de talmoed staat.'

Nee, dat wist Henry niet, en dat wist Jon heel goed.

'De beste dokter is voorbestemd voor Gehenna*. Zeg eens eerlijk, hoe zie ik eruit?'

Het beeld dat onmiddellijk bij Henry opkwam was dat van

*Gehenna: de hel.

19

een foto die hij gezien had van de overlevenden achter het prikkeldraad van de vernietigingskampen. 'Heb je wel eens iemand gezien die polio had?' vroeg hij.

'Alleen op foto's,' zei Jon. 'Wie zou dat gedacht hebben, dat zeven maanden slechte voeding zoveel schade aan konden richten. Heb je daar wel aan gedacht, Henk, dat het de zevende maand is? Die eerste zes ben ik zo'n beetje in afwachting van deze doorgekomen, en steeds stelde ik me voor dat ik een zware stem "Het is genoeg" zou horen zeggen, en dat ik dan eens ernstig na moest gaan denken over hoe ik mij eigenlijk het universum voorstel.'

Henry geloofde daar geen snars van. Hij voerde Jon nog wat meer soep en geklutst ei.

'Ze wisten dat wij daar waren. Al die tijd. Ze wisten het donders goed, en ze deden niets.'

'Dat kúnnen ze niet geweten hebben. Als ze het geweten hadden...'

'*Ik* wist dat daar mensen waren, ik wist dat daar een kamp was, of een tijdelijke post, al in maart wist ik dat. Dus wisten zij het ook. Q.E.D., Henry.'

'En waarom hebben ze dan niet...'

'Hoe moet ik dat weten? Er kwaad om worden dient ook nergens toe. Dat bedoelde ik niet.'

'Niets dient ergens toe. Wil je me erover vertellen?'

'Wil jij het horen?'

'Doe niet zo stom.'

'Dat ben ik niet,' verzekerde Jon. 'Misschien wel gek, of liever gezegd, dwaas, waarschijnlijk ben ik dat, maar stom niet. Nee, wat ik wou zeggen is, dat het daar net was alsof je omringd was door David, alsof je binnen in David leefde. Ik ben hem bijna dankbaar.'

'Ik niet,' zei Henry.

'Is je toegestaan. Hoewel, je moet toegeven dat hij alleen gewerkt heeft met materiaal dat er al was. Ik stel me zo voor dat David mij ingepakt heeft en me toen bij dat kamp heeft afgeleverd.'

'Dat deed de oorlog, en niet David. Vertel verder wat je bedoelt.'

'Op het laatst... dat duurde drie weken of misschien nog langer, ik raakte het gevoel voor tijd kwijt... Misschien was het korter, misschien alleen een dag zonder einde, een eindeloze nacht... Misschien doet het er ook niet toe hoe lang het duurde... achteraf. Op het laatst stopten ze me in een kooi. Van bamboe. Twaalf bamboe spijlen aan elke kant, twaalf voor de bovenkant, twaalf voor de onderkant, een volmaakte kubus van twaalf. Naakt. Ze namen me m'n hondepenning af, m'n trouwring... Zo'n armzalig, vastgepind schepsel was ik nog, Henk. De hele dag, de hele nacht. Stel je dat eens voor.'

Henry deed zijn best het zich niet voor te stellen. Hij slikte, slikte toen nog een keer.

'Als David niet bestaan had, zou ik er nooit doorheen gekomen zijn. Ik schaamde me zo vreselijk. Ik was zo bang.'

'Maar wat had je gedáán?' vroeg Henry, voordat hij kans zag de woorden in te slikken.

'Ik heb gebeden. Tenminste, ik geloof dat ik bad... mijn herinnering is niet erg duidelijk... het leek op bidden, Henry.'

'Nee, ik bedoel, waarom deden ze het? Wat had je uitgespookt?'

'Misschien wat te veel kritiek op het eten?'

Dat was natuurlijk onzin, en Jon was niet dom. Henry zei, nogal ten overvloede: 'Het is nu in elk geval over, het is voorbij.'

'Ik heb het achter me,' zei Jon. 'Maar voor anderen is het niet voorbij of afgelopen, weet je. Dat moet ik mijzelf steeds voorhouden.'

'Waarom?'

'Omdat... omdat ik zo blij ben dat het voor mij voorbij is, dat ik dat wel eens kon vergeten. Dus nu zou ik graag eens willen horen over hoe jij intussen bent getrouwd. Of niet bent getrouwd. Waarom niet?'

'Wat?'

'Lang, knap, goed beroep, welgesteld. Fantastische genen...'

'Dat is belachelijk, Jon.'

'We zijn al over de dertig...'

'Nauwelijks...'

'Hoog tijd om de wereld met kleine Chapins te bevolken.'

'Ik zie niet in dat dat jou iets aangaat,' zei Henry.

'Doe niet zo opgeblazen en kakkerig tegen me, Henk.'

'Word eens een keer volwassen, Jon. Het wordt tijd.'

'Dat ben ik al lang, Henry. Waar ben jij toch zo bang voor?'

Bijna had Henry erom kunnen lachen. Als je Jon daar vastgebonden op een hospitaalbed zag liggen, omdat wat de ene politiek-militaire macht hem niet had aangedaan de andere hem wel geflikt had, of op het punt stond te flikken, zou je om die vraag bijna kunnen lachen.

Jon hield aan: 'Heb ik soms niet rustig aan de kant gestaan terwijl jij... hoeveel... wel vijftien jaar lang het leven op armlengte afstand hield? Moet je luisteren, een gelijkenis. De Gelijkenis van de Talenten. Er was eens een heer die voor lange tijd op reis ging. Hij had drie knechten. Hij gaf aan elk van zijn knechten talenten, voor de tijd dat hij weg zou zijn. De eerste knecht kreeg er een, de tweede vijf...'

'Maar dat is een echte gelijkenis,' zei Henry protesterend.

'Henk, dit is ook echt,' zei Jon. 'Dus denk erover na. Ik ben echt en jij bent echt, en David...'

'David is dood en heeft hier niets mee te maken. Niet meer.'

'Je hebt het alweer mis, Henry,' zei Jon.

1952

I

Een enkele golf vloeide langzaam uit op het strand. Een rij lage zandduinen was schaars met gras begroeid, dat landinwaarts wees. Daarboven dreef de lichtblauwe hemel, waar hier en daar een dunne wolk over was uitgeveegd.

Van achter een duin kwam behoedzaam een donker hoofd te voorschijn. Alles leek rustig, en dus kroop de jongen op ellebogen en knieën verder; zijn schouders deden telkens een ruk naar voren, alsof hij niet alleen zijn wapen maar ook nog een stel patroongordels op zijn rug droeg. Toen hij niemand zag en er dus geen gevaar was, stak hij zijn arm omhoog om de manschappen te beduiden dat ze verder konden gaan, voor hij zelf schuin langs het duin naar beneden kroop. Zijn brede gezicht glom van het zweet, en zweet plakte zijn krulhaar tegen zijn voorhoofd.

Als de jongen naar het zuidwesten had gekeken, zou hij de opgetogen vijand hebben kunnen zien, die met een stil gebaar zijn eigen peloton beduidde dat zij zich moesten verspreiden. Het bleef stil, totdat de vijand, toen hij het moment er rijp voor vond, overeind kwam, een oorlogskreet uitstootte, een granaat uit zijn riem trok, er met geoefende tanden de pin uit trok en die toen naar de jongen met het donkere haar toe smeet, die stomverbaasd in het zand viel en bewegingloos bleef liggen. De vijand stormde naar voren, met zijn handen liet hij alle kanten uit machinegeweervuur knallen.

Hij lag op zijn buik op de grond. De schouders schokten. Henry Marr zette zijn voet op de stevige rug en maakte zich op om hem met zijn bajonet de laatste stoot toe te dienen. Opeens rolde hij zich om, greep Henry bij zijn been en wierp hem omver, met zijn gezicht in het zand. Toen Henry zijn hoofd optilde en het zand uit zijn mond spoog, zat Jon nog aldoor te lachen.

'Jij trapt erin, altijd maar weer trap jij erin.'

'Nee, niet altijd.' Henry spoog nog een keer.

Daar ging Jon niet op in. 'Het is de alleroudste truc, je dood-houden, en jij trapt er altijd weer in. Op zo'n manier zul je heu-vel vierenveertigduizend-zevenhonderdzestien nooit houden... of welk pukkeltje op de aardkorst ook waarom ze elkaar nou weer afmaken. Oosterlingen zijn sluw, Noordkoreanen niet uitgezonderd, net als de joden.' Jon zat in kleermakerszit in de zon van Henry's beteutering te genieten.

Henry ging zitten. 'Die granaat zou je geraakt hebben. En an-ders wel het machinegeweervuur. En als je nog niet dood was, zou je toch veel te zwaar gewond zijn geweest om mij onderuit te halen.'

'Flauwekul.' Jon trok een ernstig gezicht, alleen zijn donkere ogen lachten. 'Ik lag veel te ver naar beneden voor de kogelregen en de granaat... die was net als die harde ballen van je, Henk, een beetje wild, hè... Kijk, die kwam hier terecht. Die heeft Shaugh-nessy de lucht in geblazen, moge zijn ziel rusten in vrede, hij be-loofde een eersteklas vechter te worden. Ik heb geen schram-metje. Zoals je ziet.'

'Kom nou, Jon, hij heeft je geraakt. Pal van voren.'

'Heeft me helemaal niet geraakt. Kwam een kilometer daar-heen terecht. Kijk maar...' Hij stak zijn lege hand naar voren. 'Shaughnessy's helm. Die heeft zijn plicht gedaan, hij gaf zijn leven om dat van zijn bevelvoerend officier te redden.'

'Dat is belachelijk.'

'Zou je dan misschien,' hij stak zijn andere lege hand naar voren, 'zou je dan misschien Shaughnessy's laars willen gelo-ven? Met zijn voet er nog in?'

'Dat is walgelijk.'

Jon liet het weerzinwekkende ding vallen. Hij graaide voor zich in het zand. 'Wat zeg je hier dan van? Een foto van Shaugh-nessy's heilige zuster, net zo zuiver als pasgevallen sneeuw, en het was nog wel om haar tegen de oprukkende horden kleine gele mannetjes te beschermen dat hij in dit onschuldige land is komen vechten en moorden. Slaap gerust, O! Bridget O'Brian O'Rourke, enzovoort... enzovoort... je broer is naar een betere wereld vertrokken maar ík zal terugkeren en jouw onschuld...'

Henry begon te lachen en kon toen niet meer ophouden, en Jon zei niets meer.

'Hoewel,' begon hij even later weer, 'misschien zou Shaughnessy wel helemaal niet blij zijn geweest als hij zijn zuster in de armen van een jonge leeuw van het uitverkoren volk verstrengeld wist, als hij wist dat zij díé haar vochtige lippen toestak en haar ronde armen... haar enzovoort enzovoort.'

'Het klinkt alsof je weet waar je het over hebt.'

'Ik weet altijd waar ik het over heb, ik weet alleen niet altijd wat ik zeg. Maar denk nou eens over Shaughnessy na, want dat is iemand met een ernstig probleem. Moet hij toestaan dat zijn zuster met mij trouwt en zo haar leven voor altijd verwoest, ook al was ik dan zijn aanbeden bevelvoerend officier... of moet hij zich vanaf die wolk, waar hij op zijn harp zit te tokkelen, voorover buigen en mij met een knuppel in mekaar slaan?'

'Die knuppel, in ieder geval die knuppel. Hier twee stemmen voor de knuppel,' riep Henry naar boven.

'Dit is iets heel ernstigs,' hield Jon hem voor. 'Er zijn hele oorlogen om minder gevochten, om die ene vraag zijn er miljoenen wreed vermoord.'

Toen zwegen ze en keken over de heldere zee naar de verte, waar een paar schepen lieten zien waar de horizon was.

'We zijn te oud voor dit soort oorlogsspelletjes,' zei Jon na een poos.

'Vijftien is niet te oud.'

'Ik ben zestien en jij bijna. We zijn al haast oud genoeg voor de echte. Al geloof ik niet dat deze Korea-puinhoop nog zo lang zal duren dat jij er nog heen kunt. Maar er is altijd hoop.'

'Als ik een zusje had, zou jij met haar mogen trouwen,' zei Henry en dat meende hij ook.

'Hier spreekt de enig overgebleven rechtvaardige man op Cape Cod.' Jon stond op en veegde het zand van zijn stevige benen. Henry keek naar hem omhoog. 'Maar aangezien je helemaal geen zusje hebt, blijft dat een zuiver theoretische kwestie. Bovendien, als je er wel eentje had, zou dat zo'n sprietig uitgedroogd gojs* meisje zijn, net zo'n bonestaak als jij. Bovendien

*goj: niet-jood.

27

ben ik nog te jong om aan trouwen te denken. Bovendien, moet je eens kijken hoe hoog het water staat. Is het te koud om erin te gaan? Dat zal wel, ik denk het wel. En dus horen wij vandaag ons rituele bad te nemen.'

'Het is nog maar april, Jon... "wreedste der maanden", weet je wel? Dat hebben we uit goede bron, "drijvend seringen uit dood land".'

'Daar geloof je toch niet echt in, Henk? Nee, serieus, geloof jij daarin?'

Henry gaf geen antwoord. Als Jon, die hem zo goed kende, zei dat hij daar niet in geloofde, dan was dat waarschijnlijk zo. Als Jon vond dat hij er niet in geloven moest, zou hij dat niet doen, ook al was het Jon zelf geweest die hem ertoe had gebracht Eliot te lezen.

'Nou?' vroeg Jon.

Henry haalde zijn schouders op. Hij geloofde dat hij begreep wat Eliot bedoeld had, en hij geloofde dat het waar was. 'Ik denk na.'

Jon keek iets minder streng. 'Daarmee ben ik tevreden,' zei hij en stak zijn hand uit om Henry omhoog te trekken.

'Maar het water is ijskoud,' protesteerde Henry.

Jon deed of hij hem niet hoorde.

Henry deed of hij niets had gezegd.

Ze kleedden zich uit op het strand vlak bij het water. Druppels spatten omhoog, koud als ijs, die als naalden in hun blote enkels en benen prikten. IJskoud water spoelde over hun tenen en voeten.

'Je bent krankzinnig,' zei Henry tegen Jon. 'En dat weet je best.'

'Er bestaat in deze wereld niets beters dan krankzinnig te zijn. De gelijkenis van de goede man die in een addernest viel.'

Henry wachtte, en de warmte van de zon was als een mantel op zijn blote schouders en rug.

'Ik moet er niet aan denken, maar hij moet op een ellendige manier dood zijn gegaan, geloof je ook niet? Nu dan, je kent de regels: op zijn minst tot aan je schouders erin, elkaar niet duwen of onderuit trekken, we doen het uit vrije wil, en helemaal nat van top tot teen. Klaar?'

28

Henry weifelde.

'Als je erbij schreeuwt is het minder koud,' beloofde Jon. 'En doe in hemelsnaam je ogen dicht, want anders bevriezen ze in hun kassen en zal ik je naar huis moeten geleiden als Oedipus uit het land van Thebe en wat zal je moeder dan wel tegen me zeggen...' Jon stormde, luid schreeuwend en wild met zijn handen plenzend, het grijze water in en dook even later met zijn kop voorover in een aanrollende golf.

Henry had hetzelfde kunnen doen, maar hij liep langzaam het water in, om het steeds erger worden van de ondraaglijke kou zonder een spier te vertrekken te ondergaan. Zijn enkels, knieën, dijen werden gevoelloos door de kou, zijn lendenen, zijn buik... Zijn middenrif kwam omhoog en probeerde hem tot meer spoed aan te zetten. Hij stond zichzelf niet toe te aarzelen, hij stond zichzelf niet toe sneller het water in te lopen. Toen hij de laatste stap had gedaan en tot aan zijn kin in het water stond, haalde hij een keer heel diep en met pijn adem, deed zijn ogen dicht en dook onder. De ijzige natheid sloot hem in. De kou drong tot in zijn botten. Hij moest zich concentreren op zijn dijspieren die hem in staat stelden zijn hoofd weer op te tillen en boven het water uit te steken.

Toen het vooropgezette doel was volbracht, keerde Henry terug naar het strand, duwde met zijn borst en benen het water opzij totdat hij spetterend het zand op liep. Ze schudden zich als honden, waterdruppels vlogen alle kanten op, en Jon strekte zijn armen omhoog naar de hemel: 'Heer van het Heelal, wij prijzen u voor deze dag en voor deze diepe wateren. Oké, Henk, nou kniebuigingen maken, honderd.'

Toen ze droog waren lagen ze naast elkaar, hun ogen dicht tegen de zon van twaalf uur, in een aangenaam en gedachteloos zwijgen. Een windje dat van land kwam waaien bracht het fluisteren met zich mee van de takken van pijnbomen die daar stonden en heel vaag het ritselen van helmgras. Als Henry door zijn oogharen keek, zag hij het korrelige witte zand voorbij zijn tenen, en hoe de golven natte plekken achterlieten, elk met zijn rand schuim erlangs. Als hij zijn ogen weer dichtdeed, hoorde hij het zachte geruis waarmee de golven de wind begroetten.

Jon kon stilte nooit lang verdragen. 'En,' vroeg hij, 'wat heeft je moeder van dat baantje gezegd?'

Henry haalde zijn schouders op.

'Heb je het haar verteld?'

'Nog niet.'

'Wat denk je dat ze zal zeggen?'

'Lijkt me goed voor je en waar moet ik ondertekenen.'

'Zal ze het dan niet vreselijk vinden dat haar kleine jongetje vieze potten en pannen gaat schuren...'

'We kunnen het geld goed gebruiken, we komen altijd geld te kort.'

'...en voor de enige jood hier in de stad gaat werken...'

'Dat is niet eerlijk van je, Jon. Je weet best dat ze jullie graag mag.'

'Een van de geheiligde... ik vergeet altijd welke naam het ook weer is... Chopins, Charlatans... Chopsticks...'

'Chapins. Schei uit, Jon, je weet het best.'

'...die de geheiligde planken van de geheiligde Mayflower vereerden met de afgeknipte nagels van hun geheiligde tenen...'

'Hou toch op. Over mensen met vooroordelen gesproken...'

'Nog wel voorbestemd naar Harvard te gaan, m'n beste mensen...'

'Ik ben voorbestemd naar die universiteit te gaan die me een beurs wil geven,' zei Henry.

Jon kwam met een ruk overeind. 'Tenzij je vader het voor elkaar krijgt een muziekstuk te schrijven dat een tophit wordt. Stel je dat eens even voor, Henk. Dat is nou wat ik zou willen als ik hem was, dat de mensen mijn muziek liepen te neuriën in alle twaalf toonaarden.'

Henry lachte zonder zijn ogen te openen.

'Dat zou toch kunnen,' hield Jon aan. 'Als ik eraan denk hoe een man als jouw vader... jij oordeelt niet rechtvaardig over hem, Henry, hij kan best geniaal zijn, hoe zouden wij dat moeten weten. Enid zegt dat hij geniaal is.'

'Daar schiet ík geen steek mee op.'

'En hoe hij leeft, hoe jullie allemaal leven...'

''t Is bij ons toch geen zwijnestal.'

'Sorry, Henk, zo bedoelde ik het nou ook weer niet. Alleen, het maakt me soms zo hels nijdig, echt waar. Je weet best wat ik bedoel. Ik bedoel niet... Als het in de wereld goed geregeld was, zou een man als jouw vader door de staat worden onderhouden, hij zou worden aangemoedigd en bewonderd. Jij zelf zou nummer één zijn.'

'In die wereld waar jij aan denkt, en waarin alles zo goed geregeld is,' zei Henry en kwam een eindje overeind, ging op zijn ellebogen leunen om Jon terecht te wijzen, 'in die wereld zou mijn vader hoogst waarschijnlijk al dood zijn... gefusilleerd, omdat hij weigerde in dienst te gaan, zijn land te dienen. In plaats daarvan werd hij in de gevangenis gestopt.'

'Niet in de gevangenis. In een gedetineerdenkamp voor officieren. Dat is iets heel anders.'

'Voor mijn moeder niet, voor haar was dat hetzelfde.'

'Jawel, maar zij moest haar familie koest houden. En vooral nadat je oom werd neergeschoten moeten ze... ik weet niet, Henk, maar je oma lijkt mij nu al erg genoeg... Stel je je eens voor hoe ze in de kracht van haar leven moet zijn geweest.'

Alleen Jons ogen lachten, zijn gezicht stond strak en ernstig. Als Henry hem niet zo goed en al zo lang had gekend – al vanaf die eerste dag in de vijfde klas nu bijna zes jaar geleden, toen Henry voor dat lokaal vol vreemde kinderen stond en moest vertellen dat hij Henry Chapin Marr heette en dat hij ginds aan de Strandweg was komen wonen en uit Brooklyn kwam, en dat zijn vader componist was, en toen het zachte gehinnik hoorde en zag hoe de kinderen elkaar blikken van verstandhouding toewierpen, alleen één jongen niet die met een glunderend gezicht op de achterste rij zat te lachen, net of dit allemaal deel uitmaakte van een geweldig goede mop waar hij Henry later wel het fijne van zou vertellen – als het Jon niet was geweest, zou Henry hebben gedacht dat hij letterlijk bedoelde wat hij zei.

'Heeft Enid dat echt gezegd, dat mijn vader geniaal is?'

'Zou ik tegen jou liegen? En ze weet ook waar ze het over heeft,' voegde Jon eraan toe, 'ook al is ze dan mijn zuster. Enid heeft verstand van muziek.'

'Je halfzuster,' wees Henry hem terecht. 'Weet je,' zei hij, met zijn ogen dicht, de warme zon op zijn buik, 'jij en Enid hebben zowat precies hetzelfde leven gehad. Zij was nog maar vijf of zes

toen je ouders jou kregen, of niet?'
'Zo ongeveer, ja.'
'Waarom is ze dan zo kniezerig?'
'Weet ik veel?' zei Jon. 'Misschien... je weet wel wat ze zeggen: als je de mensen een half glas water geeft, dan zullen sommige zeggen dat het halfvol is, en andere zeggen dat het halfleeg is. Zij is zo'n halflege. En ik... ik ben meer van het halfvolle soort, geloof je ook niet?'

Daar was Henry het mee eens. Hij zag het glas voor zich. 'Maar het is gewoon een half glas water!'

Jon moest lachen. 'Daar hebben we het nou, het vlammende zwaard van het naakte feit, waar gelijkenissen voor trillen en zinnebeelden voor beven, dat dwars door de overeenkomsten snijdt als door een Gordiaanse knoop.'

'Ja, ja, het is al goed. Ik snap wat je bedoelt.' Henry ging zitten, zijn gezicht schaapachtig. 'Jij denkt dat ik geen verbeeldingskracht heb.'

'Dat heb ik nooit gezegd. Heb je mij dat ooit horen zeggen? Ik geloof dat ik het zelfs nooit gedacht heb. Ik denk dat jíj misschien denkt dat je het niet hebt, als je wilt weten wat ik ervan denk.'

'En misschien heb ik dan gelijk,' hield Henry vol. 'Heeft Enid het wel?'

'Misschien is dat wel de moeilijkheid bij haar...' Jon draaide zich naar Henry toe; er stond opwinding op zijn gezicht te lezen door die gedachte. 'Nee, moet je luisteren. Want zij heeft altijd die dingen voor ogen die ze niet heeft. Zoals toen ze toegelaten werd tot het conservatorium. Ze had het er niet over hoe moeilijk het wel was om op het conservatorium te komen – en dat is zwaar, geloof me maar gerust – zij had het er alleen maar over dat het nog veel moeilijker was om op andere instituten te komen, en die waren vanzelfsprekend veel beter, die scholen waar zij niet op was gekomen.'

'Ik dacht dat Enid gewoon muziek wou studeren.'

'Ze heeft altijd het gevoel... dat ze aan het kortste eind trekt. Je weet wel, zo van: waarom moest ik nou als meisje worden geboren, en waarom kan ik nou niet de hoge c zingen, het geeft niet dat ze zuiver de bes zingen kan die daar vlak onder zit.

Waarom moest ik nou net in Duitsland zijn...'
'Maar toen was ze nog maar een baby.'
'De nazi's hebben wel haar vader neergeschoten.'
'En zij is weggekomen.'
'Maar zij was daar, en daar waren mensen die niet weg konden komen.'
'Maar dat slaat nergens op.'
'Ik zeg ook niet dat ik iets van haar snap. Misschien heeft ze wel een vriendje nodig.'
'Welnee, helemaal niet.' De woorden waren eruit voor hij het wist. Jon keek hem aan, peinzend, en deed zijn mond al open. Henry zei gauw: 'Zij zou iedere vent stapelgek maken. Kun jij je voorstellen dat je met haar getrouwd was?'

Maar Jon had hem doorzien. 'Henk! Hebben wij soms een beetje last van vleselijke begeerten?'

Het had geen zin het te ontkennen, en dat was ook niet nodig. Het was Jon geweest die hem de bevrijdende vraag had gesteld – ze zaten toen in de achtste, geloofde hij, ja, als hij het zich goed herinnerde was het in de achtste geweest – 'Weet jij, Henk, wat zo geweldig is van masturberen? Het mooie is dat daar nooit iemand zwanger van raakt.' En daaarom rangschikte Henry wat hij voelde onder het hoofdstuk vleselijke begeerten – nee, niet liefde, hoewel hij even bang was geweest dat dat misschien hun juiste naam was – nee, het was begeerte, dat klonk normaal en dus was alles in orde. Want begeerte was iets doodgewoons, begeerte was de juiste reactie op bollende tieten of een glooiende buik, op heupen, billen, hals, oorlelletjes... begeerte, daar kon je niets aan doen, dat voelde je nou eenmaal. Henry vond het helemaal niet erg als hij begeerte voor Enid voelde, maar de gedachte aan de mogelijkheid dat hij misschien van haar hield had hem heel erg dwars gezeten.

'En hoe lang is dit al aan de gang?' Jon legde zijn hand op Henry's pols, vergeleek het kloppen met een denkbeeldig zakhorloge. 'En waarom had ik daar zelfs geen flauw vermoeden van?'

Dat wist Henry ook niet.

'Begeerte,' zei Jon, 'is iets vederachtigs, iets dat fladdert...'

'Begeerte is de uitputting van de geest in een woestenij van

33

schaamte. Laten we het over iets anders hebben.'

'Het is mij best, ik begrijp het heus wel, echt waar. Ze heeft een fantastisch goed figuur, en ook al interesseert ze zich nergens voor behalve voor muziek, niet voor jou, niet voor mij, niet voor wie dan ook, en ook al heeft ze geen greintje gevoel voor humor... en dan nog wel eentje van het Uitverkoren Ras, Henk, moet je dat zien. Maakt niet uit wie er het laatst lacht, of helemaal wie er lacht, hij die lacht, daar gaat het om. Maar heus, ik begrijp het heel goed, Henk, en ook waarom juist Enid, ik verwijt je niks. Totdat ze haar mond opendoet.'

'Enid heeft een mooie stem,' bracht Henry daar koppig, bijna nijdig, tegen in. Toen proestte hij het uit en dat verried hem.

'Bovendien,' zei Jon, 'heb jij te veel gezond verstand om het ernstig te menen.'

Daar was Henry nou niet zo zeker van. Maar hij zou wel graag willen dat Jon daar gelijk in had en daarom zei hij: 'Ja, allicht. Ik bedoel, ik vind haar niet aardig. Ik vind haar ook niet ónaardig, zo erg is het ook weer niet, nee, dat niet. Het is zoals je zei, begeerte. Alleen een beetje begeerte.'

'Enid is best oké, zolang je haar maar niet de kans geeft je in een rotstemming te brengen. Zoals zij er maar op blijft hameren dat het glas half leeg is, háár glas. En ze kan zich niet eens herinneren dat ze er zelf van heeft gedronken.'

'Misschien denkt ze wel dat het eruit gemorst is. Toen iemand anders het vasthield.'

'Niet slecht, lang niet slecht. Maar Henk, gooi je dan ook de rest van het water weg?'

'Niet als je dorst hebt,' was Henry met hem eens.

'Of misschien doe je dat júíst als je dorst hebt,' zei Jon nadenkend.

De golven vloeiden uit over het zand, maar verder weg nu – het tij nam af. Boven hen ruzieden meeuwen. Vage gedachten over lege glazen en paradoxen en begeerte gingen door Henry's hoofd, even vluchtig als wolken. De stem van Jon onderbrak die. 'Ik moet ervandoor... kom je straks nog?'

Zo ging het altijd. Op zondag liep of fietste Jon eerst naar Henry's huis, zondag 's ochtends, want de zondagen brachten Henry en Jon samen door, wat ze ook deden. Als Jon 's middags in het restaurant moest werken, ging Henry daarheen. Omdat het op zaterdag sabbat was, was Jon dan niet beschikbaar, maar op zondag waren ze bij elkaar. Henry stond op, veegde het zand van zijn rug en ellebogen, en rekte zich lui uit.

'Let op, ik tel af,' zei Jon.

Henry wachtte niet tot Jon klaar was met tellen. Hij rende tegen het duin op en Jon, die ook niet van plan was geweest tot het eind toe te wachten, holde gelijk met hem weg. Toen ze de top van het duin bereikten was Henry iets voor, en daar stortten zij zich naar beneden. Naar omlaag kon Jon, die langere en gespierdere benen had, Henry inhalen. Henry holde nu met kortere stappen en eerst liep hij even gelijk op met Jon, haalde hem toen weer in, bijna springend ging hij langs de zanderige helling naar beneden. Zijn rechterbeen klapte onder hem dubbel en hij sloeg voorover, kwam op zijn schouder terecht en gleed nog een eindje verder, tot het zand hem tegenhield. Hij vloekte binnensmonds, haast fluisterend.

Het galmde in zijn oren. Er trokken koude rillingen over zijn schedelhuid. Zo lang hij golven van misselijkheid voelde opkomen, hield hij zijn handen voor zijn ogen en wachtte tot dat overging. 'Verdomme,' fluisterde hij, 'verdomme, godverdomme.'

'Henry?'

Hij keek omhoog en zag Jons gezicht, toen liet hij zich nog wat verder rollen tot hij plat op zijn rug lag. Vol schaamte dacht hij aan de eerste keer dat dit hem overkomen was, en hoe hij zich toen gedragen had – en hield zijn mond.

Jon ging op zijn hurken zitten. 'Je knie?'

'Die verdomde knieschijf.'

'Je zou je woorden wel eens wat zorgvuldiger mogen kiezen, Henk,' wees Jon hem terecht.

De ergste schrik was voorbij en Henry kon weer nadenken, hij kon erop vertrouwen dat hij iets zeggen kon zonder meteen een zenuwtoeval te krijgen. 'Ik weet niet wat we moeten doen. Met dit been... als die knieschijf eenmaal uit de kom is, blijft dat zo.' Uitgerekte spieren trokken zijn rechterdij opzij en omlaag. Hij voelde dat er een holte was – hij moest nu liever niet naar de knie kijken, dat wist hij – op de plaats waar anders door de knieschijf zijn knie rond was. Zijn maag dreigde weer in opstand te komen en daarom dwong hij zichzelf alleen op de signalen te letten die zijn zenuwen naar zijn hersenen stuurden. Iets waar toch niets aan te veranderen viel moest je onderkennen en aanvaarden, je moest niet je krachten verspillen door ertegen te vechten. En waar op dit ogenblik niets aan te veranderen viel, waren beschadigd kraakbeen en pezen die stijf werden en de uit zijn kom geschoven knieschijf. 'Godverdomme,' zei Henry. Hij drukte zijn handen stijf tegen zijn maag.

'Het been moet rechtgetrokken worden, hè?' Jon bekeek Henry's dubbelgevouwen been met een ernstig gezicht. 'Het ziet er afschuwelijk uit. Doet het pijn?'

Henry schudde van nee. 'Niet erg, nu nog niet. Het voelt vooral... verkeerd aan. De pijn komt later pas.' Hij deed zijn ogen dicht en balde zijn handen tot vuisten. 'Je kunt maar het beste mijn moeder gaan halen. De dokter moet mijn been een injectie geven... zodat de spieren slap worden... want die worden stijf en daardoor blijft de knieschijf uit de kom.' Jon legde zijn hand op Henry's dijbeen. 'Jon? Waarom wacht je nog? Haal mijn moeder nou, je hebt me toch gehoord.' Als hij dit lang uit moest houden, stortte hij in, dat had de ervaring Henry geleerd, en daarom wou hij dat er hulp kwam, dat er hulp naar hem op weg was, als hij maar wist dat die eraan kwam; en ook wilde hij alleen zijn wanneer hij in paniek raakte en de moed verloor.

'Als we hem weer in de kom kunnen krijgen... dat is het wat je hoort te doen. Ik heb wel eens wat in medische handboeken gekeken, boekjes over eerste hulp gelezen. Maar hoe komt het dat hij ernaast blijft zitten? Ik dacht dat hij vanzelf weer terug op zijn plaats gleed.'

'Dat gebeurt bij mijn linkerknie, bij mijn linker gaat hij gewoon... kruipt hij weer op zijn plaats, min of meer. Die blijft er niet naast zitten. Ga er niet aan zitten prutsen alsjeblieft, hè? Vooruit, Jon, ga het tegen mijn moeder zeggen.' Henry hoorde dat hij zijn zelfbeheersing aan het verliezen was en perste zijn lippen op elkaar.

Jon praatte maar door. 'Ik kan je met geen mogelijkheid dragen. Ik bedoel, ik weet best dat ik fysiek veel rijper ben dan jij en ook beter in vorm, maar ondanks dat zou je mij een hernia bezorgen. Als het ten minste geen zeven hernia's zullen zijn. Ik weet niet zeker of ik dit wel echt kan, maar ja. Je spieren zullen keihard zijn geworden als je hier blijft zitten wachten tot ik je moeder heb gehaald, en daarna zij nog de dokter. Ik vind dat ik het toch moet proberen, Henk.'

Het klonk alsof hij zich verontschuldigde maar toen Henry heel even zijn ogen opende, leek het er meer op of Jons ogen lachten, alsof hij ervan genoot.

'Allereerst,' kondigde Jon aan, 'even een kort anatomisch overzicht.' Hij begon met een hoge, schelle stem te zingen: 'Het teenkootje zit vast aan het voetbeentje... Is het zo? Zing mee, Henry, het kon best eens je eigen knie zijn die je nu gaat redden. Het voetbeentje zit vast aan het enkelbot, het enkelbot zit vast...'

Henry zong mee. Hij had er behoefte aan geluid voort te brengen, wat voor geluid ook; zelfs dit valse zingen van hem was beter dan in janken en grienen uitbarsten, en dat stond hij op het punt te gaan doen. Terwijl ze zo zongen, pakte Jon met zijn andere hand stevig Henry's rechterkuit beet, vlak boven de enkel. 'Het kniebeen zit vast aan...'

Henry voelde de neiging om te giechelen, maar dat was bijna hetzelfde als janken en grienen. Zijn hele lichaam was gespannen, doordat hij het uit moest houden tot eindelijk Jon toegaf dat hij naar Henry's huis moest fietsen... en Jons stem brulde maar door: 'Het heupbeen zit vast aan...' en Henry brulde met hem mee. Op dat ogenblik trok Jon opeens hard aan Henry's enkel, tegelijk hield hij de dij stevig neergedrukt.

Henry hield op met zingen. 'Niet doen,' zei hij, 'Jon, niet doen, alsjeblieft.' De knieschijf sprong met het geluid van een doffe plof in zijn kom terug.

Een paar minuten later hoorde Henry Jon met trillende stem zeggen: 'Ik zal nou toch niet misselijk worden?'

'Als je maar niet boven op mij gaat spugen, alsjeblieft. Heb je het gedaan? Ik wil er liever niet naar kijken.'

'Voel je dan niet dat het weer goed zit?'

'Nee, het lijkt of hij gemangeld is.'

Jon trok zijn vochtige t-shirt uit en bond dat om de knie. 'Dit is wel geen eersteklas verband maar... alleen om te voorkomen dat het ons nog eens gebeurt dat hij uit de kom gaat. Vooruit, sta op...' Hij trok Henry aan zijn hand omhoog en steunde Henry's gewicht toen op zijn schouder. 'Probeer nu te staan, heel voorzichtig alsjeblieft, want ik weet niet of ik dat nog een keer voor elkaar zou kunnen krijgen...' En Henry stond, zijn gewicht op zijn linkerbeen, het rechter bungelde er slap bij. 'Zeg Henk, geloof jij dat ik dokter zou kunnen worden?'

Henry knikte.

'Kun je naar de fietsen lopen? Als ik je help?'

Henry knikte. Het leek of zijn knie van gelatinepudding was gemaakt, maar het lukte hem de paar honderd meter naar de fietsen te strompelen, die ze tegen een denneboompje hadden gezet. In de schaduw was het kil. 'Misschien kun je nu beter naar mijn moeder gaan, dan kan zij me ophalen,' zei hij. Hij leunde met zijn schouder tegen een stekelige boomstam en keek naar zijn fiets. 'De honkbalploeg, die kan ik wel vergeten, denk je ook niet?'

'Hoe lang loop je hierdoor mank?' vroeg Jon.

'Dat weet ik niet meer. Het is jaren geleden dat het met deze knie is gebeurd, weet je nog wel? De vorige keer gebeurde het toen we in de zevende zaten; ik liep met een stok en jij droeg mijn boeken.'

'Ik weet nog goed dat je zo ontzettend veel boeken had, veel meer dan wie ook. Waarom had jij zoveel boeken, Henk? Dat heb ik je altijd al eens willen vragen.'

'Ga tegen mijn moeder zeggen dat ze met de auto moet komen. Ik wacht hier wel. Ik geloof dat het toen een week duurde, misschien twee, voordat het was genezen. Het kan zijn dat hij me nog een kans geeft.'

'Zou je naast je fiets kunnen lopen, als je hem als kruk gebruikt?'

'Het ergst pijn deed het de eerste nacht, dat weet ik nog wel. Maar misschien dat het deze keer... Je hebt hem zo snel weer op zijn plaats gekregen dat er nu misschien daar binnen niet zoveel is gekneusd. Hoe wist je hoe je dat doen moest, Jon?'

'Dat zei ik toch, ik heb wat over eerste hulp gelezen. Een bot uit de kom is eigenlijk iets heel eenvoudigs. Het is niet hetzelfde als een bot dat gebroken is, om dat te zetten, bedoel ik; je kunt niet echt de boel verprutsen, want dat laat het lichaam niet toe.

Of als je liever gewoon op je fiets wilt zitten, dan kan ik je duwen, en die van mij misschien met mijn andere hand meenemen. Het is namelijk zo dat ik moet gaan werken.'

'Denk je er echt over om medicijnen te gaan studeren?'

'Ga nou maar op het zadel zitten... als je je been goed steunt...'

Henry gehoorzaamde, dankbaar dat hem verteld werd wat hij moest doen. Jon hield Henry's fiets recht, stak toen zijn arm uit om ook zijn eigen fiets bij het stuur te pakken. 'Gaat het wel met allebei?' vroeg Henry.

'Dat zullen we wel merken, hè?'

Voorzichtig begon Jon te duwen. Henry hield met de ene hand zijn stuur vast, met de andere zijn verbonden knie, en zijn linkerbeen hield hij naar voren, om het hobbelen zoveel hij kon tegen te gaan. Jon duwde.

'Dus je wilt weten wat mijn studieplannen zijn? Of liever niet?'

Eigenlijk wou Henry niets liever dan met rust gelaten worden. 'Natuurlijk,' zei hij.

'Ze hebben me aldoor achter m'n vodden gezeten over mijn studieplannen,' begon Jon, hijgend van inspanning doordat hij al die rijwielen en lichamen op koers moest zien te houden. 'Al sinds mijn Bar Mitzwah*. Omdat ik nou een man ben. Dat heeft dus al drie lange jaren geduurd, kan ik je vertellen. Maar ik geloof dat ik het nu heb uitgekiend hoe ik het aan moet pakken. Want ik geloof... weet je, als ik maar telkens een paar maanden lang een bepaald beroep onder de loep neem, dan leidt ze dat een beetje af. Begrijp je wel? Dan kunnen ze tegen iedereen zeggen: 'Onze Jonathan? Die wil dokter worden. Hij is toch zo eerzuchtig, die jongen.' Nou, dat kan geen kwaad en je komt ook nog eens wat nuttigs aan de weet. Hoe je een bot uit de kom moet behandelen, bij voorbeeld.'

'O ja. Dankjewel, Jon. Ik bedoel, eh... bedankt.'

'Ik hoop dat de lijst van mogelijkheden lang genoeg zal zijn om het vol te houden tot ik naar de universiteit ga. Dokter, ad-

---

*Bar Mitzwah: joods feest waarbij een jongen, op zijn dertiende, 'volwassen' wordt.

vocaat, Indianenhoofdman, tandarts, accountant, dierenarts, geveltoerist, het enige waar ik het nooit over heb is het rabbinaat.'

'Waarom niet?' vroeg Henry, ondanks zichzelf nieuwsgierig. 'Dan zou de rabbi me zo'n eindeloze reeks geschriften laten bestuderen... ik zou het daglicht nooit meer te zien krijgen. Dat soort dingen worden niet zo gemakkelijk bereikt, of zo snel. Ik ken wel een beetje Hebreeuws, maar voor die echte studie... geloof me maar gerust. En bovendien zou het zijn hart breken van smart, omdat ik er toch niets van meen.'

Henry knarsetandde toen er een gloeiende pijnscheut door zijn been heen ging. Hij klemde zijn hand nog wat steviger om de knie. 'Dus je wilt geen dokter worden.'

'Ik wil helemaal niets worden, ik wil alleen maar dat mijn ouders tevreden zijn,' zei Jon lachend. 'Ik ben niet zo'n kakker die hogerop moet komen. Ik heb niet jouw stoïcijns karakter.'

'Je kunt nooit een goed soldaat zijn als je bang voor pijn bent... of in de war door... twijfels. Of angst. In elk geval geen goed officier.'

'Moet je je dat voorstellen, Henk, als jij voorop de *Time* staat, jij met je vijf sterren, dan zal ik kunnen zeggen dat ik jou gekend heb. Ik kan dan zeggen: ik heb hem gekend toen hij nog maar zo'n piepklein stoïcijntje was. Heb ik je ooit verteld dat de Romeinen zichzelf konden wurgen? Zelfwurging. Stel je je dat eens voor, Henk. Dat moesten we eens een keer proberen.'

Henry moest in zichzelf lachen. 'Ik wed dat ik het wel zou kunnen. Als ik het wou.'

'Ik wed ook dat jij het wel zou kunnen,' gaf Jon toe. 'Als je het doet, mag ik dan komen kijken?'

'Dat weet ik nog niet,' zei Henry, en toen, in een schaterlach uitbarstend: 'Jij hebt mij niet voor je Bar Mitzwah uitgenodigd.'

Ze gingen met veel moeite een bocht om en Jon gromde even. De weg werd weer recht, toen kwam er weer een bocht. 'Weet je waar ik nou niets van begrijp?' vroeg Jon.

Henry had geen flauw idee.

'Van oorlog,' zei Jon. 'En van God. Van oorlog en van God.'

'Verwacht je dan heus van jezelf dat je in staat bent om dat te begrijpen?'

Soms kon Henry Jon aan het lachen maken zonder dat hij er iets voor hoefde te doen, zoals nu, een lachen dat haast zo iets was als een huldebetuiging. 'Weet ik wel, weet ik wel, maar...'

'Bedoel je omdat ze allemaal denken dat God aan hun kant staat?'

'Nee... ik vraag me soms af of we niet nog steeds bezig zijn ons al strijdend een weg uit de hof te banen.'

'Hof? Wat voor hof?'

'Henk, cultureel ben jij een stuk braakland.'

'O, je bedoelt de Hof van Eden. Maar daar werden we uit verdreven.'

'Dat is onze versie van het verhaal. Heb je je wel eens afgevraagd hoe Gods versie luidt?'

'Jij bent degeen die over God nadenkt.' Meende Jon nou serieus wat hij zei? Het zou kunnen, maar het kon ook zijn van niet. 'Maar wat heeft dat met oorlog te maken?' vroeg hij. 'Zelfs jij kunt oorlog geen zegen vinden, Jon, dus probeer me dat nu maar niet wijs te maken.'

'Dat was ik ook niet van plan. Nee, ik vind het geen zegen. Alleen vraag ik me af...'

Henry wachtte. Toen vroeg hij: 'Bedoel je soms het leven als een proefneming?'

'Maar dat zou toch een geweldige verspilling zijn, vind je ook niet? Van alles wat er is en van iedereen. Nee, wat ik mij bij voorbeeld afvraag is waarom jij beroepsmilitair wilt worden,' zei Jon. 'Wat je aan wie probeert te bewijzen.'

'Zo eenvoudig is het niet,' protesteerde Henry.

'Ik zei toch niet dat het eenvoudig was.'

'Jij moet altijd het laatste woord hebben,' klaagde Henry.

Jon zweeg een tijd. Hij liep gestaag door over de weg vol lichte plekken van de zon en zei toen: 'Als je het niet overleeft, is natuurlijk alles eenvoudig, veronderstel ik.'

2

Vijf jaar geleden had Henry's moeder hun huis geërfd van een oudtante, een van de zomerhuizen langs de strandweg. Volgens de traditie zou een manlijke Chapin het hebben moeten erven, maar er was maar één manlijke Chapin van zijn moeders generatie geweest, haar broer William, en die was in de oorlog gesneuveld. Het huis was eigenlijk te groot voor hun drieën, dat begreep Henry wel, en ook was het jammer dat oom William niet was blijven leven, zodat het huis op naam van een Chapin was blijven staan, dat wist hij ook best, maar na hun flatje in Brooklyn, dat maar een slaapkamer had en slechts twee ramen, kon hij toch niet anders dan blij zijn dat hij nu hier woonde.

Een karrespoor tussen dicht op elkaar staande denneboompjes moest hun oprijlaan voorstellen, maar het was wel zo lang dat het huis van de weg af niet te zien was. Jon liet zijn eigen fiets in de berm op de grond vallen en duwde Henry op zijn fiets verder; de meeste kuilen wist hij te vermijden. Henry liet zich op het trapje naar de achterdeur zakken. Jon ging naar binnen, om een goed verband en om Henry's moeder te zoeken.

Als Henry zijn ogen opendeed, zou hij een dennenbos zien. Als hij zijn ogen opendeed en opzij boog en daarbij dan zijn hoofd omdraaide, zou hij fris groen gras zien en in de verte de zee. Hij hield zijn ogen dicht, en luisterde naar de wind in de dennebomen en naar de flarden muziek die telkens naar buiten dreven door de openstaande ramen van zijn vaders werkkamer op zolder, een reeks noten op de piano gespeeld die de wind te pakken kreeg en met zich meedroeg. Toen raapte hij al zijn moed bij elkaar, ging rechtop zitten en wond Jons t-shirt van zijn knie af. De knie was opgezet. Hij duwde er met zijn vinger in en probeerde hem toen voorzichtig te buigen, te strekken — het leek of er, al met al, niets mis mee was. Wat zou hij gedaan hebben als Jon er niet was geweest, vroeg hij zich af, in zijn leven in het algemeen en vandaag in het bijzonder?

Hij zat in de zon en wachtte zonder ongeduldig te worden. Zijn moeder zou wel in haar studeerkamer zijn, die zat proefwerken na te kijken of lessen voor te bereiden. Jon zou het wel vervelend vinden haar lastig te vallen en zij maakte eerst af waar ze mee bezig was, voordat ze naar buiten ging om te kijken wat er met Henry aan de hand was.

Na een poos kwam Jon weer naar buiten en ging naast Henry op het trapje zitten. Hij gaf hem het verband en pakte zijn t-shirt. 'Hoe gaat het?'

'Goed. Lang niet slecht, alles bij elkaar.' Henry bond het elastische verband om zijn knie, trok het boven de knie en ook eronder goed stijf aan en daarna wond hij het nog een aantal keren over de knieschijf heen, zodat die zoveel mogelijk steun had. Zijn moeder kwam het huis uit; ze hield de wandelstok met gouden knop, die Henry altijd gebruikte als het weer eens mis was, in haar hand.

'Je wilt toch niet dat de dokter komt, of wel?' Henry schudde nee. 'Ik heb het elektrisch kussen en het verlengsnoer op de keukentafel gelegd.'

Henry keek naar haar op. 'Jon heeft hem weer in de kom gekregen.'

Mevrouw Marr trok haar wenkbrauwen op. Zijn moeder was lang en slank, op en top een Chapin. Haar open gezicht had regelmatige trekken, hoge jukbeenderen en een kleine mond, grijsgroene ogen onder een breed voorhoofd; haar bruine haar was naar achteren gekamd en lag in een wrong achter in haar nek. Ze keek Henry even aan, keerde zich toen naar Jon. 'Dat was knap van je.'

'Ik heb wat boekjes over eerste hulp gelezen.' Jon gaf de wandelstok aan Henry. 'En ik vond dat ik maar eens toe moest passen wat ik gelezen heb. Want theorie is een mooi ding, maar als je die in de praktijk toepast, dan neem je pas de proef op de som, vindt u ook niet?'

Daar gaf mevrouw Marr geen antwoord op. Henry dacht dat het haar wel niet zou interesseren, of misschien stond ze alweer aan iets anders te denken. 'Het komt wel goed met je,' zei zij te-

gen hem. 'Ik moet proefwerken nakijken.' De deur van vliegengaas viel klepperend achter haar dicht.

'Laat eens kijken of je kunt staan?' zei Jon. 'Denk je dat je
vanmiddag naar de stad komt?'

'Ik zal er een poos het warme kussen op leggen. Na het eten
misschien? Ik moet eerst nog dat geschiedenis-werkstuk over-
lezen.'

'Jij hebt het al af, hè? Zeg maar niks, je hebt het klaar en ook
nog een keer herschreven en daarna in het net.'

'En jij hebt er nog niet eens over nagedacht,' bracht Henry
daar tegenin. Hij trok zichzelf omhoog en leunde zwaar op de
stok. 'Je hebt er die wel heel gemakkelijk hun mooie cijfers krijgen.'

'Dat is het nou waar het allemaal om draait. Het uitverkoren
ras. Vind je dat erg? Nee toch? Alsof jij niet ook mooie cijfers
krijgt.' Jon stond nadenkend naar Henry te kijken. 'Een gelijkenis. De koning had in zijn koninkrijk een schildpad en een haas.
De schildpad was een langzaam, zwoegend, voorzichtig dier,
terwijl de haas beweeglijk, snel en talentvol was. Op een dag liet
de koning hen een wedstrijd doen wie het hardst kon lopen. De
haas rende vooruit, holde in kringen om zijn tegenstander heen,
maakte sprongen in de lucht, en stelde zich in het algemeen aan
als een belachelijke dwaas, en intussen ging de schildpad langzaam verder, ploeter-de-ploeter. Beide liepen ze de wedstrijd
uit en de koning was tevreden.'

Henry protesteerde. 'Dat is helemaal geen gelijkenis, dat is
een fabel. En de schildpad wint.'

'Niet zoals ik het vertel,' zei Jon. 'Ik zie je wel als ik je zie.' Hij
liep weg, terug langs het pad.

Henry keek hem na tot hij niets meer van hem zag en ging
toen hinkend de keuken in. Daar installeerde hij zich bij de tafel,
met zijn been op een stoel en het elektrisch kussen over zijn
knie, en las zijn werkstuk over. Hij zou er wel een hoog cijfer
voor krijgen, waarschijnlijk wel, maar het was een saai, wel-
doordacht werkstuk, waar niets interessants aan was. Ploeter-
de-ploeter. Hij had wel een paar ideeën gehad over de verande-
rende politieke structuren van het Europa in de negentiende
eeuw, maar hij was er niet helemaal zeker van geweest of die wel

44

te verdedigen waren, en de naslagwerken om het in op te zoeken had hij niet, en daarom had hij ze weggelaten. Ploeter-de-ploeter. Het was een goed werkstuk, dat wist hij, onberispelijk. Onberispelijk maar meer ook niet. Hij liet zijn been op de grond zakken, maakte een stapeltje van de vellen papier, deed het elektrisch kussen uit en raadpleegde zijn maag. Het was etenstijd.

Zijn vader kwam de keuken binnen en knikte Henry's kant uit. Nadat hij de hele morgen gewerkt had ging Henry's vader altijd een eind langs het strand lopen. Edwin Marr zag er bedrieglijk sterk uit. Henry keek naar zijn vader, hoe die de keuken door liep. Hij wist niet zeker of zijn vader hem had gegroet of alleen maar geknikt had in antwoord op een gedachte die bij hem opkwam. Henry wist nooit of hij op dat soort gebaren iets antwoorden moest, en als dat wel zo was, wist hij niet op wat voor manier hij dat dan moest doen.

Geroosterd brood met pindakaas en jam, dat ging hij maken. Terwijl hij wachtte tot de boterhammen in de rooster omhoogsprongen, schonk hij zich een glas melk in. Toen de boterhammen geroosterd waren, ging hij snel en handig te werk, smeerde er boter op, daarna pindakaas en op de ene boterham ook nog jam, drukte ze toen vlug op elkaar, zodat het binnenin goed warm bleef. De eerste hap was altijd het lekkerst, knapperig brood en van binnen zacht, en alles doortrokken van de smaak van pindakaas. Hij at staande bij het aanrecht, ruimde daarna alles op. Voor toe nam hij nog een banaan en hij besloot om het eind naar de stad te gaan lopen, en dan Jon op te zoeken. Het deed wel pijn als hij de knie bewoog, maar ook weer niet al te erg. Waarschijnlijk was het wel goed voor hem om de knie wat beweging te geven.

Henry nam de weg naar de stad, de wandelstok gebruikte hij om op te leunen en ook om zijn evenwicht te bewaren. Het was wel langer over de weg dan wanneer je langs het strand ging, maar niet als je met een wandelstok liep die bij elke stap diep in het zand wegzonk. Toen hij bij de eerste huizen van de stad kwam, sloeg hij een zandpad in dat naar de haven ging. De granietblokken op de kademuur, die aan drie kanten de haven insloot, gaven stevigheid onder zijn voeten. De enige hinderpalen waar hij voor uit moest kijken waren de grote ijzeren klampen die in de stenen zaten, waar schepen aan konden meren, en dus kon hij nu weer wat om zich heen kijken.

De haven bood bescherming aan een steeds kleiner wordende vissersvloot en aan een groeiend aantal boten die verhuurd werden. Die zouden in de vakantietijd de hele dag op zee zijn, alle zeven dagen van de week, evenals de roeiboten, allemaal groen geverfd, die per dag of per uur verhuurd werden aan toeristen die wat van hun vakantietijd op het water wilden doorbrengen. Zwarte en rode boeien, twee aan twee, gaven de doorvaart aan, de haven uit naar open zee. Op de tweede boei zag Henry het nest van een visarend. De boei, met zijn anker diep in het water, rees op drie metalen poten boven de golven uit; het nest was op de platte bovenkant onder een rode driehoek gebouwd. Henry zocht de hemel af en ook de kustlijn, maar hij kon de vogels nergens ontdekken. Ze cirkelden niet boven hem rond en zaten ook niet ergens in een hoge boom, waar ze vaak naar het water zaten te kijken – als ze dan vissen zagen bewegen, doken ze omlaag, met hun klauwen zo groot als een mannenhand, en gespreid wel drie keer zo groot. Alleen dat slordige nest daar bewees dat ze er wel moesten zijn.

Hij keek naar het doel van zijn tocht, 'Leo's Eethuis', aan de andere kant van de haven. Op weg daarheen liep hij voorzichtig over de grote keien. Opzij van de granietblokken zaten eendemosselen, geel gevlekt door het zeewater. Tot waar het hoogwater kwam waren ze met slijm bedekt. De golven klotsten tegen de platte kademuur, fijne druppeltjes stoven omhoog en maakten de oppervlakte glibberig.

Hij moest met zijn handen zijn gekwetste been over het lage hekje tillen dat het grasveld van het restaurant scheidde van het kale stuk grond ernaast. Meneer Nafiche had zijn restaurant in een verlaten pakhuis voor scheepsbenodigdheden gevestigd. 's Zomers werden er tafels buiten op het gras gezet, overdag onder grote parasols en 's avonds met kaarsen erop die in hoge glazen kandelaars brandden. Henry stak het lege gazon over en liep naar de keukendeur, om daar Jon te gaan zoeken. 'Leo's Eethuis' was een familiebedrijf. Meneer Nafiche verdeelde zijn tijd tussen de keuken en de eetzaal, Jon werkte in de keuken, zijn moeder bakte boven appeltaarten en kwarktaarten. Enid, die van zingen haar roeping had gemaakt, hoefde niet mee te werken, behalve in het drukke seizoen. De rabbi hoefde nooit mee te werken, omdat God zijn roeping was.

De keuken van het restaurant was een grote ruimte met langs de ene kant de ovens, branders en grillen, en evenwijdig daaraan in het midden de werktafels. Gootstenen, de afwasmachine en de ijskasten waren tegen de muur geplaatst tegenover de dubbele deuren, die zachtjes zwaaiend open- en dichtgingen wanneer kelners in en uit liepen. In het hoogseizoen was de keuken een heksenketel van activiteiten, maar op deze lentemiddag was het er rustig. Henry deed de deur met vliegengaas achter zich dicht en zag Jon, die aan het andere eind van de keuken de chowder* stond te keuren: hij hield zijn neus boven de pan, stak er een lepel in en proefde er wat van, hield zijn hoofd scheef en pakte toen van de plank boven hem de fles met whisky. Hij schonk een scheut whisky bij de soep en roerde erin, toen keek hij op en zag Henry. Jon stak twee vingers omhoog, Henry knikte en snoof eens diep. Al die etensgeuren gaven hem een hongerig gevoel; hij zou de smaak van het eten in zijn mond willen proeven en zijn maag ermee gevuld willen voelen. Hij luisterde naar de rustige stemmen, het gekletter van pannen, water dat uit een kraan liep. Jon deed zijn schort af en kwam naar Henry toe. 'Ze zijn buiten voor het huis,' zei hij.

De jongens liepen om het huis heen naar de ingang aan de voorkant. Ze zagen Jons ouders, helemaal verdiept in hun gesprek, aan een tafeltje zitten dat een eind af stond van de paar tafels die bezet waren. Meneer Nafiche had zijn hand over de veel kleinere hand van zijn vrouw heen gelegd. Allebei keken ze naar hen op. 'Henry,' zei meneer Nafiche en kwam half overeind om Henry's hand te drukken. 'Fijn je te zien.' Bij hun komst stond mevrouw Nafiche op van haar stoel, haar kleren zwierden zacht ruisend met haar mee. 'Komen jullie zo boven?' vroeg ze voor ze wegliep.

'Ja, zo meteen,' zei Jon tegen haar. 'Papa, ik geloof dat ik in

*chowder: een gerecht waar vis, mosselen, spek en uien in gaan.

de keuken klaar ben.'

'Mooi zo. Henry, heb je al toestemming gekregen om in de zomer bij ons te komen werken?'

'Nog niet, meneer.'

'Er is ook nog tijd genoeg. En wat zijn jullie tweeën van plan om vanmiddag te gaan doen?' Meneer Nafiche had een kogelrond hoofd, ook zijn gezicht was rond en hij had dun, grijs haar. Op zijn gezicht stond meestal zowel vermoeidheid te lezen als een soort gretige levenslust.

'Net als altijd,' zei Jon. 'Eerst appeltaart en daarna zien we wel. Ik moet nog een werkstuk voor geschiedenis maken.'

'Mooi zo,' zei meneer Nafiche. 'Je moeder zit op jullie te wachten. Is er iets met je been, Henry?'

'Nee, niets ergs.'

Een hoge houten trap opzij van het gebouw voerde naar het bovenhuis, waar de familie Nafiche woonde, met de bedoeling, zo had Jon het een keer aan Henry uitgelegd, hun familieleven van hun familiezaak gescheiden te houden, of juist met de bedoeling die twee bij elkaar te houden. Het kon ook alle twee zijn, was zijn slotsom geweest. De woning bestond uit drie verdiepingen en er was binnen een trappenhuis. De lege kamers op de derde verdieping waren lang niet altijd in gebruik. Soms sliep daar wel eens een kelner of een kok die nergens anders wonen kon, en soms vonden immigranten die pas aangekomen waren er onderdak, een tijdelijke wijkplaats op hun weg naar waar zij zich ook gingen vestigen, in Wisconsin of Californië, in Canada of Israël. De familie Nafiche woonde op de eerste verdieping – drie slaapkamers, een badkamer, en een grote ruimte die zowel als keuken, als eetkamer en als woonkamer werd gebruikt. Daartussen was de verdieping waar de rabbi zijn slaapkamer, een grote studeerkamer en een eigen badkamer had. Zo woonde hij daar op een waardige manier, zoals bij zijn leeftijd paste en ook bij de patriarchale rol die hij binnen het gezin vervulde. De rabbi was de schoonvader van meneer Nafiche, de vader van zijn eerste vrouw. Toen zij stierf, liet ze haar man met drie kinderen achter; zijn schoonfamilie had hem geholpen die groot te brengen. Toen meneer Nafiche hertrouwd was en naar Cape Cod verhuisde om daar zijn eigen restaurant te beginnen, was

deze schoonvader, die toen al weduwnaar was, met hem meege-
komen, samen met de al grote kleinkinderen en de nog kleinere
kinderen van de tweede vrouw van zijn schoonzoon. Jon be-
schouwde de rabbi als zijn opa, en hij was ook werkelijk wat
voor Jon het meest op een opa leek.

Door een smalle gang kwamen ze bij de keuken. De keuken
van de familie Nafiche was haast net zo groot als die beneden.
Achterin stond een grote houten tafel met houten stoelen eromheen die niet bij elkaar hoorden. Mevrouw Nafiche stond bij het
fornuis; ze schonk water op de koffie die ze met een filterpot
aan het zetten was, en maakte een pot thee klaar voor Henry, die
niet van koffie hield. Ze had een grote goudkleurige appeltaart
op tafel gezet, met ernaast een mes, bordjes en vorken. Langs de
hoge wanden waren planken die vol stonden met dozen en blikjes, met schalen en kommen en broodplanken, met borden en
glazen. Aan de andere kant van de keuken was een rij hoge ramen waardoor licht binnenkwam. Henry ging op zijn gewone
plaatsje zitten en Jon en zijn moeder brachten de koffie, de thee,
melk, suiker en kopjes naar de tafel. 'Ben je naar de stad komen
lopen... pardon, ik bedoel, komen hinken?' vroeg Jon en ging
ook zitten.

Henry knikte.

'Ik zal je straks wel terugbrengen op de fiets, vind je dat
goed?'

'Dat hoeft echt niet, hoor.'

'Kom, Henk, je wist heus wel dat ik dat doen zou. Ik wou je
alleen maar de moeite besparen een hele reeks verborgen toespe-
lingen te moeten bedenken.'

'Ik begrijp niet dat je hem altijd zo op je laat hakken, Henry,'
zei mevrouw Nafiche toen ze naast Jon ging zitten. Ze gaf Henry zijn pot met thee en een kopje, schonk daarna koffie in voor
zichzelf en voor Jon. Henry bedankte haar. Mevrouw Nafiche
had net zulke ogen als Jon, sprekende ogen, alleen waren die van
haar altijd glinsterend doordat ze steeds vol tranen schoten. Mevrouw Nafiche huilde als ze verdriet had en als ze blij was, ze
huilde als ze angstig was of verheugd, ze huilde als ze boos was.
Ze was een gezette vrouw, met een glanzende lichtbruine huid.
Haar gelaatstrekken waren te grof en onregelmatig om mooi te

zijn, haar mond was te groot, met dikke lippen, ze had donkere ongelijke wenkbrauwen; en ze was de mooiste vrouw die Henry ooit in zijn leven had gezien. Ze ging altijd gekleed in wijde blouses en rokken, om de kilo's die ze te veel had te verbergen, zei ze. Haar kleren met warme kleuren, roze, groen en goud, golfden om haar heen. 'Wil je een stuk van mijn appeltaart?' Ze sneed al een stuk voor hem af voordat hij 'ja, graag' kon zeggen.

'Vertel eens, wat is er met je been gebeurd?' vroeg ze. 'Ben je van je fiets gevallen? Je mag toch wel eten, hè? Is het je enkel? Je bent er toch wel mee naar de dokter geweest? Jon, je had het me moeten vertellen. Doet het erg pijn, Henry?' Tranen van medelijden kwamen in haar ogen. 'Nou, krijg ik nog antwoord van een van jullie? Geef Henry de suiker, Jon. Je hoort te weten dat hij suiker in zijn thee drinkt, na zoveel jaren zou je dat moeten weten en het is voor hem niet zo makkelijk om op te staan en om de tafel heen te lopen om het zelf te pakken. Nou, waarom heb je mij er niets van verteld?'

'Ik dacht dat Henry het wel leuk zou vinden om jou ermee te verrassen,' zei Jon. Mevrouw Nafiche blies haar wangen bol om zogenaamd verontwaardiging uit te beelden. 'Lekkere appeltaart, ma.'

Henry mompelde met volle mond dat hij het ermee eens was. Stukjes appel en rozijnen in bros en luchtig bladerdeeg, zo was de appeltaart die hij elke zondagmiddag bij de Nafiches kreeg, en vooral de eerste hap was heerlijk. Hij slikte en zei: ''t Is zalig.'

'Dat zeg je altijd,' zei zij tegen hem.

'En dat meent hij ook altijd,' zei Jon. 'En hij heeft ook altijd gelijk.'

Ze boog zich naar Henry toe om, heel even, haar hand op zijn pols te leggen, daarna legde ze hem op de schouder van Jon. Jon pakte haar hand en hield die even vast. Haar ogen werden vochtig, maar ze stak gauw een hap van het gebak in haar mond en begon te kauwen. 'Wat is er nou gebeurd?'

'Mijn knieschijf is uit de kom geschoten.'

Ze keek Henry aan, die verder niets wist te zeggen, en keerde zich toen naar haar zoon.

'Dat is nou wat we bedoelen als we het over de echte aristocratische gereserveerdheid hebben, ma. Hij viel van een duin naar beneden, want we deden wie er het eerst was. Ik was hem voor, dat is een punt dat we niet mogen vergeten. Maar Henry viel. Toen lag hij daar, zo onbeweeglijk als een dode, zo wit als een dode, zijn ogen stijf dicht. Kijk, zo. "O, wat mag u schelen?" vroeg ik. "Wat ligt gij zo eenzaam en bleek terneer?" Hij lag daar heel erg terneer, ma.' Jon nam een hap, ging toen verder met zijn verhaal. 'Daar lag Henry dus, met zijn handen om zijn knie geklemd.' Hij deed het voor. 'Het been was dubbelgebogen. Toen hij zijn handen weghaalde, kon ik zo iets als een enorme kuil zien, op de plek waar de knieschijf verondersteld werd te zitten, waar hij had moeten zitten en wij beiden zo zeer wensten dat hij nog zat... en ook een... een misvorming die naar buiten puilde. Een diepe holte, de losse schijf bot opzij gezwiept, de huid daar strak overheen gespannen. Het was behoorlijk afstotelijk. Vooral die huid, om de een of andere reden, die was helemaal uitgerekt. Henry zweette en vloekte, maar klaagde niet. Het was behoorlijk indrukwekkend, ma.'

'Is dat waar?' Mevrouw Nafiches bruine ogen keken Henry aan. Hij voelde het medeleven in haar blik, bijna als een lichamelijke aanraking, haar meegevoel om wat hij doorstaan had en om hoe hij het had doorstaan. Hij wist dat hij bloosde. 'Is het wat ook met je knieën gebeurde toen je... zat je toen niet in de zevende? Zou het niet beter zijn als je wat ging liggen en die knie liet rusten?'

'Jon heeft niet verteld dat hij het was die hem weer op zijn plaats kreeg. De knieschijf.'

Mevrouw Nafiche drong erop aan dat Henry haar nu alles vertelde, tot in de bijzonderheden. Gedurende het hele relaas keek ze steeds van de een naar de ander, beurtelings met medelijden naar Henry en met trots naar Jon, en weer terug. Haar ogen stonden vol tranen. Ze vroeg van alles en nog wat maar luisterde niet naar de antwoorden.

Toen dat uitgebreide drama zijn ontknoping naderde, kwam de opa van Jon de keuken binnen. Hoewel Henry de stroeve oude man in gedachten altijd de rabbi noemde, voelde hij zich niet genoeg vertrouwd met hem om hem met wat voor naam ook aan te spreken. De rabbi mocht hem niet, en probeerde ook niet dat te verbergen. Jon had Henry eens het levensverhaal van de rabbi verteld: eerst een talentvol student aan het Yeshiva-seminarie in Philadelphia, toen volgeling van de ethisch moralist Hermann Cohen en voorstander van hervormingen, was hij er door de gebeurtenissen in de jaren dertig en veertig en vooral, maar niet alleen, de holocaust, toe gekomen zijn geest en zijn leven alleen nog aan de thora te wijden en de wereld de rug toe te keren. 'Hoe kan een jood in deze wereld leven?' had Jon aan Henry gevraagd. 'En jood blijven?' had hij er, voordat Henry iets had kunnen zeggen, aan toegevoegd.

De rabbi ging naast Jon zitten. Hij nam het glas thee, stroperig van de suiker, aan maar bedankte voor het stuk appeltaart dat voor hem werd neergezet. De rabbi droeg altijd pakken van dikke zwarte stof en de vier lange kwasten van zijn gebedskleed hingen onder het jasje uit; hij had een bleek en mager gezicht, lichtbruine ogen, en was ongeduldig van aard. 'Zo, dus jij bent ook weer eens hier,' zei hij tegen Henry maar hij had zijn aandacht bij het stuk appeltaart, waar hij met zijn vork in prikte, net of hij keuren wou of de korst van bladerdeeg wel luchtig was, de appels en rozijnen sappig waren, de noten zoet. Hij at ervan alsof hij het per ongeluk deed.

'Ja, meneer.'

'Jij houdt de sabbat niet in ere.'

'Als u zo doet zult u Henry nooit bekeren,' zei Jon tegen zijn opa.

'Bekeren?' De oude man stak een brokje appeltaart in zijn mond maar zo, dat het niet leek of hij ervan at. 'Ha!' zei hij, 'ik begin te geloven dat die bekeerlingen, wanneer de Dag komt, in de ogen van Shechinah*, zijn naam zij geheiligd, niet beter zullen zijn dan de niet-joodse volkeren.'

'Voor jou dus de vlammen van Gehenna,' vertaalde Jon voor Henry. 'Maar rabbi, Jona werd toch naar Ninivé gezonden?'

De lichtbruine ogen werden ietsje toegeknepen. Hij stak een rozijn in zijn mond en zette er zijn tanden in.

'En werden de zeelieden van Jona's schip dan niet gered?' vroeg Jon.

*Shechinah: God.

52

'Wanneer de Heer van het Heelal barmhartig is, is dat iets wat ons verstand te boven gaat,' gaf de rabbi terug.

'Hoe moeten we dat opvatten: als de Heer van het Heelal barmhartig is?' vroeg Jon. 'Zijn wij dan niet naar Zijn beeld geschapen?'

'Hij placht te zeggen,' zei de rabbi, *'en hij die de kroon voor zijn eigen gebruik opzet, zal vernietigd worden.'*

Welke kroon, vroeg Henry zich af, en wie placht te zeggen? Het leek iets uit de bijbel.

'Zoals geschreven staat,' zei Jon na een poosje. *'Zou Ik dan Ninivé niet sparen, die grote stad waarin meer dan honderdtwintigduizend mensen zijn die het onderscheid niet kennen tussen hun rechterhand en hun linkerhand, benevens veel vee?'*

De rabbi knikte zijn hoofd op en neer en zei: 'Ha!' De discussie was gesloten.

'En wat zeggen je ouders?' vroeg mevrouw Nafiche aan Henry. 'Mag je in de zomer bij ons komen werken?'

'Ik heb nog geen gelegenheid gehad het ze te vragen.'

Mevrouw Nafiche wist niet goed wat ze daarvan denken moest, en Henry begreep heel goed waarom. De Nafiches brachten alles wat ze op een ogenblik ook maar in hun hoofd hadden zodra ze een voet in deze keuken zetten naar voren, en wie er dan toevallig aanwezig was gaf raad of nam een beslissing. Jon had een keer aan Henry verteld dat je, als er niemand in de keuken was, gewoon tegen jezelf praatte en dan jezelf de beste raad gaf die je geven kon, en dat er voor de discussie die aan een besluit vooraf ging niet meer dan een deelnemer vereist was. Henry had hem bijna geloofd.

'Ik denk dat ik het ze vanavond wel zal kunnen vragen,' zei hij.

'We zouden heel goed op je passen,' verzekerde mevrouw Nafiche hem. 'Dat kun je je moeder beloven.'

'Wat kan hij zijn moeder beloven?'

Henry draaide zich om.

'Vertel het me maar niet, want waarschijnlijk wil ik het toch niet weten.' Enids ogen keken Henry even aan, koele blauwe ogen, ongeïnteresseerd blauw. Hij bleef naar haar kijken, liet zich niet door haar in de war maken, dat was nu gemakkelijk. Zo lang het maar geen liefde was, dacht hij, kon begeerte bijna een esthetisch genoegen zijn. Ze zei hem niet gedag. 'Snij je alsjeblieft een stuk appeltaart voor me af?' Enid boog zich over haar moeders schouder heen om koffie in te schenken, ging toen aan het hoofd van de tafel zitten. 'Hebben jullie het hem al verteld?' vroeg ze, terwijl ze de schaal met appeltaart naar zich toe trok. 'Ja of nee?' hield ze aan. Ze pakte haar vork op. 'Dan zal ik het wel doen. Als niemand anders het heeft gedaan.' Ze keek Henry aan. 'Wij gaan weer een verdoolde in huis nemen.'

3

'Niet een verdoolde, het is je neef,' wees mevrouw Nafiche haar dochter terecht.

Henry keerde zich naar Jon en wilde hem om uitleg vragen.

'Onder de joden is er geen vreemdeling,' verkondigde de rabbi.

'Een jood is altijd een vreemdeling,' zei Enid. 'Er is hier in deze kamer niemand die geen verdoolde is... behalve Jon misschien.'

Nu keerde Henry zich naar Enid om haar te vragen wat ze daarmee bedoelde. Ze keek hem strak aan, met haar blauwe ogen die geen tegenspraak duldden, haar huid leek van porselein.

'Je begrijpt het niet,' zei mevrouw Nafiche.

'Moeder, ik begrijp het maar al te goed. Ik bedoel daar niets mee. Ik vroeg alleen maar of iemand het nieuws al aan onze kleine, niet-joodse verdoolde verteld had.'

Dat deed mevrouw Nafiche nu. 'De zoon van mijn jongere zuster, David Steintodt. Hij is twintig.' Haar donkere ogen glommen.

'Hebt u een neef?' Henry dacht dat alle bloedverwanten van mevrouw Nafiche waren omgekomen in concentratiekampen, die hij uiteindelijk geleerd had vernietigingskampen te noemen. 'Hoe hebt u hem gevonden?'

'Zes jaar geleden... was het niet zes jaar?' vroeg mevrouw Nafiche aan de rabbi, en die knikte. 'Hij was toen nog een jongen van veertien, hij woog maar dertig kilo. Hij zat in een vluchtelingenkamp. Hij was... de doktoren zeiden dat hij een speciale verzorging nodig had, een speciale behandeling... hij wou niet eten, hij kon niet slapen. Niemand wist wat er voor hem gedaan moest worden.'

'Hij komt nu thuis, hier bij ons.' De rabbi hield zijn ogen strak op Henry gericht.

'Maar hoe heeft hij het overleefd?' vroeg Henry aan Jon.

Mevrouw Nafiche gaf hem antwoord. 'We denken, omdat hij in Beieren is opgedoken, dat mijn zuster hem naar het meisje dat hun kindermeisje was heeft gestuurd. David herinnert zich van al die jaren niets meer, hij kan ons niets vertellen, maar ik weet dat dat meisje uit het zuiden afkomstig was, ik herinner mij dat het een boerenmeisje was.'

'We denken,' legde Jon hem uit, 'dat hij naar haar familie werd gestuurd om bij hen te blijven. Omdat hij daar is opgedoken.'

'Waren jullie naar hem aan het zoeken?' vroeg Henry. Hij had nooit eerder iets over deze David gehoord. Jon had er nooit iets over gezegd.

'We wisten wat er met alle anderen was gebeurd,' zei mevrouw Nafiche. Haar ogen zwommen in tranen. 'Hij was de enige van wie we niets te weten konden komen. Dus er was hoop. We verwachtten niet hem te zullen vinden, maar er was toch hoop, en we lieten hem bij alle instanties die navorsingen doen registreren, voor het geval zij hem tegenkwamen.'

'Hij kende de wetten niet,' voegde de rabbi daaraan toe. De rabbi was oud, zijn huid was gekrompen en daardoor leek zijn gezicht, de jukbeenderen, de lange groeven en diepe oogkassen, uit steen gehakt. 'Hij wist helemaal niets, kon niet lezen of schrijven, wist niet wie hij was, waar hij was, bij wie hij hoorde. Ze hebben hem niet eens zijn eigen naam laten houden.'

Jon leunde over de tafel om het hele verhaal te vertellen. 'Kijk, allereerst werd hij door de Amerikanen naar een legerkamp gebracht. Duitsland had zich overgegeven, al lang daarvoor, en hij kwam gillend en schreeuwend op een patrouille af – waarschijnlijk mag hij blij zijn dat hij niet werd neergeschoten – hij kwam dus schreeuwend in het Duits uit de bosjes rennen of zo iets. Dat hij David heette en niet Ulli, dat gilde hij. Waarom, wie zal het zeggen? Dus zij namen hem mee. En daar vandaan werd hij naar een vluchtelingenkamp gestuurd.'

'Veertien jaar, en hij woog maar dertig kilo. Hoe moet hij geleefd hebben, als een dier,' zei mevrouw Nafiche.

'Maar hij leeft,' zei Enid met klem.

De anderen, dat wist Henry, hadden het niet overleefd. Alleen mevrouw Nafiche, toen een jonge weduwe met twee kleine kinderen, had het erop gewaagd een papieren huwelijk te sluiten met een man die zij niet kende, waardoor ze een Amerikaans paspoort kreeg waarmee ze uit Duitsland weg kon gaan. Ze had geen kans gezien de anderen van de noodzaak ervan te overtuigen.

'Hij komt hier bij ons wonen,' zei Enid tegen Henry, en het klonk als een uitdaging. 'De doktoren zeggen dat hij dat nu kan.'

'Dat is dan toch goed?' zei Henry. Hij wist niet wat hij anders moest zeggen. 'Want dan moet hij nu toch beter zijn. Wat had hij?'

'Psychiaters,' zei Enid.

'Hij wist zijn naam nog, en verder herinnerde hij zich niets, niet eens zijn moeder. Mijn zuster Sofie... We weten niet... waar ze naar toe werd gebracht... wanneer ze stierf... alleen dat ze werden meegenomen met...' Haar stem brak. De rabbi pakte haar hand en hield die stevig vast. Met haar andere hand veegde mevrouw Nafiche haar tranen af. Henry gaf haar zijn papieren servetje.

'Zij heeft haar zoon gered en nu komt hij thuis, hier bij ons,' zei de rabbi tegen mevrouw Nafiche. Ze snoot haar neus, glimlachte toen en huilde weer. De rabbi keek Henry aan, alsof hij nu iets behoorde te zeggen.

'Maar wat heeft het met mij te maken?' vroeg Henry aan Enid.

'Hij zal een van ons zijn, een lid van het gezin,' legde Jon uit.

Enid schoof met een ruk haar stoel achteruit en liep de kamer uit. Even later hoorde Henry haar op haar piano spelen; de noten volgden elkaar zo afgemeten en streng op dat hij vermoedde dat het een stuk van Bach was. Allen om de tafel zaten ernaar te luisteren.

'Mij lijkt dit nou echt goed nieuws,' zei Henry ten slotte. Maar als het zulk goed nieuws was, waarom deden zij dan allemaal zo eigenaardig?

Mevrouw Nafiche glimlachte hem waterig toe. Ze greep naar

het doorweekte servetje. Henry stond op en haalde een doos met papieren zakdoekjes voor haar. Hij deed zijn best niet mank te lopen.

'Hij gaat naar de middelbare school, naar een van de hoogste klassen,' vertelde ze Henry. 'Dat is allemaal geregeld.'

'Wanneer komt hij?' vroeg Henry. Als David twintig was, was hij dan niet te oud voor de middelbare school? Behalve als hij, door al die verloren jaren, een geweldig eind achter was.

'Al gauw.' Ze snoot haar neus, droogde haar tranen weer en lachte naar hem, en ook haar ogen lachten nu. 'Hij komt boven te wonen, bij de rabbi, want daar is hij op zichzelf en toch niet alleen.'

Een aantal minuten waren ze allemaal stil. Henry had er geen flauw idee van waar de anderen aan zaten te denken, maar hij zat zich af te vragen waarom ze die David zo geheim hadden gehouden. Hij vroeg zich af wat er mis was met David, dat ze nooit over hem hadden gepraat; hij vroeg zich af wat er mis was met hemzelf, dat Jon hem nooit iets over David had verteld. Als Enid er niet over was begonnen, wanneer zou Jon dan van plan zijn geweest het hem te vertellen? Jon zou daar wel een goede reden voor hebben, dat wist hij wel, en hij wist ook dat het niet echt iets met hem te maken hoefde te hebben, die hele David niet. Jon vertelde hem niet altijd alles, er bestond toch zeker geen wet die voorschreef dat Jon hem alles moest vertellen? De melodie die op de piano werd gespeeld was als een slinger die om zichzelf heen draaide, meer en meer, ingewikkelde variaties op steeds hetzelfde thema.

Mevrouw Nafiche hield haar handen om haar koffiekopje heen en keek er niet uit op. 'Ma?' Jon legde zijn arm om haar schouders. 'Waar zit je aan te denken?'

'Niet aan wat jij denkt,' zei ze plagend. 'Ik denk helemaal niet aan wat jij denkt waar ik aan denk. Ik zat te denken aan Saul. Aan koning Saul. Om die twee namen, Jonathan en David.'

Jon schoof op zijn stoel heen en weer en keek naar het gezicht van zijn moeder. 'Wat is er dan met Saul?'

'O... dat hij zoveel van zijn zoon hield... en dat het aan zijn hart geknaagd moet hebben als bittere kruiden...'

'Ik denk dat ik een andere naam ga nemen,' zei Jon. 'Niet dat ik zo bijgelovig ben, maar een steek op tijd, als staat geschreven.'

Zijn moeder begon te lachen en pakte zijn hand. 'En welke naam zou je dan nemen, als je dat kon?'

Jon had zijn antwoord al klaar. 'Salomo. Dat is toch zeker wel bescheiden? En toch ook van koninklijken bloede, maar dan wel in een wat gunstiger periode van de geschiedenis.' Hij keek hen allemaal lachend aan, ook Henry. Henry lachte tegen Jon terug. 'En met een beetje geluk zal er in de toekomst misschien ook voor mij nog een Sheba zijn weggelegd.'

'Ik geloof dat je nu wel weer ver genoeg bent gegaan,' zei de rabbi.

'Het spijt me,' zei Jon en dat meende hij oprecht. Toen veranderde hij van onderwerp: 'Is het goed als ik Henry op de fiets naar huis breng?'

'Ja, natuurlijk,' zei mevrouw Nafiche. 'Maar waarom zo vlug al?'

'Ik moet voor morgen nog een werkstuk maken.'

Mevrouw Nafiche strekte haar hand naar Henry uit, niet zozeer om hem aan te raken, eigenlijk meer als een gebaar. 'Pas goed op je knie, en kom gauw weer.'

'Dat doe ik,' beloofde Henry haar en hij bedoelde die twee dingen tegelijk. Hij knikte de rabbi goedendag, die daar niet op reageerde. Jon gaf hem zijn stok en nam hem mee de kamer uit.

Henry zat op de bagagedrager van de fiets en hield met zijn ene hand zijn gekneusde been op zijn plaats, met de andere hand hield hij zich aan Jons riem vast. Jon hield de wandelstok dwars over het stuur vast, trapte op de pedalen en klaagde. Hij zei niets over David en Henry vroeg hem niets. Jon hijgde en pufte heel overdreven en informeerde hoeveel Henry de laatste tijd was aangekomen. Hij noemde voorbeelden van jongens die op hun leeftijd al een hartaanval hadden gehad. Boosaardig vergeleek hij het steil omhooggaan van de weg met de Alpen. 'Jij hebt de Alpen zelfs nog nooit gezien,' wees Henry hem terecht, en over David vroeg hij niets.

Jon zette zijn fiets andersom neer om meteen terug te rijden. Henry had zin om te vragen: 'Wat is er toch met iedereen aan de hand? Behalve met jou en je vader... wat is er toch?' Hij deed het niet. Jon ging weer op zijn fiets zitten, steunde met een voet op de grond en tuurde tussen de bomen door. Toen haalde hij een keer diep adem en zei: 'Hij is niet genezen. David.'

'Als ze hem weg laten gaan, dan zal het toch wel in orde zijn.' Henry wist heel goed dat hij van dit soort dingen niets afwist.

'Dat denk ik ook. Zoals geschreven staat: de tijd zal het leren.'

'Wat is het voor iemand?' De vraag was eruit voor hij het wist.

'Geen flauw idee. Ze namen mij nooit mee als ze naar die inrichting gingen, en ze hebben er ook nooit iets over gezegd. Je weet hoe ze zijn... ze praten wel een heleboel maar er zijn dingen waar ze het nooit over hebben.'

Nu Jon weer gewoon deed, maakte Henry zich geen zorgen meer. 'Er zal waarschijnlijk wel een goede reden voor zijn.'

'Henk, als ik jou vertelde dat mijn moeder fijngestampt glas door het eten doet, dan zou je mij ook vertellen dat ze daar wel een goede reden voor zal hebben. En papa al net zo. Ze heeft er haar zinnen op gezet dat ze David in huis wil nemen zo lang ik me herinneren kan, vanaf het begin.'

'Dat begrijp ik best.'

'En ik begrijp het ook best,' stemde Jon met hem in. Hij ging op het zadel zitten. 'Denk straks nog maar eens aan me, als jij lekker in je bed kruipt en de hele nacht kunt gaan slapen, terwijl ik zit te zwoegen.' Hij reed weg, het pad af naar de straatweg, en sloeg daar links af zonder te stoppen.

Tijdens het avondeten verbrak Henry de stilte door aan zijn ouders over David Steintodt te vertellen, niet omdat hij dacht dat het ze veel zou interesseren, maar omdat hij ze vragen wilde of ze het goedvonden dat hij in de zomer ging werken. 'Een neef van Jon komt bij hen wonen,' zei hij. 'Een neef van mevrouw Nafiche, uit Duitsland.'

'Maar je hebt ons toch verteld dat zij haar hele familie in concentratiekampen verloren heeft?'

'Vernietigingskampen,' zei Henry. Zijn ouders keken allebei op, maar zeiden niets.

'Ik vroeg je iets,' zei zijn moeder.

'Ja, dat heb ik, geloof ik, gezegd.' Nou ja, dat had Jon hem ook verteld. 'Ik wist hier niets van.'

'Het moeten aardige mensen zijn. Ze kunnen wel nauwelijks anders, maar het is toch edelmoedig van ze om hem een thuis te bieden,' zei mevrouw Marr.

'Meneer Nafiche vroeg me of ik in het restaurant kom werken, een baantje voor de zomer. In de keuken. 's Middags. Als jullie het goedvinden,' zei Henry, 'zal ik ingeschreven moeten worden bij de Sociale Verzekering.'

'Als je dat baantje neemt, moet je er niet halverwege weer mee ophouden,' waarschuwde zijn moeder.

'Dat doe ik heus niet.' Dat moest ze toch weten, dat hij dat niet zou doen.

'Hoeveel uur ga je werken?'

'Vier uur per dag, vijf dagen per week, en ook de weekends, als het het drukst is.'

'Je zult in augustus een week vrij moeten nemen, als we naar je oma gaan.'

'Dat heb ik al tegen meneer Nafiche gezegd, en hij zei dat het goed is.'

'Dan denk ik dat we je maar toestemming zullen geven. Je kunt maar het beste een spaarbankboekje nemen bij de bank.'

'Ik was van plan het geld aan jullie te geven.'

'Waarom zou je dat nou doen?' vroeg zijn moeder.

Voor het huishouden... voor eten en kleren, voor benzine voor de auto en wat al niet meer, wou Henry zeggen, voor al die dingen waar ze nooit geld genoeg voor hadden. Hij legde zijn vork neer en wachtte tot zijn ouders klaar waren met eten, ruimde toen de tafel af en liet warm water in de afwasbak lopen. Terwijl hij de borden afwaste en de glazen, het keukengerei en de pannen, dronken zij koffie, elk verdiept in zijn eigen gedachten.

En terwijl hij afspoelde en afdroogde en alles opborg, dook weer David in zijn gedachten op. Je zou toch hebben verwacht, dacht hij, dat de Nafiches uitgelaten zouden zijn en blij. Tenslotte had David het overleefd.

4

Als Henry aan David dacht, had hij een gevoel alsof hij helemaal ondergedompeld werd in medelijden, de gevoelens ste-
gen als golven in hem op, ze overweldigden hem en hij liet zich
er hulpeloos op wegdrijven. David was nu twintig, hij was dus
drie of vier geweest toen het allemaal begon, een klein kind nog,
maar ook weer niet zo jong dat hij niets wist of niets begreep.
Wel te jong om zichzelf te kunnen verdedigen. Zes miljoen was
een aantal waar geen mens zich een voorstelling bij kon maken,
maar één... één kon Henry zich voorstellen, al kon hij het bijna
niet verdragen, zo hulpeloos voelde hij zich wegzinken in medelijden, maar toch vroeg hij zich af hoe David het had kunnen
doorstaan. David bestond, dat was een feit, hij was die ene een-
zame figuur die door het lot was uitverkoren.

Hij zei over dat alles niets tegen Jon, en hij vroeg ook nooit
waarom ze Davids bestaan zo geheim hadden gehouden. Als
Jon hem dat niet vertellen wou, was dat Jons zaak. Hij kon er
trouwens toch al niet met Jon over praten, omdat Jon er bijna
nooit meer was. Hij ging niet meer op honkbal, maar Henry
bleef er wel op. Deze week kwam Jon iedere dag op school met
verfspatten op zijn schoenen, korsten verf op zijn nagels en op-
gedroogde verf in zijn haar. Hij was Davids kamer opnieuw aan
het verven, de muren wit (op maandag en dinsdag), het hout-
werk blauw (op woensdag en donderdag), want zijn moeder
had bedacht dat wit en blauw betere kleuren waren voor David
dan zandgeel en bruin, waarmee ze de kamer eerst geschilderd
hadden toen ze die voor David in orde maakten. Henry bood
aan te helpen maar Jon wees dat af. 'Als je een beurs voor het
ROTC* aan wilt vragen, moet je op de universiteit al in sport uit-

*Reserve Officers' Training Corps.

blinken, in minstens één sport. Ze willen toch zo graag goede atleten in het leger? Weet je hoe je een beurs voor het ROTC moet krijgen?' Nee, dat wist Henry niet, en Jon legde het hem uit. Toen vroeg hij: 'Heb je zin om zaterdag mee naar Cambridge te gaan om boeken voor David te gaan kopen?'

'Op zaterdag?' Het was tussen de middag en ze zaten te eten. Henry at met lange tanden van een bal gehakt die hij in de kantine had gekocht, en Jon kauwde luidruchtig op brood met kaas en tomaat. Jon greep in zijn papieren zak en haalde er twee dikke plakken tulband uit, een ervan stak hij Henry toe. 'Dit heeft ma mij voor jou meegegeven. Of heb je soms geen zin?'

'Maar is het dan geen sabbat?'

'De rabbi heeft toestemming gegeven, omdat het voor David is.'

'Waarom vraag je het niet aan Enid? Zij is al in Boston.'

'Die heeft het veel te druk, ze denkt niet dat ze voor de examens voorbij zijn nog thuis zal komen. Al zullen ze haar waarschijnlijk wel dwingen, dat denk ik wel. Om David te leren kennen. Je hebt geen ja en geen nee gezegd, Henk. Heb je geen zin? Ik wil dat je zin hebt. Wij trakteren, papa zei dat je dat duidelijk moet begrijpen, omdat je er ons een dienst mee bewijst.'

'Natuurlijk wil ik graag mee,' zei Henry. 'Ik ben alleen maar verbaasd.'

Daar zei Jon niets op terug.

En zo namen ze 's morgens vroeg de bus van Hyannis naar Boston, en Jon liet Henry aan het raam zitten – 'voor als je wagenziek wordt, Henk' – en leidde daarna zijn aandacht af door hem het lange verhaal over het huwelijk van zijn ouders te vertellen. 'Huwelijk en vrijage, in die volgorde.' Hoe Marya Rosen, weduwe en moeder van twee kinderen, met de handschoen was getrouwd met een zekere Leo Nafiche, een weduwnaar die zelf drie kinderen had, zij in Keulen en hij in Yonkers; hoe ze toen met haar kinderen de oceaan was overgestoken en in New York voet aan wal had gezet en daar toen pas de echtgenoot, die haar met zijn Amerikaans staatsburgerschap in staat stelde uit Duitsland te vertrekken, voor de eerste keer zag. 'Ik geloof niet dat ze een van tweeën verwachtten dat ze op elkaar verliefd zouden worden. Papa is veel ouder dan zij, net als jouw vader en moeder, heb je daar wel eens over nagedacht? En dan waren er al die kinderen, die van hem en ook nog de hare. Maar ze werden wel verliefd, en toen zijn ze naar Eastport verhuisd en begonnen het restaurant, en kregen mij... dat was natuurlijk wel de klap op de vuurpijl. Hou je het nog uit, Henk? Word je niet misselijk?'

Ze gingen met het treintje naar Cambridge om daar naar de universiteitsboekwinkel van Harvard te gaan. De eerste boeken uitkiezen was niet moeilijk: *Levens* van Plutarchus, goedkope uitgaven van *Misdaad en straf*, *Oorlog en vrede*, *Trots en vooroordeel*, Sherlock Holmes, Tsjechov. 'Ik heb altijd al eens een keer Tsjechov willen lezen,' zei Jon. Toen nam hij Henry mee naar de kast waar boeken in vreemde talen in stonden en daar moest Henry van hem gaan zitten voor de enkele bundels met teksten in het Hebreeuws die er waren. 'Maar daar weet ik helemaal niets van af,' protesteerde Henry, 'van Hebreeuws weet ik niets, en ook niet hoe je iemand talen moet leren.'

'Nee, dat is waar.' Jon stond op hem neer te kijken, hij probeerde op geen enkele manier zijn keuze te beïnvloeden. 'Jíj moet ze uitkiezen, Henry, dat heeft de rabbi gezegd.' En het woord van de rabbi was wet.

Henry bladerde de Hebreeuwse teksten door, en onderwijl praatte Jon verder. 'Vanaf dat we David hebben gevonden, heeft iedereen er zich voor ingespannen om hem weer uit de kreukels te krijgen, of hoe je het wilt noemen. Hij heeft zelfs nog nooit de joodse feestdagen gevierd, laat staan de sabbat. God mag weten wat hij allemaal heeft gegeten.'

'Ik dacht altijd,' zei Henry terwijl hij naar Jon opkeek, naar zijn brede, lachende gezicht, 'dat joods zijn, als je een jood bent, het allerbelangrijkste voor je is. Hoe komt het dan dat David zo is verwaarloosd op dat punt?'

'Ik denk dat de beste inrichting die papa vinden kon, toen hij daarheen moest, er een was die niet-joods was. Waarschijnlijk eentje van de anglicaanse kerk, denk je ook niet? In elk geval is het niet goed om een behandeling, als je daar eenmaal mee begonnen bent, te veranderen. Heb jij nooit iemand in je familie gehad die krankzinnig was?' Jon gaf zelf al antwoord: 'Nee, allicht niet. Wat denk ik wel. Er bestaan geen krankzinnige Chapins, alleen maar evenwichtige, beheerste, het zout-der-aarde-Chapins.'

'Maar,' drong Henry weer aan, 'ik zou denken dat als David... onevenwichtig is, dat het dan goed voor hem zou zijn als hij iets van het joodse geloof af wist. Van de wetten en de tradities. Omdat die zo streng zijn en zo, daarom zouden ze hem een gevoel van zekerheid kunnen geven. Of niet?'

'Daar ga ik niet met je over twisten. En ik ben de dokter ook niet, en ik betaal ook niet de rekeningen. Een gelijkenis.' Henry zette een van de Hebreeuwse teksten weer terug op de plank en pakte een andere. 'Hoe was het ook weer.' Henry bladerde het boek door, zocht de eerste les op. 'De gelijkenis van de koning met de zoon die blind was.' Henry legde het boek naast zich op de vloer en pakte het laatste geschrift dat overbleef van de plank. 'Er was eens een koning wiens zevende zoon blind werd geboren. De koning stuurde hem naar een ander land om daar braille te leren, want in zijn eigen koninkrijk was braille onbekend. Zijn overige zonen veroordeelden de vader hierom, en zeiden dat hun broer het beter zou hebben bij hen thuis, in zijn eigen land. De koning gaf ten antwoord dat de jongen in zijn eigen land helemaal niets zou leren. Maar toen de jongen terugkeerde van zijn verblijf onder vreemden, kon hij nauwelijks meer een gesprek in zijn moedertaal voeren, en hij bleef voortdurend tegen muren en meubels opbotsen wanneer hij probeerde door het paleis te lopen. En dus moest zijn vader hem terugzenden naar het vreemde land, en daar leefde hij voortaan en trouwde en verwekte zonen die niet blind waren.'

Henry reikte Jon het boek aan dat hij had uitgekozen. 'Wat wordt dat verondersteld te betekenen?' Hij vroeg zich af of de familie Nafiche soms verwachtte dat David uiteindelijk niet-joods zou zijn, ondanks zijn afkomst.

'Dat weet ik zelf niet goed,' zei Jon. 'Wat nog meer?' vroeg hij toen Henry opstond. 'We hebben geld genoeg over om nog een paar boeken te kopen.'

'Wat vind je van *De Verklaringen van de Federalisten*?*

Federalisten waren de Noordelijken tijdens de Amerikaanse Burgeroorlog.

Goed voor zijn Amerikaanse Geschiedenis.'

'David heeft zijn buik vol van geschiedenis,' zei Jon. 'Dat is het wat er mis is met hem, geschiedenis. Wat vind je van Thurber?'

'Of Hemingway?'

'Of allebei?'

Toen ze op de harde banken van de bus zaten, Henry weer aan het raam om frisse lucht te krijgen, en aan de lange rit naar huis begonnen, vroeg Jon: 'Jouw oom was toch in Harvard?'

'Tot de oorlog. Hij deed rechten, was nog maar eerstejaars en toen kwam Pearl Harbor. Alle Chapins zijn of arts of advocaat.'

'Behalve jij.'

'Behalve ik,' zei Henry, met zichzelf in zijn sas.

'En behalve je vader. Is hij op een academie geweest?'

'Ja, in New York, op een school die Julliard heet, een of andere muziekschool.'

Jon keek hem verwonderd aan. 'Jij hebt nou ook echt nergens verstand van, Henk. Julliard is hét conservatorium. Het allerbeste, daar kan er geen een tegen op, want er is geen beter. Als ik je vader was, zou ik je een pak rammel geven.'

'Hij is pacifist,' merkte Henry op.

'Daar kan de wereld er meer van gebruiken.'

'Meen je dat nou serieus?'

'Weet ik veel? Misschien wel. Weet je, Henry, het zesde gebod luidt in het Hebreeuws "Gij zult niet moorden". Moorden, en niet doden, de christenen hebben er doden van gemaakt. Wat zeg je daarvan? Want daar volgt vanzelf uit dat iedere ware christen pacifist zou moeten zijn, om maar niet te zeggen vegetariër, om maar niet te zeggen dat de Spaanse Inquisitie nooit had mogen bestaan. En in dat geval zouden de joden in de westerse wereld de sterksten zijn. En dus zou het uitverkoren volk het heersende ras moeten zijn. Zodat bovendien de geschiedenis bewijst dat het mensdom wel heel erg van Gods bedoeling is afgedwaald. Wat zal Hij daar wel aan gaan doen, vraag ik me af. En wanneer?'

Henry had wat tijd nodig om dat idee te verwerken. 'Maar dan ga je ervan uit dat de mens Gods bedoeling heeft begrepen.'

'Daar heb je nou precies de zwakke plek in mijn gedachten-gang. Daarom mag de rabbi jou zo graag.'

'Hij mag me helemaal niet.'

'Dat heeft niks met jou te maken. Hij heeft een hekel aan alle niet-joden. Maar hij zegt altijd tegen mij dat jij toch zo'n serieu-ze jongen bent, en dat is een heel groot compliment. Hij vindt dat ik niet goed snik ben.'

'Jon, waarom zei Enid dat over verdoolden, waarom zei ze dat op die manier?'

'Aangeboren verdorvenheid misschien wel. Of misschien... ze zegt dat wij het veel gemakkelijker zouden kunnen hebben als papa niet zoveel geld weggaf, aan Israël, aan David, dan zou ma niet hoeven te werken.'

'Ik dacht dat je moeder zo van koken hield.'

'Mijn moeder houdt van mijn vader en van alles wat met hem te maken heeft. Als hij kleermaker was, zou ze zijn naalden poetsen. Als hij rechter was, zou ze het wetboek bestuderen. Misschien vindt Enid het niet prettig dat ze zoveel aan papa te danken heeft en is dat gesar van haar wel haar verdraaide manier om hem te bedanken? Misschien voelt ze zich schuldig.'

'Waarom zou Enid zich schuldig voelen?'

Jon haalde zijn schouders op. 'Dat voelen we ons allemaal, iedere jood die het overleefd heeft.'

'Jij toch niet? Of wel?'

'Niet erg. Maar ik ben tot in de grond verdorven... vraag daar Enid maar eens naar.'

'En David, die moet zich wel schuldig voelen, denk je niet?'

'Hoe zou ik dat weten, ik heb die knul nog nooit gezien.'

Henry liep veel aan David te denken, hij vroeg zich van alles en nog wat af, en daardoor merkte hij hoe weinig Jon over hem te vertellen had. Jon scheen zich veel meer te interesseren voor Henry's succes in de honkbalcompetitie. 'Van die sporttruien met de naam van een universiteit erop, die doen het goed als je je voor college aanmeldt,' verkondigde hij. Als ze tussen de middag zaten te eten, hitste hij Henry op, had het over de eer van de klas van '54 en raadde Henry aan om Kipling te lezen en om te leren gewichtheffen met zijn voeten. Hij bood aan – maar dat was later, nadat David was gekomen en zijn moeder weer wat rustiger was geworden – om naast Henry te fietsen als Henry ging joggen, hij hoefde niet al te veel hooi op zijn vork te nemen, een goede renner kon met gemak vijfenveertig kilometer lopen zonder buiten adem te raken, denk maar aan de Grieken, dat waren goede renners. En dat had niets met David te maken.

Henry kwam te weten dat de Nafiches op zaterdag naar Connecticut zouden rijden om David op te halen, maar alleen doordat hij Jon naar zijn plannen voor de komende zondag vroeg. Zoveel was er door David veranderd dat hij niet meer wist wat er op zondag zou gebeuren, en hij wou ook niet bij Jon voor de deur verschijnen als hij daar niet welkom was. 'Twee sabbats achter elkaar die ik niet nakom,' zei Jon. Hij gaf Henry een stuk kruimelkoek met appel erin. 'Dat wordt Gehenna voor mij. Voor mij en voor de moordenaars en de overspeligen, voor de heidenen en de afgodendienaars en de niet-joodse volkeren. En voor jou ook, Henry. Jij zult daar tenminste ook zijn.'

'Misschien.' Het klonk als een vage bedreiging, of als een vage belofte.

Jon weigerde er serieus op in te gaan. 'Moet je je dat eens voorstellen – tot in alle eeuwigheid zul je van mij met schaken verliezen.'

'Misschien.' Koppig volgehouden twijfel.

'Aha!' Jon nam de laatste hap van de koek en likte zijn vingers af. 'Ik kan al duidelijk zien hoeveel goed het je doet dat je tegenwoordig binnenwedstrijden speelt... veel meer zelfvertrouwen, jazeker, en ben je ook niet een stukje gegroeid?'

'Zak!' Het werd Henry wel eens wat te veel dat er altijd zo met hem de draak werd gestoken, of eigenlijk meer nog: dat hij kennelijk niet belangrijk genoeg was om hem iets te vertellen.

Jons gezicht verstrakte met gespeelde afschuw, maar zijn ogen verrieden hem. 'Wat ben jij de laatste tijd manlijk, zeg. Zak. Wat voor zak? Van papier, van plastic? Mijn broekzak? Een zak cement, een zak patat? Ik begrijp het niet, Henk, leg het eens uit. Wat wou je me nou vertellen?'

Henry begon te lachen, hij had er alweer spijt van dat hij zijn mond had opengedaan. 'Schei maar uit. Je weet best wat ik bedoel.'

'Hoe zo? Weet ik dat? Leg het me eens uit, Henk.'

Die zondagmorgen bracht Henry door met wachten – in elk geval op Jon, maar eigenlijk was het nu al zo dat het vooral David was die hij wilde zien, die hij wou ontmoeten en met wie hij wou praten. Al was het maar om alle vragen de wereld uit te helpen. Ook al zou Henry niet hebben kunnen zeggen wat voor vragen dat dan waren, als Jon hem ernaar gevraagd had.

Gewoonlijk kwam Jon in de loop van de morgen. Henry had zijn huiswerk de vorige dag al gemaakt en zat te wachten op het trapje naar de buitendeur. Toen ging hij maar wat joggen langs het pad naar de weg, en weer terug, want hij vond het niet prettig zijn tijd te verdoen met alleen maar zitten wachten. Hij maakte een boterham met pindakaas voor zichzelf klaar en ging toen langs het strand lopen, een halve kilometer in de richting van de stad, de grijze rusteloze zee aan zijn linkerkant, de golvende duinen rechts, en elk ogenblik verwachtte hij Jon te zullen zien, misschien met een vreemde bij zich. Daarna liep hij een halve kilometer terug, en onder het lopen luisterde hij of hij soms hoorde roepen.

Toen uit de laaghangende wolken eindelijk een regenbui neerplensde, verwachtte hij niet meer Jon nog te zien, of David. Hij ging op de bank in hun woonkamer, waar ze haast nooit kwamen, de zondagskrant liggen lezen. De conferenties in Pan Moen Jon waren alweer op niets uitgelopen. Op die manier zou er nooit een eind aan de oorlog komen, met die oude kerels die steeds probeerden elkaar een loer te draaien, en nu eens wel wilden praten en dan weer niet, en van de vergadering wegliepen. Oorlogen werden op het slagveld beslist, zoals Hiroshima, of zoals Waterloo... er was een militaire overwinning nodig geweest om voorgoed met Napoleon af te rekenen. Hij vroeg zich af wat Jon van die theorie zou zeggen, en David. Buiten stroomden regendruppels langs de ramen.

Wat hun huis nodig had was een beetje kleur. Jon zei dat hun keuken net een Europese keuken was: 'Elk ding staat op zijn plaats en er is een plaats voor elk ding, en waar gewerkt wordt is het kaal. Maar jullie woonkamer, Henk, die is echt niet geschikt voor menselijk leven. Esthetisch gesproken is die ongeschikt

voor menselijk leven. Vind jij nou echt dat zo iets mag bestaan?'
Henry was dat met Jon eens geweest, maar zijn ouders scheen
zo iets helemaal niet op te vallen.

Na het avondeten vroeg zijn moeder hem waar Jon was. Henry zei dat hij vermoedde dat Jon het druk had met David, en
veegde zijn halfopgegeten karbonaadje van zijn bord in het vuil-
nisvat. 'Weet je,' zei zijn moeder, 'jij zou, als je in zijn plaats
was, Jon meteen aan hem hebben willen voorstellen.' Henry
draaide de kraan open. 'Ik zeg niet dat dat nou beter is, of juist
niet. Maar wel ánders.'

'Ik hoor je heus wel, mama,' zei Henry. Hij zou David de
volgende morgen op school zien, dus waar moest zij zich zo
druk over maken?

'Wat is er met David, waar is-ie?' vroeg Henry de volgende
morgen toen Jon uit de bus stapte. Hij moest het twee keer vragen voordat Jon er acht op sloeg; er woei een krachtige wind die
wel eens dagen kon gaan duren. Het regende hard en de druppels spatten op van de grond. Regenwater liep langs zijn nek zijn
kraag in. Jon schudde zijn hoofd en holde naar de beschutting
van het gebouw. Henry holde hem achterna.

Onder het eten tussen de middag praatte Jon over de inrichting. 'Vroeger was het een landgoed van de een of ander. Je zou
het niet geloven, Henry, kilometers en kilometers groot, en net
zulk gras als op een golfbaan. Het hoofdgebouw, waar hij
woonde, heeft een loggia met pilaren, en twee van die enorme
eikehouten deuren met gebeeldhouwde panelen, met heiligen
erop. Die deuren heeft de oorspronkelijke eigenaar in Europa
gekocht, van een kerk die ermee ophield. Of wat kerken dan
ook doen. En een balzaal met van die kristallen kandelabers als
diamanten halssnoeren, maar zij gebruiken hem nu als eetzaal.
Ik zou het niet erg vinden om gek te worden als ik daar mocht
wonen.'

Henry zat te wachten. Zo dadelijk zou Jon wel over David
vertellen. Jon hield nu eenmaal van praten.

'En tuinen ook, en een zwembad. Dat moet toch wat zijn geweest, om daar te wonen. Het moet ze een smak geld hebben gekost.'

'Wie?'

'Mijn ouders.'

'Nu in elk geval niet meer.'

'Ja, dat is zo,' zei Jon. 'Die kerel had zijn geld verdiend in de spoorwegen. Moet je je voorstellen. Misschien zou ik ook zakenman moeten worden om mijn brood te verdienen.'

'Waarom is hij er dan uit gegaan, als hij zo rijk was?'

'Dat weet ik niet, hoe moet ik dat weten? Maar je hebt gelijk, waarschijnlijk is hij op de fles gegaan. Dat is weer echt iets voor een Chapin, om je zo'n plens koud water in je gezicht te smijten.'

'Ik bedoelde helemaal niet...'

'Weet ik wel. Moet je luisteren, ik heb een theorie. Wil je hem horen?' Henry knikte. 'Als er nou eens in plaats van een overal aanwezige God die zich aldoor met ons dagelijks leven bemoeide, als er nou eens voor ieder levend mens eentje was, zo iets als engelen dus. De geesten van je voorouders of iets dergelijks. Die oom William van je zou de jouwe zijn, bij voorbeeld. Om voor je te zorgen, om je voor narigheid te behoeden... dat betekent dat ze de toekomst zouden moeten kennen. Daar had ik nog niet aan gedacht. In elk geval zouden joden er elk twee of drie hebben, want door de zes miljoen zouden er een heleboel overtollige geesten zijn in verhouding tot de levende joden. Dus wij zouden opvallend veel geluk moeten hebben... tenminste, dat zou je denken.' Hij wachtte op wat Henry ervan zou zeggen. 'Denk er eens over na, het is maar een theorie, en theorieën hebben geen mens ooit kwaad gedaan. Of wel soms? Nou ja, goed, sommige wel, denk ik. Als je erover nadenkt. Dus laten we die hele theorie maar weer vergeten, vind je ook niet? Hé, Henry, zit jij eigenlijk wel op te letten?'

Toen David later in die week nog steeds niet was komen opdagen, vond Henry dat zo raar dat hij ten slotte toch aan Jon vroeg waarom hij niet kwam.

'Hij is zich nog aan het installeren. Dat zegt ma. Hij zal over een week of wat beginnen, na het Wekenfeest.'

'Wekenfeest? Wat is dat?'

'Sjawoeoth. Het is dat feest als wij het huis met groen versieren, zo iets als een late Kerstmis. Of een vroege, het is maar hoe

71

je het bekijkt. Het Wekenfeest is het oogstfeest.'

'In de lente?'

'Omdat dan de tarwe werd binnengehaald in Israël. Dat moet je je toch echt herinneren, Henk, toen hebben we het beroemde feest van mijn Bar Mitzwah gevierd.'

'Daar werd ik niet voor uitgenodigd,' wierp Henry tegen.

'Dat wil nog niet zeggen dat je het bent vergeten. Je bent niet vergeten dat je niet werd uitgenodigd, zo is het toch? Ik weet niet, Henk, maar als mijn bekeerling zul je maar een armzalig figuur slaan. Met het Wekenfeest moet je de hele nacht wakker blijven, behalve de vrouwen en kinderen natuurlijk, omdat, toen God naar de Sinaï kwam om zich aan de joden te vertonen, zij allemaal in hun tenten lagen te slapen, want ze waren die nacht laat opgebleven omdat ze aan het loltrappen waren geweest. Dus die arme goeje Mozes rende daar rond – zo'n beetje als Paul Revere*; nu ik erover nadenk zijn we al met al toch niet zo heel erg veranderd – en zei tegen zijn volk dat ze uit hun bed moesten komen, en vlug ook. Moet je je dat voorstellen.' Henry kon het bijna voor zich zien. 'Dus met het Wekenfeest blijven de joden de hele nacht op, zodat Hij ze, mocht Hij weer komen, klaar vindt.'

'De Messias?'

'Ja, ik geloof het wel. David weet van al die dingen niets af. De rabbi gruwt ervan. Hij begint al meteen met David Hebreeuws te leren, die arme kerel.'

'Arme kerel?' Misschien zou Jon nu iets over David gaan zeggen.

'Het eerste jaar is het ongelofelijk zwaar en ook stomvervelend. Ik zal het je laten zien... heb je niet een stuk papier?'

Stukje bij beetje kwam Henry wat te weten, maar veel was het niet. En hij wist niet wat Jon dacht. Hij had er geen flauw idee van hoe Jon over David dacht.

Hij hoorde dat Enid, het eerste weekend dat David er was, thuis was gekomen, en ook dat ze gezegd had dat ze vrijdag weer zou komen, om ook het volgende weekend er te zijn. 'En

Paul Revere, held uit de Amerikaanse vrijheidsoorlog, die te paard gezeten de boeren opwekte ten strijde te trekken.

72

ik dacht dat ze nergens tijd voor had,' zei Henry.

'Ze heeft wel tijd voor David. Ben je jaloers, Henk?'

'Op wie zou ik jaloers moeten zijn?'

'Op David niet, dat is zeker.'

Henry vroeg zich af wat dat moest betekenen.

'Hij zit te luisteren als ze piano studeert.'

'Ze wou nooit dat wij dat deden.'

'Maar wij hadden er ook nooit zin in.' Henry gaf toe dat dat waar was. 'Nou, ben je jaloers?'

Henry overwoog het, en schudde zijn hoofd. 'Zou begeerte gewoon kunnen verdwijnen?'

'Hoe moet ik dat weten? Ik ben *virgo intacto*, een onontloken knop in de Hof van Eden, dat weet je.'

Henry verwachtte al niet meer dat hij David op school zou zien opdagen, maar hij kon het niet helpen dat hij zich wel van alles afvroeg: waarom David nog steeds niet op school kwam, waarom Jon het hem niet vertelde. Mevrouw Nafiche nam David mee naar Boston om kleren voor hem te kopen en om Enid op te halen en daardoor hadden zij, die ene keer dat Henry met Jon mee naar huis ging, de keuken voor zich alleen. De rabbi, zo hoorde Henry, had besloten met de Hebreeuwse lessen te stoppen, omdat het David te veel moeite kostte. 'Wat wel raar is,' zei Jon, 'want hij is zo intelligent. Niet gewoon maar intelligent, waarschijnlijk is hij werkelijk briljant. Misschien zou het gemakkelijker voor hem zijn geweest als hij dat niet was.'

Henry moest eerst een hap brood kauwen en doorslikken voor hij iets kon zeggen, een stuk honing- en notenbrood dat Jon en hij buiten op het gras bij de haven zaten op te eten, want het was een mooie, warme en zonnige dag. 'Wat bedoel je?' vroeg hij.

'Ik bedoel intelligent, gewoon, veel hersens.'

Dat was het niet wat Henry had bedoeld, maar hij drong niet verder aan. 'Als dat zo is, waarom willen je ouders dan dat hij nog naar de middelbare school gaat? Waarom niet meteen naar college?'

'Ze denken dat het goed voor hem is als hij mensen leert kennen, en naar school gaan is een goede manier om mensen te leren kennen. Ik heb jou toch ook op school leren kennen?'

Henry wou David leren kennen, gewoon om het achter de rug te hebben en zijn eigen leven weer te leiden. Hij verdeed er zijn tijd maar mee, met erover piekeren wanneer hij David nu eens een keer te zien zou krijgen.

Toen het voor de vierde keer zondag werd, was Henry wel zo wijs om niet langer ergens op te hopen. Bijna hoopte hij nog een beetje dat er iets zou gebeuren, maar hij wist wel beter. Die hele morgen werkte hij aan zijn huiswerk, en hij was er zich van bewust dat hij, met nog steeds een klein beetje hoop, rond bleef hangen, maar die middag bond hij een stevig verband om zijn knieën en liep de weg af naar het strand. Hij wou gaan hardlopen tegen de wind in.

Toen hij boven op een duintop kwam, zag hij drie figuurtjes beneden op het zand lopen, daar waar het water hen niet bereiken kon. De wind blies hun hard in de rug, blies zijn vaders overhemd strak om zijn brede rug heen en om zijn magere armen, blies Jons donkere haren overeind. De derde figuur had een blote rug en zijn broek wapperde om zijn benen. Dat moest David zijn. Blond haar, blote voeten, meer kon Henry niet zien.

De wind blies hard door Henry's hemd heen en zijn haar woei voor zijn ogen. Dus waarschijnlijk waren Jon en David zijn vader op het strand tegengekomen, dat betekende dat Jon en David een eind waren gaan lopen, wat ze waarschijnlijk altijd 's middags deden... als Henry naar honkbaltraining ging of naar een wedstrijd.

Henry stond heel stil te kijken hoe zij al verder van hem weg liepen. Hij zette zijn schouders schrap tegen de wind, liep toen langs het duin naar beneden. Hij was niet van plan zichzelf iets wijs te maken. Hij maakte nu niet meer zo'n hoop drukte over David en trouwens, het maakte toch geen verschil wat hij deed of dacht.

Hij rende over het harde zand, weg van de stad, weg van hun drieën, rende zo hard hij kon tegen het zand in dat omhoog waaide en als scherpe mesjes in zijn huid sneed.

5

Op een achtermiddag in de eerste week van mei liep Henry langs het strand te rennen. Het was eb en het harde vlakke zand was door de zon warm geworden. Geuren van zout en zeewier hingen in de lucht. Onder het rennen zag Henry op het openbare stuk strand twee mensen liggen en hij dacht bij zichzelf dat het nog wel wat kil was om al te zonnebaden, en nog te vroeg voor toeristen, het was raar om daar in deze tijd van het jaar iemand te zien – en toen kwam Jon overeind. Jon droeg tenminste nog een t-shirt en een afgeknipte spijkerbroek, maar degeen die naast hem lag, met zijn gezicht in het zand, had alleen een zwembroek aan. Dat moest David zijn, die daar naast Jon lag. Bijna had Henry zich omgedraaid en was teruggegaan, maar Jon had hem al gezien en zwaaide naar hem. Dus ging Henry – hij liep al niet meer hard – naar hen toe.

Jon stond op en kwam hem tegemoet. David – want iemand anders kon het niet zijn – bewoog niet. Henry zag dik, lichtblond haar en een lange bruinverbrande rug die heel slank toeliep, en een paar ronde billen in een rode zwembroek. Lange magere benen, ook bruin verbrand. David scheen te slapen.

Jon pookte met een teen vol zand zijn neef in zijn ribben. 'Ik weet heus wel dat je maar doet alsof. Je hebt tot de middag liggen slapen, dus je kunt nu niet slapen. We hebben gezelschap, David. Iemand voor wie het de moeite waard is om net te doen of je wakker wordt. Henry is hier.'

David liet zich op zijn rug rollen, hurkte, en kwam overeind, alles in één vloeiende beweging, als een vogel die zijn vleugels uitsloeg en wegvloog. Hij keek Henry recht aan.

Het duurde slechts enkele seconden – ogen die hem zo vol hoop aankeken dat ze er donkerder door leken en zijn gezicht erdoor opklaarde – en Henry had er geen idee van wat David in hem had gezien dat zo'n gevoel bij hem opkwam, of wat David over hem gehoord kon hebben; hij kon ook zijn eigen reactie niet begrijpen, zijn verlangen het waard te zijn dat iemand zoveel van hem verwachtte, dat wat hij bieden kon opwoog tegen die intense blik in Davids ogen. De spieren van zijn borst en buik, tot onder aan zijn kruis toe, werden hard en strak van verwachting – hoe lang dat duurde wist hij niet. De hoopvolle blik in Davids ogen deed hem de tijd vergeten. Henry ging een stap achteruit.

'Jon heeft het over je gehad,' zei David, en uit zijn ogen sprak al geen hoop meer.

'Hallo,' zei Henry. Hij wist niet goed of hij nu wel of niet zijn hand uit moest steken. 'Hallo, David.' Het was gewoon een neef van Jon, zij waren gewoon een paar mensen die elkaar voor de eerste keer zagen, en meer niet. 'Hoe gaat het met je?' vroeg hij om maar wat te zeggen, maar terwijl hij de woorden nog uit-sprak, besefte hij dat je dat nu juist niet moest zeggen tegen ie-mand die pas uit een psychiatrische inrichting was ontslagen. 'Wat doen jullie? Zijn jullie aan het zonnebaden?' vroeg hij toen. Hij voelde zich stom, het was of zijn hoofd dichtzat. 'Is het niet een beetje vroeg in het jaar om al te zonnebaden?'

'Ja, dat is zo,' gaf David toe, 'vooral als je bang bent om een extra dosis straling op te lopen, net als de mensen die...' hij aar-zelde even voor hij verder ging, zei toen met nadruk: 'het geluk hadden dat ze Hiroshima overleefden.'

Henry voelde zich een stomme idioot, hij wist zelf niet waar-om. Waarom zei Jon nou ook niets. 'Nou dan,' zei Henry, echt als een stomme idioot, 'ik wed dat...'

'Ga zitten,' zei David, en ging zelf zitten. Hij keek uit over het wijde water. Donkere, grijsblauwe ogen, een neus die een beetje gedeukt was, alsof hij een keer gebroken was geweest, al zijn trekken volmaakt symmetrisch... het was voor Henry een schok dat Jons neef zo knap was om te zien.

Jon ging naast David zitten. Henry ging naast Jon zitten.

'Ik zou wel willen zwemmen, als ik de bodem nog maar zien kon,' zei David. 'Maar dat gevoel dat het water onder je einde-loos doorgaat...'

Henry kende die angst waar David het over had. 'Je raakt er-aan gewend,' zei hij.

'O ja? Je kunt aan bijna alles wennen, hè?' vroeg David.

Henry keek langs Jon naar David om te zien wat die bedoelde, of het soms op zijn gezicht te lezen stond. David had alweer zijn blik op de horizon gericht. Bijna kon Henry zien hoe David was geweest op zijn vijfde, op zijn zesde – hij moest er toen uit hebben gezien als een engeltje van Botticelli – en een golf van medelijden spoelde door hem heen en dat gevoel zocht een uitweg, het moest op de een of andere manier naar buiten. Hoe kon je het ooit goedmaken wat iemand was aangedaan... zo intens gemeen, zo onvoorstelbaar; wat kon de wereld ooit doen om die jaren uit te vlakken. Niets, natuurlijk, want het was gebeurd. Je kon zelfs niet, hoe stuntelig ook, je spijt betuigen, of iets vervangen. Mensen waren niet te vervangen. Maar Henry voelde zo'n geweldig medelijden in zich dat hij bijna misselijk werd van ellende.

'Waar ga je naar toe?' vroeg Jon.

'Naar huis,' zei Henry. 'Tot kijk.' Hij wilde niet dat Jon aan zou bieden met hem mee te lopen. Jon moest bij David blijven.

Die nacht droomde Henry. Hij stond aan de rand van de zee, het was hoog water en er waren haast geen golven, en David stond naast hem. David hield Henry's hand vol vertrouwen vast. De golven spoelden om hun voeten, om Henry's grote magere voeten en om Davids kleine kindervoetjes. Het was warm maar er was geen zon, het was ook niet donker, maar gewoon licht. Ze liepen het water in, want daar beneden was een wereld en daar gingen ze naar toe, de onder-waterwereld. Henry wist dat ze daar naar toe konden gaan. Het kostte geen moeite om adem te halen en ze zagen ook niet alles vertekend toen ze over de zanderige bodem van de oceaan liepen. Ze hielden elkaar niet meer bij de hand vast en Henry draaide zich om. Nu was David volwassen, hij keerde Henry zijn gezicht toe, zijn prachtige, hoopvolle ogen. Henry's adem stokte, zijn botten werden week. David strekte zijn handen naar hem uit en zijn lange vingers raakten Henry's ribben aan, streken toen zachtjes langs zijn lichaam naar beneden... Henry voelde weerloos hoe alle onderdelen van zijn lijf samensmolten, en toen kwam hij klaar.

Hij werd wakker en nog voordat zijn bonzend hart en zijn

nog naschokkend lid tot kalmte waren gekomen schaamde hij zich diep, voelde zich verraden... draaide zich niet eens op zijn buik. Hij begreep er niets van, tenzij... Natte dromen had hij al vaker gehad en ze ook best fijn gevonden – 'en terecht,' was Jons commentaar geweest – maar die gingen over vrouwen, en nooit over iemand die hij kende. Even dacht hij eraan terug, en weer werd zijn hele lichaam warm, alsof er water over stroomde, water dat als vingers was; toen dwong hij zich het te vergeten.

Hij had het Jon met geen mogelijkheid kunnen vertellen. Hij was veel te veel in zijn gedachten met David bezig, en hij wou niet dat Jon daartussen kwam. Toen David zich twee dagen later in de kantine naast Jon op de bank liet glijden, wist Henry zijn verrassing te verbergen, de bijna fysieke schok die hij kreeg, door al zijn aandacht op de gehaktballen in waterige tomatensaus op zijn bord te richten. David had een kaki broek aan en droeg een gestreepte das bij zijn wijde overhemd, maar geen colbertje. Henry boog zich over zijn bord, hij keek naar Jons neef zonder hem te zien. Davids handen, die hij wel duidelijk zag, maakten een papieren zak open en haalden daar zijn eten uit.

'Waarom ben jij zo vroeg al op?' vroeg Jon. 'Henry,' zei hij toen, voordat David antwoord kon geven, 'eet die dingen alsjeblieft niet op.'

Henry legde zijn vork neer, deed zijn armen over elkaar op de tafel en zei David goeiedag. 'Hoi.'

'Ik geef het op,' lachte Jon. 'Ik zal je de helft van mijn brood geven.'

'Ik niet,' zei David en zijn lange vingers haalden het papier van twee dikke belegde boterhammen.

'Mij best,' zei Henry. 'Het maakt me niet uit.'

'Edelmoedig van hem, vind je niet?' zei David tegen Jon.

'Henk is een en al edelmoedigheid.'

David mocht hem niet, dacht Henry. 'Heb je echt tot nu toe geslapen?' vroeg hij.

David nam een hap, kauwde, nam weer een hap, en knikte toen alleen. Hij praatte tegen Jon. 'Jij zei dat ik op z'n minst moest komen kijken hoe het er hier uitziet, dus ik vond dat ik maar moest meewerken.'

'Je hebt geen zin om naar school te gaan,' raadde Henry.

David keek hem alleen even met uitdrukkingsloze blauwe ogen aan. Op een dergelijke opmerking hoefde hij geen antwoord te geven.

Henry begon op zijn blad de borden op te stapelen. 'Wacht even,' zei David en stak zo plotseling zijn hand uit dat Henry terugschrok. 'Ik eet dat wel op, en de pudding ook, als jij het niet meer wilt.'

'Natuurlijk, maar het is behoorlijk smerig.' Het had geklonken alsof David wilde dat hij nog wat bij hen bleef.

'Dat kan me niet schelen,' zei David. Henry keek hem in zijn ogen, hij wilde weten of David soms de draak met hem stak.

'Jawel, maar het zou ma wel kunnen schelen. Ze zou een beroerte krijgen als ze je dat op zag eten. Nee,' zei Jon, 'je hebt gelijk, dat zou ze niet. Ze zou gewoon blij zijn dat je eet. Misschien hoor ik dus die beroerte te krijgen?'

'Ik had een droom, Jon,' zei David, en er Henry ook bij betrekkend vroeg hij: 'Willen jullie hem horen?'

'Wil je hem vertellen?' vroeg Jon.

'Ik vroeg jou eerst iets.'

'Jij vraagt mij altijd eerst iets,' protesteerde Jon. 'En als ik aan jou eerst wat vraag, dan zeg je dat je helemaal niet hebt gedroomd, of dat je je droom niet meer herinnert.'

David had nu al zijn aandacht bij zijn tweede boterham, en Jon en Henry hadden al hun aandacht op hem gericht. Het had iets kinderlijks, vond Henry, maar dat kon hem niet schelen. Het scheen dat David het nodig had ieders aandacht op zich gericht te voelen, alsof het een soort hongerig gevoel bij hem was, een honger naar aandacht, groter dan normaal, zoals hij ook steeds een hongerig gevoel in zijn maag had en alsmaar eten naar binnen werkte, brood, pudding, wat er over was van de gehaktballen, en nog een dikke plak gele cake uit zijn papieren zak toe. Jon speelde dat spelletje mee en daarom vermoedde Henry dat David het nodig had. Hij dacht dat hij dat ook wel begrijpen kon, het lag voor de hand, als je in aanmerking nam wat David had meegemaakt.

'Betekent dat nu ja of nee, Jon?' vroeg Henry. Meteen vroeg

hij zich af of hij zich nu weer ergens mee bemoeide waar hij niets mee te maken had, alleen omdat hij wou dat David wist dat hij er ook was. En hij hield zijn mond weer.

David begon aan zijn verhaal. 'Ik droomde dat ik door een dorp liep, en er stond een troep boeren om een wagen heen waar een oud mager paard voor was gespannen, de ribben staken door zijn vel. De eigenaar van de wagen kwam een café uit, zo zat als een aap, zo zat als een ladder, en riep dat iedereen in zijn wagen een ritje mocht maken. En dus klommen ze toen allemaal in die wagen en de eigenaar van de wagen, Mikolka heette hij...'

Wat een rare droom, dacht Henry. Hij probeerde het voor zich te zien maar doordat hij alleen oog voor David had, was hij niet in staat er beelden bij te denken. Hij vond dat het als een typisch Europese droom klonk, waarschijnlijk door die boeren, dacht hij, en door die naam, Mikolka, dat klonk Grieks... Hij dwong zich zijn aandacht weer bij Davids droom te bepalen maar Jon begon te lachen, en Henry vroeg zich af wat de grap was die hem was ontgaan.

'Schei maar uit,' zei Jon. 'Ik weet al hoe die afloopt. Mij hou je niet voor de gek, David.'

Toen David tegen Jon lachte, begreep Henry dat David het leuk vond dat Jon hem had doorgehad. Hij zou het fijn hebben gevonden als David tegen hem ook eens op die manier lachte. David draaide zijn goudgelokte hoofd opzij en deed dat toen ook. 'Henry heb ik er wel in laten lopen, hè?'

Henry lachte en gaf het toe.

'En het leek bovendien ook echt een droom voor mij. Heb jij nooit eens dromen die je ons wilt vertellen, Henry?'

Henry schudde zijn hoofd.

'Vertel me dan eens,' zei David en boog zich naar hem toe, en Henry zat te wachten, in de war gebracht: 'Trek jij je vaak af?'

Henry keek Jon aan. Hij keek om zich heen om te zien of iemand het had gehoord. Wat werd er nu van hem verwacht? Dat hij zou vragen hoe vaak David vond dat vaak was?

'Ze hebben mij verteld,' zei David tegen hem, 'dat het een algemeen gebruik is, en nog gezond ook. Behalve als je, zoals zekere Indische heren, je liever aftrekt dan het echte doet.'

'Ik moet weg,' zei Henry en stond op. Hij kon het niet verdragen zo dicht bij zoveel pijn te zijn. 'Tot ziens.'

'Maar we hebben nog een kwartier,' zei Jon.

'Ik heb een mondeling proefwerk. Latijn.' Dat was het enige vak dat hij en Jon niet allebei deden – Jon deed Frans – dus Jon kon niet weten of het waar was.

'Je liegt, Henk.'

Natuurlijk loog hij. 'Waarom zou ik liegen?' vroeg Henry.

'Weet ik veel? Maar het is mij best als jij daar zin in hebt. Wie het laatst liegt, liegt het best, zoals geschreven staat. Ga maar. We zien je straks wel.'

Henry pakte zijn blad en knikte, en liep toen van hen weg; Jon en David mochten ervan denken wat ze wilden.

David, dacht Henry, had hoogstwaarschijnlijk helemaal geen hekel aan hem, David kende hem niet eens. Tenslotte was het voor zijn eigen verantwoording wat voor dromen hij had, daar had David niets mee te maken.

Maar toen David een paar dagen later weer een keer de kantine binnenkwam, weer naast Jon ging zitten en Henry aankeek zonder een zweem van vriendschap, dacht Henry dat die droom toch alles met David te maken had gehad. Hij vroeg zich af waarom David een stropdas droeg als hij op school kwam om daar tussen de middag te eten, net of hij daarna ergens heen moest dat belangrijker was. Hij vroeg zich af of het aan hem te zien was hoe erg hij zich in de war voelde, en of hij iets interessants zou kunnen bedenken om te gaan zeggen. Jon zei ook niets meer, en opeens was Henry jaloers op Jon, omdat hij David elke dag zag, en omdat David tegen hem tenminste praatte als tegen een gelijke.

'Heb je zin om mee naar Boston te gaan?' vroeg David aan Jon. 'Oom Leo heeft de auto vanmiddag niet nodig en hij zei dat ik gaan mag als jij met me meegaat.'

'Ik heb school.'

'Spijbel dan.'

'Probeer je soms me in de nesten te werken?' vroeg Jon.

'Henry zal je wel dekken,' zei David. 'Ja, toch, Henry?'

'Hoe dan?' Henry verwachtte geen antwoord, want daar was geen antwoord op.

'Met een leugentje. Ik heb zo'n vermoeden dat jij goed liegen kunt.'

Dat was als een belediging bedoeld, en hij vatte het als een wraakneming op.

'Henk? Die kan zich nooit ofte nimmer ergens uit liegen. Ik kan niet met je mee, David. Het spijt me, maar...'

Een wraakneming, maar waarvoor? Wat had Henry David dan gedaan?

'Waarom niet?'

'Het is tegen de regels.'

'Regels zijn er om te worden overtreden,' zei David. 'Hij mag ook wel mee,' hij knikte Henry's kant op, 'als je het hem niet toevertrouwt je te dekken.'

Maar dát had Jon toch helemaal niet bedoeld?

'Voor Henry is het nog moeilijker, omdat zijn moeder hier les geeft. Bovendien houden joden zich aan de wet, dat is onze opdracht, ons doel, of iets dergelijks. En hier zegt de wet: gij zult geen les overslaan.'

'Hoe zit het dan met: Ik kom niet om de wet te schenden maar om haar uit te voeren?' vroeg David. 'Hij was een jood.'

Henry kon het gesprek niet meer volgen.

'Ja, maar hij droeg zijn joodszijn anders dan anderen.'

'Nou geen Shakespeare, Jon.'

'Goed dan,' zei Jon, 'geen Shakespeare. Ik begrijp trouwens toch al niet wat jij tegen God hebt.'

Henry stond verbaasd dat Jon zo bot kon doen.

'Hij vergat mijn naam,' zei David.

'Dat is niet te bewijzen. Een gelijkenis... de Gelijkenis van de Omheiningen. Er was een boer die een kudde schapen had...'

David protesteerde. 'Waarom moeten het altijd schapen zijn? Waarom geen geiten?'

'Koeien dan,' zei Jon. 'Een boer ging naar de markt en kocht daar een kudde koeien. Toen hij thuiskwam, was het eerste wat hij deed een omheining om zijn weiland maken. Hoe moeten we dit opvatten?'

'Hij wou niet dat ze wegliepen,' antwoordde David. 'Hij wou dat ze daar waren als hij ze nodig had, om ze te melken of om ze te slachten. Je bent wel wat erg doorzichtig, Jon.'

'Ik ben altijd doorzichtig. Vind je dat erg? Ikzelf vind het wel verfrissend.'

'Misschien ga ik wel alleen.'

Jon schudde zijn hoofd.

'Wat houdt me tegen?'

'Nou, bij voorbeeld dat je het beloofd hebt.'

'Waarom zou ik mijn beloften houden?'

'En omdat je geen leuke middag zult hebben. Je wilt dat ik meega omdat je een leuke middag hebt als ik erbij ben, omdat het lollig is met mij samen,' zei Jon. 'Ik ben heel wat lolliger dan jij, David, dat kun je niet ontkennen.'

'Dat kan ik best.'

'Maar dan is het niet waar.'

David keek Henry aan. 'En jij?'

David moest toch wel weten hoeveel ellende zij zich op de hals zouden halen. Dat was het niet waard.

'Nou, goed dan, lafbekken. Dat is al een oude traditie, precies doen wat je gezegd wordt, bevelen opvolgen, waar of niet, Jon? Henry?'

Henry keek naar Jon. Die lachte en schudde zijn hoofd. ''t Is maar een spelletje, Henk, een beetje pesten, meer niet. Alleen op het eerste gezicht, David. Verkeerde vergelijking. Ons laat je er niet inlopen.'

David gaf het op. 'Zelfs,' zei hij toen, 'als je aanneemt dat het mogelijk is dat een maagd een kind baart – en dat doe ik niet, want die meisjes in de oudheid gingen altijd hun vaders vertellen dat de een of andere god ze had bevrucht, en hun vaders deden maar wat graag alsof ze het geloofden... het was wel zo dat er toen ik weet niet hoeveel van die godsdienstige halve garen door de Romeinen werden gekruisigd. Kruisiging was de Romeinse manier van terechtstellen. Christus had gewoon een beter public-relations-team dan al die anderen.'

Henry zou wel willen vragen wie al die anderen waren en wat ze geloofden, maar hij wou liever niet dat David dacht dat hij dom was en daarom hield hij zijn mond.

'Of,' zei Jon, 'er kan een boodschap in zitten.'

'Wat voor boodschap?'

'Weet ik veel, David? Misschien dat je je aan de wet moet houden. Misschien een goede raad voor aankomende profeten: zorg dat u omringd bent door goede schrijvers.'

'Als je met alle geweld onsterfelijk wilt worden? Misschien wel, maar... die schrijvers waren... ik bedoel, het kan best waar zijn dat de sterren zullen vallen als vijgen, maar ik verwed er mijn geld eerder om dat er bommen zullen vallen als sterren die vallen als vijgen.'

Henry had er geen idee van waar David het over had maar begreep wel wat hij bedoelde. Hij wist ook niets af van vijgen, niet hoe die groeiden, niet aan wat voor soort boom, of hoe ze vielen.

'Welk geld?' vroeg Jon. 'Ze geven jou zakgeld, hè? Mij hebben ze nog nooit zakgeld gegeven. Jou wel, hè? Hoeveel? Vertel op, David.'

Maar David wou het niet vertellen en Henry stapelde de borden, die David ook nu weer schoon leeg had gegeten, op zijn blad omdat de bel geklonken had die hem vertelde dat hij naar Latijn moest, en vroeg zich onderwijl af of Jon soms jaloers op David was. Jon en David stonden tegelijk met hem op en David zei: 'Dat vertel ik je nooit. Dat heb ik beloofd. Oom Leo zit buiten in de auto op me te wachten, Jon.'

Een dag of wat daarna kwam David achter Jon aan de schoolbus uit stappen. Toen Henry hem zag, moest hij even bij zichzelf lachen. David leek wel een figuur uit een advertentie, uit een reclame voor iets in New York of zo, en Henry vroeg zich af of hij er zelf ook zo elegant uit zou kunnen zien. Hij had wel een paar stropdassen, die had hij nodig voor als hij bij zijn oma at, een pak zou wat overdreven zijn maar een colbertje had hij ook: de verleiding was groot. 'Goeiemorgen,' zei hij, nog een beetje lachend, 'kom je je nu toch aanmonsteren?'

'Nee,' zei David. Het was of er een plens koud water in Henry's gezicht werd gesmeten.

Henry slenterde achter hen aan en Jon gaf hem, omkijkend, antwoord: 'Hij gaat het alleen maar proberen. Dat heeft ma in orde gemaakt.' Henry kon zijn ogen niet van Davids lange slanke rug afhouden, van zijn kaki broek en hoe hij die laag op de heupen droeg.

Tussen de middag kwam David bij hen zitten. Zodra hij zat, kwamen er drie meisjes uit de hoogste klas aarzelend naar hun tafeltje toe. David wierp even een blik op ze, keek toen een andere kant op. Ze stonden wat te overleggen, toen kwam er een dichterbij. 'Wij... ik... willen je welkom heten,' zei ze. Ze hield het blad met haar lunch erop voor zich uit en ze zag er leuk uit, ze had bruine ogen en bruin kortgeknipt haar en een paar flinke borsten. Henry dacht dat ze graag wou dat ze haar vroegen om erbij te komen zitten, en hij schoof al een eindje op op de bank, om plaats voor haar te maken tegenover David. 'Waarschijnlijk weet je niet meer wie ik ben,' zei ze tegen David. 'Ik zit bij jou op natuurkunde.'

David knikte even.

'Maar goed, ik heet Bunny, wel een stomme naam maar ik denk toch...' Ze keek om naar haar vriendinnen en zei toen: 'Ik wou je alleen maar namens de rest zo'n beetje welkom heten. Ga je in juni tegelijk met ons examen doen?'

David nam een hap uit een dikke boterham met rosbief.

'Dat weet hij nog niet,' antwoordde Jon.

'O,' zei Bunny. Ze schoof haar handen langs het felgroene blad. 'Zijn jullie eigenlijk vrienden van elkaar?'

'Weet ik veel?' zei Jon. 'Zijn wij vrienden, David? We zijn neven, dat weet ik wel.'

'O,' zei zij weer, en glimlachte naar David. Ze stond te wachten of hij nog iets zou zeggen, maar hij zei niets. 'In elk geval hoop ik heel erg dat je het hier naar je zin zult hebben.'

David staarde haar alleen maar aan, zonder uitdrukking op zijn gezicht. Zij ging terug naar haar vriendinnen.

'Nou, nou,' zei Jon. 'Tjongejonge. Ik kan nu al zien hoe jij mijn sociale horizon gaat verruimen.'

'Niet als het aan mij ligt.' David keek hoe Bunny tussen de tafels door liep op zoek naar een plaatsje waar ze kon gaan zitten. 'Ze is meer het type waar Henry op valt. Hè, Henry, dat is toch zo?'

Henry pakte zijn vork om te proeven hoe vies de kip met groente was. 'Ze is mijn type helemaal niet,' zei hij, omdat David kennelijk verwachtte dat hij iets zei. Zij zou nooit ofte nimmer een tweede keer naar hem kijken.

'O, nee?'

Henry keek David verbluft aan. David had dat op een toon

gezegd alsof hij echt een hekel aan hem had, een persoonlijke afkeer.

'Zou een meisje zoals zij niet goed genoeg voor jou zijn?'

'Dat heb ik niet gezegd. Ik heb het zelfs niet gedacht. Wat
probeer je me eigenlijk in mijn schoenen te schuiven?'

'Nu schijn ik werkelijk een gevoelige snaar te hebben geraakt,' merkte David op.

'Er bestaat niets leukers dan Henry een beetje op de kast jagen, maar laat nou maar,' zei Jon. 'Vertel eens hoe het vanmorgen is geweest. Hoe vond je de leraren?'

David haalde zijn schouders op. 'Je kent het wel.'

'Wie heb je allemaal?' vroeg Henry, en peuterde verder tussen de doperwtjes en paprika op zoek naar stukjes kip. Hij
vroeg het niet omdat hij het echt wou weten, hij vroeg het omdat
je dat nu eenmaal in zo'n geval vroeg.

'Waarom vraag je dat?' vroeg David.

'Het interesseert me.' Henry legde zijn vork neer en pakte
zijn kartonnetje melk.

David gaf van allemaal een korte beschrijving: de overdreven
chique schoenen van de natuurkundeleraar, de ijdelheid van de
lerares drama, de leraar wiskunde die zich slecht had voorbe-
reid. 'En wat Engels betreft...' Hij nam Henry onderzoekend
op. 'Maar zij is jouw moeder, hè?'

Henry knikte. David zei niets meer.

'Je vader is een rare,' zei David toen. Henry haalde een keer
diep adem. Hij stond op het punt tegen David te zeggen dat hij
hem met rust moest laten, maar David liet hem de tijd niet om
iets te zeggen. 'Een kunstenaar... dat betekent dat je een rotleven
hebt, als je er echt een bent. Ik zou best kunstenaar willen zijn.
En hij is een echte... misschien wel... als straf voor zijn zonden,
die arme kerel.'

Nog nooit had Henry zijn vader op die manier bekeken.

'Hij wil dat ik pianoles neem,' zei David.

'Van hem?' vroeg Jon.

David trok Henry's blad naar zich toe en begon wat er over
was van de saus en de erwtjes en de paprika en de stukjes kip op
te lepelen. 'Van wie dacht je dan? Ik zou niet hoeven te betalen.'

'Als Enid dat wist zou ze het heel erg vinden.'

'Ze weet het al.'

'Doe je het?'

'Dat weet ik nog niet. Ik heb er niet zo erg veel zin in, maar hij wil echt heel graag dat ik les neem.'

'Zeg Henry,' zei Jon, alsof hem opeens iets te binnen schoot, 'ben jij niet volgende week jarig?'

'Vrijdag,' zei Henry.

'En ga je dan elke dag je moeder met de auto* naar school brengen?'

Dat wist Henry niet. Zij had nog niet gezegd of ze hem wel of niet zou leren autorijden.

'En wat ga je doen met je cheque voor je verjaardag? Zijn oma stuurt hem altijd voor zijn verjaardag een cheque. Je zou ons mee naar de film kunnen nemen,' stelde Jon voor. 'Om je verjaardag te vieren. Wij willen je graag helpen die te vieren, wat jij, David?'

'Maar ik neem mijn ouders mee uit eten. Naar "Leo's Eethuis", heeft je vader je dat niet verteld?'

Jon schudde zijn hoofd. 'Komen jullie vrijdag?'

'Nee, zondag, want hij zei dat hij zelf voor ons wou koken. Ik dacht dat je dat wel wist.'

'*Ik* wist het,' zei David.

Heel even kon Henry merken dat Jon het vervelend vond, maar het duurde langer dat hij het zelf vervelend vond, en wel om Jon; hij snapte niet waarom David nou nooit eens een keer zijn mond kon houden.

'Dan nemen wij jou mee uit om je verjaardag te vieren, dat moet dan maar op zaterdagavond,' zei Jon. 'David? Heb jij zin?'

David had daar blijkbaar in toegestemd want die zaterdag gingen ze naar Provincetown, waar *A Day at the Races* draaide. David reed hard over de bochtige weg en Henry, die op de achterbank in de stationcar van de familie Nafiche zat, deed zijn best niet te laten merken hoe misselijk hij was. Zo gauw hij uit de auto stapte kwam zijn maag weer tot rust. In de donkere bioscoop zat hij naast een zwijgende David en probeerde van de

In de Verenigde Staten mag je vanaf je zestiende autorijden.

film te genieten. Na de bioscoop gingen ze naar een eethuisje om ijs te eten. Henry had geen trek in eten en wou eigenlijk geen ijs, maar Jon stond erop dat hij ook nam. Ze gingen in een box zitten en bestelden.

'Jij bent nou echt zo iemand,' zei Jon tegen David, 'die voor de anderen de lol verpest.'

'Je had me van tevoren moeten zeggen dat het om te lachen was.'

'Henry vond de film wel grappig,' was Jons weerwoord. 'Ik heb jou een paar keer horen lachen, Henk, ontken het maar niet.'

Henry ontkende het niet.

'Gelach,' zei David, 'ligt besloten in de boezem der dwazen. Zoals geschreven staat.'

'Vind je mij echt een dwaas?' vroeg Jon, ogenschijnlijk alleen uit nieuwsgierigheid.

'Nee. Jij bent gewoon een clown.' David zat naast Jon. Henry zat tegenover hen aan de formica tafel. 'Ik geloof zeker dat het wel een sociale functie zal hebben.'

Jon proestte het uit van het lachen en probeerde met zijn blik Henry in de pret te laten delen. 'Een sociale functie, jawel,' zei hij. 'Weet je, als wij alleen zijn dan lacht hij wel om mijn grappen... Echt waar, Henry, soms lacht hij. Maar over het algemeen genomen ben jij geen dankbaar publiek, David.'

'Dank je,' zei David en boog zijn hoofd om de lof in ontvangst te nemen.

Terwijl de serveerster de coupes met ijs voor hen neerzette – twee met een hoge toren slagroom erop, bedekt met nootjes en een gekonfijte kers, en een, die van Henry, met alleen ijs bedekt met warme chocoladesaus – feliciteerde David Henry met zijn verjaardag. 'De aanvallige leeftijd van zestien, en nog nooit een zoen gehad,' zei hij tegen de serveerster die zich in een wolk van parfum over de tafel boog. 'Dat is toch zo, Henry?'

Henry was niet van plan daar antwoord op te geven. David scheen dat ook niet van hem te verwachten, want hij keek met een glimlach naar de vrouw, naar haar vuurrode mond, en zei: 'Daar zou u wel iets aan kunnen doen.'

'David!' protesteerde Henry. De serveerster lachte, en zei

toen tegen Henry dat hij over een paar jaar nog maar eens terug moest komen. Nog lachend liep ze weg, heupwiegend, zodat haar rok zwaaide. 'Wat wil je nou eigenlijk, zeg?' vroeg Henry.

'Je bent echt een beetje boos, hè?' David had zijn lepel halverwege zijn mond en hield hem daar. 'Dat is interessant. Je voelt je dus echt niet op je gemak, hè?'

'Ik ben kwaad,' zei Henry. Hij vermeed het Jon aan te kijken, die zou verstandiger zijn geweest. Hij keek David aan, hij keek hem over de tafel heen in zijn lichte, taxerende ogen.

'Dat betekent... zo'n onverdiende reactie... Maar zij voelt zich gevleid, Henry, ik heb haar het gevoel gegeven dat ze aantrekkelijk is, daar houden alle vrouwen van. Als je seksueel op ze reageert, vatten zij dat op als een bewijs dat ze aantrekkelijk zijn, dat geeft ze een gevoel van macht. Maar als dit jou zo hindert – of noem het maar dat je er kwaad om bent, als je dat liever hebt – dan begin ik te geloven dat jij je gevoelens zelfs nog meer verdringt dan ik al dacht. Is dat zo, Jon?'

Als Jon zelfs maar aanstalten maakte om op die vraag antwoord te geven, dacht Henry, dan zou hij hem een knal voor zijn kop verkopen. Als hij zijn gevoelens verdrong, ging dat geen mens een steek aan, alleen hemzelf, en wat zou hij er trouwens tegen kunnen doen als het er dan zo slecht met hem voorstond?

'Hoe moet ik dat weten?' vroeg Jon.

'Jon bij voorbeeld, die is onschuldig, onervaren, maar hij verdringt niet. Het komt vooral door je opvoeding, meer dan door wat ook,' legde David uit. Intussen ging hij door met eten, en zei op autoritaire toon: 'Die ouders van je zijn nogal van het kille soort, het zijn kille mensen en ik wil wedden... wanneer heb jij je moeder voor het laatst naakt gezien?' Hij liet Henry niet de tijd daarop te reageren. 'Ik zou het niet erg vinden om haar een keertje naakt te zien, ze heeft een schitterende kont. Heb je je wel eens afgevraagd waarom je enig kind bent?'

'Dat's waar, Henk, daar ben ik altijd jaloers om geweest op jou. Natuurlijk had je moeder alleen die ene broer, dus zij is een klein gezin gewend. Wij zijn met veel... vind jij het eigenlijk niet te veel, David?'

Maar David liet zich niet afleiden. 'En hoe zit het met je vader, waren er bij hem thuis veel kinderen?'

'Mijn vader is in een weeshuis opgegroeid.'

'Echt waar?'

'Nee David, dat zeg ik zo maar.' Henry dwong zichzelf een hap ijs door te slikken.

'Dat verklaart waarom hij met je moeder wilde trouwen,' zei David en lepelde het laatste ijs uit zijn glas. 'Ik vroeg me dat al af, wat zij met elkaar gemeen hadden. Jon zegt dat zij uit een oude, Bostonse familie komt, zo'n echte kouwe-kak-familie, is dat zo? Maar als ze van zulke rijke lui afstamt, waarom is ze dan met je vader getrouwd? Dat zou ik wel eens willen weten. Als jij je ijs niet meer lust, mag ik het dan?'

Henry schoof hem over de tafel heen zijn glas toe. Het enige wat hij wou was naar huis gaan, niet meer bij David zijn. Hij zat naar Davids dikke blonde haar te kijken, terwijl die al zijn aandacht bij het ijs had, en nog aldoor had hij medelijden met hem. Maar wel wou hij dat hij zijn tijd niet samen met hem hoefde door te brengen. Hij was er zich van bewust hoe aantrekkelijk David was, dat hij knap was om te zien, echt knap, maar terwijl hij toekeek hoe hij lepels ijs naar binnen werkte, begon Henry hem afstotelijk te vinden, lichamelijk afstotelijk. Geestelijk, dacht hij, was David wel een puinhoop.

Toen keek Henry naar Jon, die ook nog zat te eten, maar hij at langzaam en alsof hij van iedere hap de smaak ten volle wilde proeven en ervan genieten. Al in geen eeuwigheid had hij met Jon gepraat, hij had met Jon niet meer gepraat, maar dan echt gepraat, sinds David gekomen was. Hij had Jon zelfs nauwelijks gezien zonder David erbij.

Op de terugweg zat Henry voorin bij het raam, vanwege zijn maag. Jon zat tussen hen in. De grote stationcar zeilde door de bochten, want David minderde geen vaart. Henry hield stijf de deurknop vast. Eigenlijk moest hij zeggen dat hij achterin wou zitten, of hij zou alleen maar moeten zeggen dat David langzamer moest rijden, maar had hij daar de moed wel toe? Hij had de moed niet eens om zich rustig over te geven en zich in razende vaart door de donkere nacht te laten rijden, waarin de sparrebomen voorbij stoven en de koplampen ver het donker in boorden; en je kon toch zeker met je verstand wel nagaan dat je op tijd de lichten van een tegenligger zou zien, zodat je nog opzij kon gaan en niet meer midden op de weg reed. Maar hij zat daar maar, en was bang. Hij had nooit geweten dat hij zo'n lafaard was. Te laf om voor zichzelf op te komen, zelfs te laf om tegen David te zeggen dat hij zijn mond moest houden over zijn ouders, te laf om erop aan te dringen dat David normaal reed. Jon zag er ontspannen uit, maar het kon best zijn dat Jon bij zichzelf had uitgemaakt dat het de moeite wel waard was om de auto in de soep te rijden en dood te gaan, dat het dat waard was om David. Of misschien rekende hij erop dat God wel voor hem zorgen zou. Henry zat het stijf rechtop lijdzaam te verdragen en staarde voor zich uit zonder iets te zien, en de weg slingerde als een slang onder de wielen door terwijl de auto zeilend en zwenkend voortstoof door de nacht.

Henry zag niet hoe het gebeurde doordat hij zijn ogen op de verte, tot waar het licht van de koplampen reikte, gericht hield. Maar hij voelde de auto een slinger naar opzij maken en hoorde de harde bons van iets dat de auto raakte, en toen hij achterom keek zag hij iets wegvliegen, een of ander ding of een klein lichaam. De auto reed even snel door.

'Wat was dat?' vroeg David.

'We kunnen beter stoppen en gaan kijken,' zei Henry.

'Waarom?' David minderde zelfs geen vaart.

'Jon,' zei Henry.

'Ik vind dat we moeten stoppen, David.'

David haalde zijn schouders op, trapte op de rem, keerde en reed langzaam terug. 'We vinden het toch niet, wat het dan ook was.'

'We moeten op zijn minst gaan zoeken,' zei Henry omdat Jon niets zei. Hij had op het stuk weg met aan weerszijden bos geen enkel herkenningsteken opgemerkt, en omdat ze nu veel langzamer reden, dacht hij dat David wel eens gelijk kon hebben en dat ze het dier niet zouden kunnen vinden.

Maar het bleek helemaal niet moeilijk te zijn, want de stilte werd verscheurd door een hoog gekrijs. Henry dacht dat David de vlek, die hij nauwelijks even in het licht van de koplampen zien kon, voorbij reed maar David keerde de auto opnieuw, zodat nu het licht op het kronkelende hoopje scheen.

Henry stapte uit de auto en Jon kwam achter hem aan, en even later David ook. Het was een kat – of wat zo pas nog een kat was geweest. Door het felle licht en al het bloed was niet te zien wat voor kleur hij had, een oog hing naar buiten en er kwam bloed uit zijn bek en hij krijste. Wat moesten ze doen? Er lag een bergje darmen op het wegdek, er kon niets meer voor hem gedaan worden.

'Verlos jij hem maar uit zijn lijden,' zei David tegen Henry.

'Waarom ik? Jij hebt hem aangereden.'

'Jij bent degeen die soldaat gaat worden. Jij bent de doder.'

Kwaad keek Henry om zich heen of hij ergens een wapen zag. Hij dacht nergens aan en wou ook nergens aan denken. Het dier krijste nog steeds, het geluid sneed door het donker, en het enige wat hij dacht was dat hij moest zorgen dat dat geluid ophield. Hij liep tussen de bomen door tot hij een dikke tak vond, toen ging hij terug naar de kat en hief de tak boven zijn hoofd en liet hem – zonder erbij te denken – op de kop van het dier neerkomen. Hij deed het met zo'n harde klap dat zijn arm weer omhoog vloog, tot boven zijn schouder. Hij had niet gemerkt hoe hard hij de tak neer liet komen. De tak kraakte en vloog aan splinters. Het gekrijs hield op.

'Hoor, o Israël,' zei David.

'David,' protesteerde Jon.

Henry haalde zo zwaar adem alsof hij hard had gelopen.

'De Heer is onze God,' zei David.

'Hou je kop, David,' zei Jon. 'Dieren hebben geen ziel.'

'En jij wel?' vroeg David.

Henry liep naar de auto. Pas toen hij de achterdeur open had gedaan, merkte hij dat hij nog steeds een stuk hout in zijn hand hield. Hij slingerde het tussen de bomen.

Geen van de twee anderen keek naar hem om of zei iets tegen hem, de hele weg naar huis. Jon had toch wel iets tegen hem kunnen zeggen, of zich even om kunnen draaien om naar Henry te kijken, of wat dan ook. Henry zat te denken of hij misschien had gemerkt dat de auto even naar rechts was gezwenkt, vlak voor het gebeurde, maar daar was hij niet zeker van. Zelfs als je niet helemaal goed snik was, zou je toch niet met opzet iets doodmaken? Of dat zo was wist hij niet, hij begreep het ook niet, maar dat hij moest spugen – toen hij bij het begin van het pad naar hun huis uit de auto stapte – dat wist hij wel.

Hij stond over te geven in het hoge gras langs de kant van de weg, alsof hij gelijk daarmee alles wat er was gebeurd kwijt kon raken, en David erbij. Alsof hij zo zichzelf kwijt kon raken, en wat hij gedaan had. Toen tilde hij daar in het donker zijn hoofd op, veegde zijn mond af met de rug van zijn hand, spoog nog een paar keer, en dacht toen dat hij zichzelf vroeger altijd best aardig had gevonden, ja, ooit had hij zichzelf echt wel aardig gevonden.

6

Henry zat aan de riemen, zoals meestal. Jon zat tegenover hem met zijn gezicht naar hem toe maar zijn aandacht op David gericht. Henry roeide de huurboot naar de hoge boei toe en liet hem toen naast de boei stilliggen, wat niet meeviel want er stond een korte golfslag en David hing op de voorplecht ver buiten boord, waardoor hij de boot uit zijn evenwicht bracht. Ze waren halverwege open zee en het water was woelig.

Ze droegen alle drie een zwemvest, want dat hadden ze meneer Nafiche moeten beloven, daar had hij bijna een soort plechtige vertoning van gemaakt eer hij het goedvond dat Jon en David voor het hele seizoen een roeiboot huurden. 'Nog een klein eindje naar rechts, Henry,' gaf David aan.

'Stuur maar op MacDuff aan,' zei Jon ook nog.

Henry wist, zonder het te hoeven vragen, dat David naar voren keek en met rechts bedoelde wat voor hemzelf rechts was; hij tilde de linkerriem uit het water, even maar, liet hem toen weer zakken, en hield de boot stil. Jon, die David voortdurend in de gaten hield, gaf even een kort knikje, alsof het er niet toe deed dat het Henry was voor wie dat knikje was bedoeld.

'Twee,' hoorde hij David zeggen. Heftig ging de boot op en neer toen hij zich omdraaide, ging zitten en zich naar voren boog en toen, over Henry's schouder heen, aan Jon meldde: 'Er zijn er twee.'

Henry liet de boot draaien tot hij met zijn boeg in de richting van de kade wees, tilde toen allebei de riemen tegelijk uit het water, strekte zijn armen recht naar voren en trok ze met kracht achterwaarts. De boot schoot met een vaart vooruit. Hij kon er zich wel kwaad om gaan maken dat hij het altijd was die roeide, zat hij te denken, maar hij was degene die goed in vorm was, en in elk geval roeide hij goed, krachtig en gelijkmatig tegen de wind in over het water, in de warme, nog niet te hete meizon.

'Als ze volwassen zijn wegen ze nog geen twee en halve kilo,' hoorde hij David achter zich zeggen, 'maar hun vleugelbreedte kan wel meer dan anderhalve meter worden.'

'Anderhalve meter?' Jon breidde zijn armen uit en keek van de ene hand naar de andere. 'Weet je dat wel zeker?'

'Ja,' zei David, 'natuurlijk weet ik dat. Waarom niet, ik heb er over gelezen.'

'Hoe lang zitten ze te broeden?' vroeg Jon, en toen: 'Kunnen ze al vliegen zodra ze uit het ei zijn gekropen? Of hoe lang duurt het voor ze vliegen kunnen? Hangt het van het soort veren af wanneer ze kunnen vliegen? Je zegt toch: uit het ei gekropen, hè, zo zeg je het toch? Je zegt niet geboren, want geboren dat betekent uit de schoot van een levendbarend wijfje gekomen, maar eieren... Ik geloof niet dat ik veel zin heb om over eieren na te denken.'

'Eieren in het algemeen?' vroeg David, nadat hij geduldig al Jons vragen een voor een beantwoord had. 'Of bedoel je roereieren, want je zit de boel wel flink door elkaar te roeren. Ik zou niet graag eieren willen koken, als ik eraan denk dat er een levend wezen in de schaal zit. Gebakken eieren, die zou ik ook niet graag willen eten, nu ik erover nadenk. Wat bedoelde jij, Jon?'

Jon schudde alleen zijn hoofd, bij wijze van stilzwijgend antwoord, draaide zich toen om en keek naar het slordige nest achter hem, waarvan de takken over de rand van de boei heen staken, en naar de zee, die al wijder en wijder werd. Henry roeide verder in de richting van de kademuur onder aan het grasveld van het restaurant. Daar lieten ze de roeiboot in het kalme water van de haven vastgemeerd liggen; de riemen borgen ze altijd onder de trap die naar de woonruimte van de Nafiches ging.

Wanneer Henry Jon wilde zien, dan was David er ook altijd bij, en hij had geen zin in David. Hij legde de riemen onder de trap en raapte zijn fiets van de grond, daar waar hij hem had laten vallen. Als hij Jon wilde zien zonder David erbij... in elk geval zo lang ze nog naar school moesten, als de vakantie begon zou hij bijna alle middagen met Jon samenwerken... Maar nu was het zo dat als hij gewoon Jon even wilde zien... niet voor iets speciaals maar gewoon omdat het anders was als hij en Jon alleen waren, of liever gezegd, omdat het dan was zoals het altijd was geweest, maar goed... Het enige wat hij doen kon was achter in de middag bij hem thuis rond blijven hangen, om te kijken of het Jon soms was die met David meekwam naar het huis van de Marrs voor zijn pianoles. Meestal was het Enid die haar neef gezelschap hield en bleef wachten om ook weer met hem terug te lopen; ze had twee weken vrij om te studeren, voordat ze een week lang examens moest doen, daarom was ze thuis. David kwam iedere doordeweekse dag voor een uur les. Een enkele keer was het Jon die met hem meekwam, of hij kwam hem halen en liep met hem mee terug naar huis.

Henry keek niet om om te weten of soms iemand hem nakeek toen hij wegreed. David irriteerde hem, dat was nu eenmaal zo. Het vervelende was dat David Jons neef was en dat ze in hetzelfde huis woonden, waardoor ze bijna broers waren. Maar de knul werkte hem op zijn zenuwen. Iemand over wie je zo droomde als Henry over David had gedroomd, ook al was dat maar een keer voorgekomen, zo iemand had iets engs. Bovendien wist Henry dat David hem niet mocht, of liever gezegd: hem verachtte; en toch wou David altijd dat hij ook meeging, samen met Jon. Dat had ook iets engs. Henry had een hekel aan David en wou hem er liever nooit bij hebben als hij samen met Jon was; dat was normaal, dat hij dat niet wou.

Elke keer als Henry er zich toe dwong om het maar gewoon te accepteren dat David hem nu eenmaal een misselijk gevoel gaf, moest hij eraan denken dat David daarginds was geweest, zo lang de oorlog duurde, al was hij dan niet in een van de vernietigingskampen geweest, en dat zijn hele familie in de kampen was omgekomen. Dan moest hij eraan denken dat David een jood was. Als Henry aan al die dingen dacht, kreeg hij zo'n medelijden met David dat zijn maag in opstand kwam.

Eindelijk brak de laatste dag voor de vakantie aan, en die kroop voorbij. Jon verkondigde dat hij eerst een week vakantie ging houden. 'Ik moet weer een beetje bruin worden. Niemand mag ons vragen om ook maar iets te doen, deze ene week. Doe je mee, Henk?' Een groot deel van die week brachten ze op het strand door dat bij de stad hoorde en waar midden juni nog bijna niemand was; het korrelige zand strekte zich naar beide kanten uit, langs het zand strekten de duinen zich uit in een lange rij, en voor hen strekte de oceaan zich uit, zo ver je kijken kon. Davids crawlen stelde niet veel voor, hij dobberde maar zo'n beetje en kwam nauwelijks vooruit, en Jon gaf Henry opdracht daar iets aan te doen. 'Zo regel ik dat even, Henk, dat is nou leiderschap. Met ingehouden adem wachten wij af wat jij nu gaat doen. Waar of niet, David?'

David ging in de houding staan en salueerde. Hij stond in het felle zonlicht alsof er een schijnwerper op hem scheen. Ook al had hij alleen maar een zwembroekje aan, toch zag hij er onberispelijk uit, in de militaire zin van het woord – lang, keurig, met alerte blik, goed gespierd – zijn gezicht trok als een magneet je ogen naar hem toe. Henry keek Jon aan om hem om hulp te vragen. 'Wil hij dat wel?'

'Zijn zwemmen verbeteren? Natuurlijk wil hij dat. Dat wil toch iedereen.' Jon draaide zich naar David toe. 'Jij toch ook, David?'

David stond Henry een tijdje te bestuderen voordat hij antwoord gaf. 'Is het een verbetering om meer net als Henry te zijn?'

'Hoe moeten we deze vraag opvatten?' informeerde Jon.

Henry zette een punt achter al die onzin door te zeggen: 'Ik geloof dat het komt door hoe je met je benen trapt.'

'Wat kan mij dat nou schelen?' zei David. 'Waar is het voor nodig om even goed als Henry te kunnen zwemmen? Trouwens, ik kan niet anders met mijn benen trappen dan ik doe, dat is iets ingewortelds. Het is een gewoonte. Het is een deel van mijzelf.'

Het lukte ze beter hem te leren hoe hij zich op de golven moest laten drijven, op een luchtbed of, als de branding hoog genoeg was, zonder. Soms voelde Henry bewondering voor David. Hij gedroeg zich dapper in het water en ging op een roekeloze manier met zijn lichaam om. Hij stortte zich in een aanrollende golf alsof hij een kwal was, of een kluit rondzwalkend zeewier. Op een keer moesten Jon en Henry het water in rennen om hem eruit te slepen. Jon beschuldigde David ervan dat hij het met opzet had gedaan om de aandacht te trekken. Henry wees hem er toen maar niet op dat zij helemaal alleen op het strand waren, want het leek of Jon echt heel kwaad was. 'En je bent nog lang niet sterk ook,' zei Jon.

'Ik ben sterk zat,' antwoordde David, nog buiten adem. Op zijn bovenarmen en zijn kuiten had hij glanzende rode plekken, daar was de huid geschaafd.

'Henk?'

Waarom knapte Jon niet zelf hun meningsverschil op? Hij, Jon, was toch zeker degeen die al zijn tijd met David doorbracht, die vaak 's avonds met hem naar Boston ging, met hem schaakte en gezelschapsspelletjes deed, dingen die Henry af kon leiden uit wat die twee tegen elkaar zeiden. Hij had echt in angst gezeten, net of hij een moeder met een kleine peuter op het strand was. David bezorgde hun meer last dan hij waard was.

'Ik ben sterk,' zei David pruilend, bijna huilerig. 'Ik heb een ploeg getrokken.'

'Wat?!' vroeg Henry. Jons mondhoeken zakten naar omlaag en hij zei niets. De zon scheen warm op hun rug en op hun benen. De hitte brandde op hun hoofd.

'Zo iets hebben jullie tweeën nooit hoeven doen.'

'Wat?' vroeg Henry voor de tweede keer.

'Jawel.' David ging op zijn hurken zitten en keek naar zijn lange vingers, die zich diep in het zand groeven. Zijn haar zat vol met zand opzij tegen zijn hoofd aan geplakt. 'Ze hadden alle paarden gevorderd, en de muildieren ook, dus Grossvater... die had een klein joods muildiertje dat voor hem werkte.'

Zelfs Jon wist nu niets te bedenken om te zeggen.

'Dat wist ik niet,' zei Henry, 'dat ze de paarden in beslag namen.' Geen van beiden wilden ze erover praten, en er ook niet aan denken, hoe David als een werkpaard een ploeg had getrokken. En hoeveel jaren was dat gebeurd, elke keer voor er gezaaid werd? 'Ik dacht dat ze na de eerste wereldoorlog nergens meer cavalerie hadden. En de Duitsers lieten hun auto's toch op ethylalcohol rijden? Waarom namen ze de paarden dan in beslag?'

David keek hem aan, en bleef hem maar aankijken. Voor voedsel waarschijnlijk, dacht Henry, wat kon een mens toch stom zijn. 'Ik bedoel, ik dacht altijd dat de oorlog door overwicht in de lucht gewonnen werd.' Hij bleef maar doorkletsen om de stilte te verbreken. 'In elk geval aan het front in Europa.' Waarom kon hij dat onderwerp nou niet verder met rust laten, de oorlog en Duitsland en Hitler en – want die hoorden daar vanzelfsprekend bij – de vernietigingskampen. Ook al had hij nog zo'n hekel aan David, dan was er nog geen enkel excuus om dat onderwerp er weer bij te slepen, en waarom zei Jon nou niets. 'De Jappen daarentegen, die hadden een geweldig sterke luchtmacht. Ik begrijp niet hoe ze die kamikazepiloten zo ver kregen dat ze dat deden maar...'

'Henry had een oom die piloot was,' viel Jon hem in de rede. 'Die is toch boven Nederland neergeschoten?' Alsof wat Henry aan het zeggen was er helemaal niet toe deed. Henry liet het toen verder maar aan Jon over, als Jon dan toch altijd dacht dat hij het beter wist.

'Oom William is de grote held van de familie Chapin.'

David ging rechtop zitten. 'Chapin?'

'Zo heet Henry's familie in Boston. Van moederszijde is Henry zo iets als een Amerikaanse aristocraat.'

'Daar heeft hij uiterlijk niet veel van.'

Jon zat Henry nu ook onderzoekend te bekijken, maar hij zei niets.

'Maar het zit altijd in je bloed, want iemands uiterlijk kan heel bedrieglijk zijn,' zei David. 'Het is het bloed dat telt.'

'Henry, heb jij jezelf ooit als aristocraat beschouwd?'

'Aristocraat zijn betekent in Amerika geld,' zei Henry.

'Ach ja, dat is waar,' riep Jon. 'Maar al te waar. Triest maar waar. Een treurige waarheid. Een beetje geld maakt dat je beter bent dan wie niets heeft. Veel geld is beter dan een beetje. Met een fortuin dat je hebt geërfd sta je hoger op de ladder dan met geld dat je met werken hebt verdiend. Zeg David, hoe ben jíj van plan je eerste miljoen bij elkaar te krijgen?'

'Niet door het te erven, dat staat vast,' zei David en liet even een zacht geluid horen, waarvan Henry aannam dat het lachen was, al zag hij er niets grappigs in.

'Ik meen het serieus.' Jon trok zijn neef aan zijn arm. 'Heb je er al over nagedacht wat je gaat doen? Je zou een goede advocaat zijn.'

'Zeker mijn hele leven met rijke oude dames flikflooien die hun geld aan een kattenasiel willen nalaten.'

'Nee, maar in de rechtszaal zou je de jury wel overdonderen.'

'Mensen luisteren niet naar mij. Op mij reageren de mensen negatief.'

'Word dan rechter.'

'Wie zou mij nou kiezen?'

'Je zou ook benoemd kunnen worden.'

'Ik zou net zo goed rabbi kunnen worden,' protesteerde David.

'Waarom niet?' vroeg Jon. 'Waarom geen rabbi?'

'In de eerste plaats omdat ik niet van God hou. Daar komt nog bij dat ik geen Hebreeuws kan leren. Zelfs de rabbi moet dat erkennen.'

'Ja, dat is waar,' gaf Jon toe.

Een paar tellen later stelde Jon voor dat David zou kunnen proberen carrière te maken in de publiciteit (maar David had een hekel aan grote steden) of als arts (maar David kon zieke mensen niet uitstaan) of in zaken (maar David was een jood) of in een joodse zaak dan (maar David kon zelfs met zijn zakgeld niet uitkomen en bovendien hield hij er niet van om met andere mensen samen te werken). Dat gesprek ging zo door tot hun zwembroeken helemaal droog waren. Henry begreep niet waar Jon de energie vandaan haalde, domweg al die energie, om maar door te gaan met mogelijkheden aan te dragen die David op zijn beurt weer verwierp. Henry vond het gewoon stomvervelend. David was zó deprimerend.

'Een gelijkenis,' kondigde Jon aan. 'De gelijkenis van de Besluiteloze Boer. Er was een boer die had een akker. Hij ploegde zijn akker en maakte hem gereed om te zaaien, maar kon toen niet besluiten wat hij zou gaan verbouwen: maïs, tarwe, druiven, tomaten, sperziebonen. Hij kon niet tot een besluit komen wat hij op zijn ene akker zou laten groeien. Het werd mei en het werd juni en het werd juli, en nog altijd weifelde hij. Zijn vrouw mopperde op hem, zijn buren bespotten hem. En toen, op een dag in augustus, werd hij wakker en zag dat zijn akker vol stond met...' hier aarzelde Jon.

'Met onkruid,' stelde David voor.

'Nee, met gras, en het gras werd hooi en dat verkocht hij aan zijn buren om als voedsel aan hun vee te geven gedurende de wintermaanden. Want God had voor hem zijn akker gezaaid en het gewas laten groeien.'

'Dat geloof je zelf niet,' zei David.

'Hoe moet ik weten of ik het geloof?' Jon kwam overeind tot hij zat. 'Ik heb het nu net bedacht, hoe kan ik dat dan weten? Maar ik heb honger, jij niet? En jij, Henk?'

Henry had geen honger maar hij ging naar huis; hij zou hen straks nog wel zien, zei hij. Jon zei helemaal niets. David bleef op zijn buik liggen en bewoog zich niet. Henry raapte zijn handdoek op en liep weg. Vanaf volgende week zou hij met Jon samenwerken. Volgende week zouden ze in het restaurant werken, alleen hij en Jon.

Maar terwijl Henry in de middagploeg werkte, werkte Jon 's morgens. En trouwens, wat gaf Henry al met al het recht zich teleurgesteld te voelen? Alsof hij verder niets kon doen met zijn leven. Hij was van plan gedurende de zomer alvast een begin te maken met statistiek, en zijn moeder had gezegd dat hij *Oorlog en vrede* eens moest lezen; hij liep elke dag vijf kilometer hard, behalve als het regende; hij zou Jon zo nu en dan wel eens zien, dacht hij, als Jon en David niet iets anders van plan waren; hij had genoeg te doen.

Een enkele keer gebeurde het dat zij op dezelfde dag vrij waren en ook zin hadden om hetzelfde te gaan doen, en zo deed Henry dan wel eens iets samen met David en Jon: een middag met de roeiboot het water op, of ze reden naar Provincetown en brachten daar de middag tussen vakantiegangers en kunstenaars door, of ze gingen gewoon naar het strand. Henry stond over alles na te denken en ondertussen hakte hij bergen peterselie fijn, bergen dille, beende kippeborst uit, fileerde vis. Dat alles zo anders was geworden, dat kwam alleen maar door David, dacht Henry, en ondertussen haalde hij grote broden uit de oven en legde ze op rekken om af te koelen. Hij kon zichzelf moeilijk wijsmaken dat niet alles heel anders geworden was. Henry kon David bijna tegen Jon horen zeggen: 'Heb je wel gemerkt hoe die knul aan ons vastplakt?'

En daar zat wel iets waars in, dat moest Henry toegeven. Maar hij had niet erg veel zin om daarover na te denken. Want, dacht hij en ondertussen vulde hij kleine schaaltjes met zacht gemaakte boter en zette ze in de ijskast om koud te worden, want hij zat ook nog met de vraag waarom hij zich zo waardeloos voelde, zo helemaal niets, zo zonder...

Wat hij nodig had, dacht Henry en ondertussen bracht hij de vuilnisemmers naar buiten, was dat hij eens iemand tegenkwam, een meisje bij voorbeeld, 's morgens vroeg misschien, als hij aan het hardlopen was. En dat hij haar dan aankeek en zij keek hem aan, en dan wisten ze het gewoon, bijna alsof ze elkaar herkenden, alsof ze elkaar al eerder, in een vorig leven, hadden ontmoet... ja, en dan hoorde je muziek en de zon ging achter de duinen onder en zij zouden een beetje gaan liggen stoeien. Hij kon zich dat allemaal heel duidelijk voorstellen. Een beetje stoeien en vrijen, dat kon hij wel gebruiken, zonder dat het nu meteen echte liefde hoefde te zijn, dus hij kon best...

Hij was het zat om steeds maar het gevoel opgedrongen te krijgen dat hij waardeloos was, dat was het, en dan ook nog verplicht te zijn om net te doen alsof hij ook inderdaad niets voorstelde. Hij was moe van iets dat in hemzelf zat, iets waardoor alles op die manier gebeurde, en hij het maar... gewoon zo door liet gaan.

Daarom dwong Henry zichzelf om de uitnodiging aan te nemen de volgende dag wat vroeger te komen werken en te komen eten. 'Want mijn vrouw gaat borscht maken,' zei meneer Nafiche, 'en zij zegt dat jij dat nog nooit hebt gegeten, en een mens zou niet mogen sterven voordat hij borscht heeft geproefd.'

Ze zaten om de tafel in de keuken, Henry naast Jons moeder. Het rook er naar bakken, naar gist en naar suiker. De borscht, in een grote witte soepterrine, was zo helder alsof hij van vloeibare robijnen gemaakt was en er dreef een kluit zure room in, als een witte wolk in een robijnrode hemel. De familie Nafiche praatte over de mogelijkheden die er waren om een flat in Boston te huren, want Enid wou in een flat gaan wonen. Dit werd haar laatste jaar, ze moest zich voorbereiden op een concert in het voorjaar, daarnaast haar scriptie schrijven en daar onderzoek voor doen, bovendien had ze genoeg van slaapzalen. De rabbi vond haar nog te jong, mevrouw Nafiche zei dat ze het Enid, als zij het noodzakelijk vond, niet zou verbieden, en Jon leek het iets geweldigs omdat zij dan allemaal bij haar konden overnachten, en David scheen het niet te kunnen schelen of ze het nou wel deed of niet.

Henry zat naar ze te luisteren en lepelde langzaam van zijn soep. Hij smeerde boter op een dikke snee volkorenbrood en at die op. Hij keek om zich heen, naar de kleurige dozen en blikjes op de keukenplanken, hij zag vanuit zijn ooghoek de wijde goudkleurige mouw van mevrouw Nafiche naast zich bewegen, en hij bedacht dat hij, hier aan deze tafel, altijd een welkome gast was geweest. Hij luisterde niet naar wat er om hem heen gezegd werd maar hoorde dat het gesprek van toon veranderde. Toen keek hij naar Jon en hoorde David zeggen: 'Tenzij de Messias al gekomen is.'

Hij had geen flauw idee hoe ze bij dat onderwerp terecht waren gekomen.

'En de christenen hem hebben, terwijl de joden...'

De rabbi keek niet eens kwaad. Mevrouw Nafiche hield haar ogen op haar schoot gericht en Jon... Jon leek opeens doodop. Enid schoof op haar stoel heen en weer en trok haar wollen vest om haar borsten en haar buik. Henry begreep volstrekt niet wat er aan de hand was. Hij wou weg. Hij wou dat hij de uitnodiging om te komen eten niet had aangenomen.

'Hoe zou dat kunnen, als ons beloofd is dat wij het volk van het Verbond zijn?' vroeg de rabbi.

'Het Verbond,' zei David zonder ook maar eventjes te aarzelen, 'zou dan naar het schijnt verbroken zijn.'

'Tsss!' zei de rabbi.

'Anders,' begon David, maar maakte de gedachte niet af en liet dat woord, als een zwaard, boven de tafel hangen. Henry staarde in zijn bord soep.

'Een gelijkenis,' kondigde Jon aan. David wachtte. 'Nou, goed, een soort gelijkenis, misschien wel een paradox.'

'Een paradigma soms?' stelde Henry voor. Jon deed of hij hem niet hoorde.

'Als de koning twee ossen heeft, de ene sterk, de andere zwak:

welke zal hij dan nemen om de akkers te ploegen en het gewas naar de markt te brengen?'

De rabbi knikte met zijn hoofd en zelfs Enid keek Jon goedkeurend aan.

'Die os boft,' zei David.

Het geluid van Henry's stoel die met zijn poten over de vloer schraapte verbrak de verlammende stilte. 'Ik moet weg,' zei hij.

'Maar je hebt je eten niet eens opgegeten,' zei mevrouw Nafiche.

'Het spijt me erg. Het was heel erg lekker,' zei Henry, al wist hij dat het haar niets kon schelen hoe hij het eten gevonden had. 'Met dit warme weer heb ik totaal geen eetlust.'

Ze knikte begrijpend, Jon stak zijn hand op om hem dag te zeggen, en Henry liep de keuken uit. Halverwege de trap bleef hij staan. Kwaad was hij. Alsof ze dachten dat zij het enige volk ter wereld waren dat geleden had; kwaad, omdat ze daar gelijk in hadden. Hij begreep eigenlijk niet waarom hij zich zo opwond, zei hij tegen zichzelf. Het gebeurde toch zo vaak dat vrienden uit elkaar groeiden.

De eerstvolgende keer dat het Jon was die het achtertrapje afliep nadat hij David voor zijn pianoles had weggebracht, stond Henry hem op te wachten. 'Hé, hallo.' Hij liep met hem mee op, in afwachting van wat er ging gebeuren.

Er gebeurde helemaal niets. 'Heb je zin om te gaan zwemmen?' stelde Henry voor, maar Jon schudde zijn hoofd. Toen ze op het strand waren, stelde Henry voor daar te gaan zitten, en Jon stemde toe. Ze zaten naast elkaar vlak bij het water. Jon groef zijn gymschoenen in het zand; de twee kuiltjes liepen vol water.

'Heeft Enid al een flat gevonden?'

Jon knikte. Henry zat te wachten, maar Jon had er verder niets over te vertellen. Hij probeerde het met een oud grapje van ze. 'Hoe zul je het leven zonder haar uithouden?'

'Het zal best gaan.'

Jon staarde over het water. Dat ene oog dat Henry zien kon, bruin en diep in zijn kas, keek in de verte naar niets. Het leek of

Jon zelfs helemaal geen zin had Henry te zien.

Henry, die alleen maar zekerheid had willen hebben, stond op. Hij had een t-shirt aan en een korte broek, maar hij liep toch het water in en zwom weg, met langzame, gelijkmatige slagen en de smaak van zeewater in zijn mond. Toen hij omdraaide om terug te zwemmen, was Jon er niet meer.

Later, in bed, wachtend op de slaap die niet kwam, raakte Henry steeds weer in dezelfde gedachten verward, dezelfde besluiteloosheid, dezelfde onmacht om het te bevatten. Hij wist precies wat zijn moeder ervan zou zeggen. Ze had het al heel wat keren gezegd. 'Zij zijn niet zoals wij, dat moet je niet vergeten.' Marrs, Chapins, die zouden niet zo maar een vriend laten vallen, niet het soort vriend dat Henry voor Jon was geweest. (Maar de Marrs hadden geen vrienden, hield Henry zichzelf voor. Hoe kon je iets kwijtraken wat je niet had?) Maar ze bleven mensen wel trouw, zoals ook zijn moeder zijn vader trouw bleef, en zelfs zijn oma zei eigenlijk nooit iets onaardigs van andere mensen. Oma was het met dat huwelijk niet eens geweest – bij de familie Chapin waren alle mannen maatschappelijk geslaagd, de vrouwen deden een goed huwelijk – maar toch had zij er nooit iets over gezegd.

Dit zou Henry nooit met Jon hebben gedaan, hem zo op deze manier laten vallen, dat wist hij zeker. 'Kom nou, Henk!' Bijna kon hij het Jon horen zeggen. 'Hoe kun je nou weten wat jij zou doen?' Hij wist wat hij niet zou doen, zei Henry tegen zichzelf, en staarde in het donker. En terwijl hij in het donker lag te staren, voelde hij weer de tak in zijn hand op het ogenblik dat hij er de schedel van de kat mee in elkaar sloeg... en hij wist niet tot welke dingen hij nog meer in staat was.

Henry wilde gewoon duidelijkheid. Als híj dit met Jon gedaan had (hem zo maar laten vallen zonder iets uit te leggen), dan zou Jon dat toch ook niet leuk hebben gevonden? Dacht Jon misschien dat Hénry hem had laten barsten? (Maar hoe kon hij dat nou denken? Daar kende hij Henry toch te goed voor.) Maar Henry kende Jon ook, en toch vond hij dat Jon dat had gedaan. (Maar Jon hád het toch ook gedaan?) Of niet?

Henry wist het niet meer. Hij had zijn best gedaan vrienden te blijven, ondanks David. Wees nou eerlijk, zei Henry tegen zichzelf. Het is niet zo dat David het zo wil, het is Davids schuld niet. Het ligt aan Jon, Jon wil het zo. De vraag was alleen wat Henry eraan ging doen, en of hij er wel iets aan ging doen.

7

Henry stond, voor het geval dat Jon en David langs het strand naar zijn huis zouden komen, boven op een duin op de uitkijk, en dan bleef hij staan wachten om te zien of Jon soms in zijn eentje terugkwam. Hij begreep zelf niet waarom hij al die moeite deed en na iedere dag dat hij weer voor niets op wacht had gestaan, was hij er minder zeker van of hij nog wel iets tegen Jon te zeggen had. Wat wist hij nou ook eigenlijk van vriendschap, Jon was immers de enige vriend geweest die hij ooit had gehad. Als het niet om Jon was gegaan, zou hij nauwelijks acht hebben geslagen op wat hem dwars zat.

Het zou ook minder erg zijn geweest als hij geweten had of hij zijn eigen beweegredenen wel vertrouwen kon, en zijn eigen manier van redeneren. Als hij maar op zichzelf vertrouwen kon, maar Henry wou over zichzelf niet nadenken en ook niet over David en over die droom – terwijl hij er daarna toch nooit meer zo eentje had gehad – maar die droom was, nou ja, verdomme, die had hem het meest onbedwingbare geile gevoel gegeven dat hij ooit had gehad, zelfs als hij over Enid fantaseerde... en als het niet om Jon was gegaan, zou Henry gewoon David zijn rug hebben toegekeerd en alles wat met hem te maken had erbij.

Hij vond hem nu afstotelijk, lichamelijk afstotelijk. En die afkeer was echt, dat was wel zowat het enige waar hij helemaal zeker van was. Hij wist dat David mooi was om te zien, maar op dezelfde manier mooi als de darmen van een kikker die hij moest ontleden mooi waren; met zijn geest nam hij hun schoonheid waar terwijl hij tegelijk alles wat hij zag het liefst zou willen uitkotsen.

Ierdere keer als hij de kans zag hem te ontwijken, voelde Henry zich opgelucht. Als het maar niet om Jon was gegaan.

Op een morgen toen hij weer op de uitkijk stond, zag Henry

die twee lopen, scherp afgetekend tegen de lange golven, waar al schuimkoppen op stonden, vanuit zee kwamen ze aanrollen en sloegen uiteen op het strand. De wind blies hun broekspijpen strak om hun benen en hun hemd plat tegen hun rug. Achter de twee voortstappende figuurtjes joegen grijze wolken laag langs de donkere hemel. Hij zag hoe ze stevig voortstapten.

Noch Jon noch David keek een keer naar boven. Hadden ze dat wel gedaan en hem daar gezien, dan zou hij naar ze gezwaaid hebben, en nog een keer gezwaaid, en dan zou hij weg zijn gegaan, de andere kant op. Zij liepen door en toen ze daar kwamen waar het strand een bocht maakte, verdwenen ze uit het gezicht. Henry ging zitten en wachtte.

De golven vloeiden uit op het strand, en als zij zich terugtrokken lieten ze een sliert wit schuim achter, dan kwamen ze opnieuw aanrollen over het zand. De wind blies zand op, dat in Henry's benen en gezicht sneed, de wind blies zijn haar in zijn ogen. Henry sloeg zijn armen om zijn knieën. Het rare was dat als het voorjaar was geweest, deze zelfde temperatuur en deze wind warm zouden hebben geleken, en hij in de verleiding zou zijn gekomen om zijn kleren uit te trekken en te gaan zwemmen, en het water zou dan ijskoud zijn. Maar omdat het nu zomer was, had hij zin om naar huis te gaan, een lange broek en een trui aan te trekken en vooral niet het water in te gaan, zelfs al wist hij dat op een dag als deze het in het water warmer was dan ergens anders.

Dus wat je verwachtte te zien, dat zag je ook? Maar dan zou nooit over iets de waarheid aan het licht kunnen komen. En je kon, om achter de waarheid te komen, op jezelf niet rekenen. En dan ging je ervan uit dát er een waarheid bestond die je te weten komen kon. En dat was iets waar Henry niet meer zo heel erg zeker van was. Zelfs als...

Maar hij wist per slot wel hoe hij over de oorlog in Korea dacht, en over de dreiging van het communisme. Maar hij begon nu te vermoeden dat voor iemand die in Korea geboren was en daar woonde het niet zo erg veel uitmaakte wie er won en wie verloor, welke ideologie de andere vernietigde; voor een Koreaan was toch alleen van belang dat het vechten ophield en het dagelijks leven weer gewoon verder kon gaan. Misschien leek het zelfs wel alsof de gevechten met de mensen zelf niets te maken hadden. En dat was ook zo, die hadden er ook niets mee te maken, maar het waren wel degelijk mensen die in leven bleven of doodgingen. Hoe kon je nou zo iets begrijpen?

Daar zag hij Jon lopen, alleen, langzaam. Jon had zijn schoenen uitgetrokken om door de golven te kunnen lopen, door het schuimende water dat uitvloeide over het zand. Jon bleef staan, tot aan zijn enkels in het water, draaide zich om en keek uit over de woelige zee. Toen deed hij een paar stappen achteruit en ging op het strand zitten, met zijn hoofd tussen zijn knieën, zijn armen over zijn hoofd gestrengeld. Henry keek naar hem. Jon ging languit op zijn rug liggen.

Henry liep het duin af en ging naar Jon toe. Hij was er niet meer zo erg zeker van wat hij zou gaan doen of zeggen... het was heel anders als je het je voorstelde dan wanneer je het echt ging doen. Hij voelde zich de meest stuntelige hark die er op de wereld rondliep, maar dat was tenminste iets simpels en duidelijks.

Door het bulderen van de wind en het dreunen van de golven hoorde Jon hem niet dichterbij komen. Jon lag daar als een uitgeput kind dat in slaap was gevallen. Met zijn ogen dicht zag zijn gezicht er, vreemd genoeg, uit als dat van een onbekende. Het was Jons gezicht, zijn grote neus, zijn hoge jeukbeenderen, zijn mond, maar zo strak en bewegingloos dat Henry hem bijna onherkenbaar vond.

Even aarzelde Henry. Toen ging hij naast hem op zijn hurken zitten en stootte een keihard geloei uit, dat boven wind en golven uit klonk, sprong toen weg maar bleef meteen staan met zijn armen gespreid, als in een soort karate-houding.

Jon sloeg zijn ogen op. Hij kwam half overeind en leunde op zijn ellebogen. Henry stond stokstijf stil, een domme grijns op zijn gezicht geplakt. Hij wist niet wat hij moest doen. Hij wist niet wat hij had gedaan. Hij dacht dat hij maar zijn excuus aan zou bieden en er dan vandoor gaan.

'Godverrr... klootzak!' zei Jon. 'Henry, bij de heilige teelballen van Jahweh, wat moet je hier in vredesnaam?' Hij ging weer liggen en deed ook zijn ogen weer dicht.

Alsof de wind plotseling uit een andere richting woei en Henry van zijn sokken blies, zo hard kwam het aan. Als Jon gezegd had: 'Hoepel op', alleen die paar woorden en meer niet, had hij het niet duidelijker uit kunnen drukken. Maar het leek wel... Henry ging naast Jon zitten en probeerde zijn indrukken op een rijtje te zetten. Het leek wel of het Jon zelfs geen snars kon schelen of hij wel of niet wegging. En Jon zei nooit zulke dingen – hij praatte nooit grof, met vloeken en obsceniteiten, dat was niets voor Jon. Zo was Jon niet. Wat was er toch met hem gebeurd?

Een poos bleef het stil, toen begon Henry te praten. Hij koos zijn woorden zorgvuldig. 'Dat is interessant, dat juist jij dat over die teelballen zegt.' Hij bleef voortdurend naar Jons gezicht kijken. 'Dat doet de vraag bij me opkomen of de grote penis daar boven ook bestaat. Iets als een belofte dat er in het hiernamaals ook wezenlijk lichamelijkheid bestaat.' Er kwam geen reactie. 'Misschien zelfs wel de mogelijkheid van onvoorstelbare zinnelijke geneugten – de hemelse hotdog, of als de mohammedanen het bij het rechte eind hebben – het gesnater en gekwek van hoeri's*... Nou ja, laten we het maar afkloppen.' Jon bewoog heel even zijn wenkbrauwen. 'Daar staat wel tegenover,' ging Henry weer door, 'dat het vooruitzicht op vuur, het ons beloofde braden en roosteren, dan ook voorstelbaar wordt.' Over Jons gezicht trok eventjes iets als een glimlach. Henry wist zelf niet goed waar hij op zat te wachten, maar hij ging verder: 'Dan is er nog een theologisch probleem: poetst God Zijn tanden? En zo ja, gebruikt Hij dan ook floss?'

Jon deed zijn ogen open en keek naar Henry. Zolang hij zijn ogen openhield, had Henry kans tot hem door te dringen. Hij praatte weer door. 'Zodat die laatste, eh, uitroep van je... wel eens van een ongelukkig inzicht zou kunnen getuigen.' Jon deed even zijn ogen dicht, bij wijze van instemming. 'De eerste...' Jon bleef naar hem kijken.

'Wacht eens, ik geloof dat ik het snap. Ja, ik begrijp het al. Je wilt het volgend voorjaar bij de honkbalclub van de universiteit zien te komen en je wilt liever niet dat je daar een onvolwassen indruk maakt. Luister eens, Jon, ik kan je wel leren hoe je een

*hoeri: volgens de koran: eeuwig jong blijvende maagd met gazelleogen in het paradijs, ter verlustiging der gelukzaligen.

natte handdoek als een zweep kunt laten knallen. Dat zal je een hoop verder helpen. Voor een geoefend handdoekenknaller hebben ze daar veel respect.'

Jon ging zitten, sloeg zijn armen om zijn knieën en staarde over de golven. 'Je bent wel een volhouder, Henk. Dat moet ik je nageven.'

Eindelijk iets wat Henry begrijpen kon. 'Dat heb ik van mijn Newenglandse voorouders geërfd. Al dat gewroet in de grond met je blote handen om er die grote keien uit te halen en daar omheiningen mee te maken.'

Jon knikte, zijn gezicht stond uitdrukkingsloos. Hun woorden werden overstemd door het lawaai van de wind en de golven.

Henry haalde een keer diep adem en vroeg: 'Wat is er aan de hand, Jon?'

Jon keerde hem zijn gezicht toe. Zijn ogen namen Henry scherp op, maar zonder humor of zelfs iets van warmte. Henry slikte: hij waagde het niet nog meer te zeggen. Maar hij hield Jons blik met de zijne vast en probeerde niet te verbergen hoe belangrijk Jons antwoord voor hem was, hij dwong zichzelf om niet van hem weg te kijken en geen angst te tonen.

'David,' zei Jon. Hij keek weer naar het water. 'David is niet beter. Hij was niet genezen, daarom kwam hij niet bij ons wonen. Ze lieten hem alleen maar gaan omdat dat het enige was wat ze nog niet hadden geprobeerd.' Jon praatte langzaam en Henry onderbrak hem niet, ook niet om te vragen wie die 'zij' waren. 'Ik weet niet of deze therapie werkt. Door de bank genomen doen wij het goed. Maar het vergt wel wat van ons allemaal. Van mij ook.'

Henry luisterde naar hem.

'Het joch is erop uit om zelfmoord te plegen,' legde Jon uit. Nu keerde hij zijn gezicht weer naar Henry toe. 'Hij probeert steeds maar weer opnieuw om zichzelf van kant te maken. Zelfs in die inrichting, waar hij voortdurend onder toezicht stond, probeerde hij het... door niet meer te eten, of door een of ander spul op te drinken. Hij is zo verdomd slim... hij houdt je voor de gek, zodat je denkt dat alles prima in orde is en dan ontdek je opeens dat hij probeert om... om met de auto tegen een boom te knallen, of om zich te vergassen, of... het is net als wanneer je een klein kind in huis hebt, je voelt dat het niet meer in de kamer is, je hoort de stilte, en dan ga je kijken waar je de meeste kans hebt het te vinden. Dan heeft hij net zijn hemd uitgetrokken en is nog bezig het netjes opgevouwen op het zand neer te leggen, en dan doe je dus net of je niets vermoedt, je trekt zelf ook je hemd uit en gaat met hem zwemmen. Je leidt hem af, voor een dag, of een uur.' Nu waren Jons ogen niet langer uitdrukkingsloos: er was vermoeidheid in te lezen, verwarring, angst, boosheid.

'Ik geloof dat het net zo iets is als met jouw knieën,' ging Jon verder. 'De dokters denken dat het geleidelijk over zal gaan, als ze ervoor kunnen zorgen dat hij het minder vaak probeert, als er tussen twee pogingen in een langere tijd verloopt. Na een paar jaar. Net als het kraakbeen van jouw knieschijven, elke keer als die uit de kom gaan wordt het minder sterk, en juist sterker hoe langer die erin blijven.'

Henry zat met zijn hoofd te knikken. Hij wist niet wat hij moest zeggen.

'Het is jouw probleem niet, Henry,' zei Jon. 'Maar het houdt mij wel bezig.'

'Het is mijn probleem wel.'

Jon schudde zijn hoofd.

'Omdat je mijn vriend bent, of dat was je,' drong Henry aan. Het was een marteling, zo verlegen als hij zich voelde, maar hij hield stug vol en zei vragend: 'Ik mis je erg, Jon.'

Jon keek hem begrijpend aan. 'Het spijt me, Henk. Dat weet ik.'

'Waarom heb je me niets verteld?'

'Dat wou ik ook. Zoals geschreven staat: een gedeelde last is een halve last. Met een vriend.'

Nu hij begreep dat hij alles helemaal verkeerd begrepen had, en dat hij niet kwijt was waarvan hij zo bang was geweest dat hij het kwijt was, kostte het Henry moeite naar Jon te zitten luisteren. Hij moest zich ertoe dwingen om op te letten en te horen wat Jon zei, want eigenlijk kon hij wel juichen en zingen om wat niet was gebeurd.

'Daar komt ook nog bij dat ik dacht dat jij ons zou kunnen helpen, maar ma zei nee, dat wou ze niet, waarom zou jij met problemen worden opgezadeld die niet de jouwe zijn. De rabbi verbood het om jou erin te betrekken, en papa kon voor allebei de standpunten wel iets voelen. Dus de meerderheid was tegen ons, want Enid weigerde haar stem uit te brengen.'

Henry voelde geen behoefte te vragen waarom Jon het hem nu toch vertelde. 'Zouden we David niet tot bepaalde leefregels kunnen dwingen waar hij lichamelijk sterk van wordt?' stelde hij voor. 'Net als in het leger? We zouden hem zo moe kunnen maken dat hij niet eens meer een mes naar zijn keel kon brengen, als hij daar zin in had.' Hij werd beloond met een glimlach. 'Hardlopen, fietsen, roeien, zwemmen... het vervelende is dat hij zo lui is, lichamelijk lui. Maar misschien lukt het als we hem flink uitkafferen, of dat doe jij alleen, dan wil hij het misschien wel proberen. Of is het heel stom wat ik zeg? Ik bedoel, ik begrijp echt niets van hem.' Henry dacht even na en zei toen: 'Ik geloof dat ik de neiging heb om de dingen te eenvoudig voor te stellen.'

'Ben je een droever maar wijzer man geworden?' Jon lachte tegen hem.

'Een gelijkenis.' Henry had het gevoel dat hij nu gewoon alles kon, dat hij alles voor elkaar kon krijgen, zo blij en opgelucht voelde hij zich.

'Dat is meer iets voor mij.'

'Goed, vertel jij hem dan.'

'Een gelijkenis,' zei Jon, maar begon toen weer te lachen. 'Nee, toch maar niet. Vertel maar, hoe was die?'

'Er was eens een koning die drie dochters had en elke dochter had een hazelip.'

'Wat walgelijk,' zei Jon. 'En een hazelip is trouwens niet erfelijk.'

Henry ging gewoon door. 'De oudste dochter sloot zich op in een toren, haar hele leven lang, en bestudeerde boeken. De tweede dochter stemde erin toe dat haar vader een mooie echtgenoot voor haar kocht. De derde scheen het helemaal niet te merken dat ze misvormd was. Ze werd verliefd op een schaapherder met een horrelvoet...' – Jon snoof hard door zijn neus – '...en ze kregen vijf kinderen. Geen van de kinderen had een hazelip of een horrelvoet, en allemaal trouwden ze met iemand

uit de middenstand en leefden nog lang en gelukkig. Hoewel...'
Henry stak zijn hand op om Jon de mond te snoeren, want die
wou al commentaar geven. 'Hoewel de tweede dochter achter-
volgd werd door jaloezie, en niet zonder reden – want haar
echtgenoot bleef maar steeds lekkere hapjes aan zijn harem toe-
voegen – totdat haar voortplantingsorganen door al die onpret-
tige gevoelens opdroogden en ze langzaam wegkwijnde en
stierf. Ze werd met veel pracht en praal begraven, tot grote opluchting van iedereen. De oudste dochter... die schreef het defi-
nitieve commentaar op de *Metaphysica* van Aristoteles en is nog
altijd niet vergeten, al is het koninkrijk sinds lang verdwenen.'
Jon dacht na over wat hem was verteld. 'Dit is de aller-
beroerdste gelijkenis die ik van mijn leven heb gehoord.'
Henry lachte hard, boven de wind uit. 'Wij doen ons best u te
behagen. Maar moet je horen, Jon. Heb je al omgekeerde psychologie met David geprobeerd?'
'Wat? Waar wil je nou weer heen, Henk?'
'Nee, serieus, als je hem nou eens aanmoedigde om zichzelf
van kant te maken? Volgens de omgekeerde psychologie willen
mensen altijd het tegenovergestelde doen van wat andere mensen willen dat ze doen. Dus je geeft hem een leuk pistooltje voor
zijn verjaardag. Hij zal toch ook wel eens een keer jarig zijn? Ik
wil wedden dat wij manieren kunnen bedenken om jezelf van
kant te maken waar hij zelfs nog nooit van heeft gedroomd. Je
door de wc doortrekken, bij voorbeeld. Of je doodeten. Of
stukjes van je lichaam hakken, net als die lelijke stiefzusters van
Assepoester.'
'Schei uit, Henk.'
'Of wat vind je van een flinke sprong in de diepte? Natuurlijk
is het wel moeilijk om hier in de buurt iets te vinden wat daar
hoog genoeg voor is, maar vanaf de mast van een van die grote
boten in de jachthaven van Chatam...'
'Je bent stapelgek, Henk. Dat is allemaal flauwekul. Als mijn
moeder je hoorde... of de rabbi...'
'...het betekent dat we een manier moeten bedenken om daarginds bij zo'n boot te komen, en ik weet niet zeker of David wel
zo ver kan zwemmen. Wat denk jij?'
Jon moest lachen.

'Nee, serieus, dit is belangrijk.' Henry ging maar door. 'Want als we hem nou eens wel helemaal daarheen konden krijgen, maar hij was dan te moe om in de mast te klimmen, dan zouden wij hem omhoog moeten hijsen en laten vallen. En dan zou het moord zijn.'

'Meer dan één moord. Hij is veel zwaarder dan hij eruitziet.'

'Of hij zou zo moe kunnen zijn dat zijn conditionele reflexen het van hem overnemen, en dan houdt hij zich vast.'

'Zijn conditionele reflex is om los te laten.' Jon lachte niet meer.

'Maar,' zei Henry vragend, 'aan jou klampt hij zich toch vast?'

'Ik heb nog nooit iemand gered die dreigde te verdrinken, maar je weet wel wat ze daarover zeggen, hè, Henry? Ik weet zo langzamerhand niet eens meer wie van ons tweeën de redder is en wie de drenkeling.'

En dáár ging het nu om, dacht Henry. Misschien. Hij liet die laatste woorden van Jon door de wind om hem heen warrelen. Wou David Jon kapotmaken? Was dat het wat hij wou? Omdat Jon van hun tweeën degeen was die daar niet was geweest? Maar David had het overleefd, je zou denken dat hij zo blij en dankbaar moest zijn om het blote feit dat hij het had overleefd, dat hij niets liever wou dan hier nog wat blijven... en blij en dankbaar zijn.

Hij stelde het weer veel te eenvoudig voor, nou deed hij dat alweer. David maakte ook alles zo akelig, zo verwarrend, en Henry wist niets beters te doen dan... het allemaal veel te eenvoudig voor te stellen.

Het duurde lang voor een van beiden weer iets zei. Henry verbrak de stilte door te vragen: 'En de anderen? Ziet Enid in hem gewoon een van je vaders verdoolden en wil ze daarom het huis uit?'

'Enid kan helemaal niets doen,' zei Jon. 'Ma... die stopt hem vol met eten. Ik geloof dat zij zich niet langer bezorgd over hem zou maken als David maar dik werd. Hij eet meer dan een van ons allemaal en komt geen grammetje aan.'

'En de rabbi?'

'De rabbi zegt nooit iets, maar de manier waarop hij ter wille van David met de regels sjoemelt, en dat daarna zo beredeneert dat hij bewijzen kan dat het nog volgens de wet is... het lijkt wel of David het hele verloren Europese jodendom belichaamt en als hij gered kan worden... Ik geloof, nee, dat geloof ik op mijn erewoord, dat als David bij wijze van kerstdiner gebraden varkensvlees zou willen eten, de rabbi nog een manier zou weten te vinden om dat te rechtvaardigen en dat hij het dan samen met hem op zou eten. En papa gaat maar door met van alles te proberen. Dat is ongelofelijk, die laat zich door niets lang uit het veld slaan, hij is geweldig.'

Henry ging languit in het zand liggen en deed zijn ogen dicht. Hij dacht meer na over wat Jon niet gezegd had dan over wat hij wel had gezegd. Van David kon Henry nog aldoor niets begrijpen, maar hij kende Jon. Hij mocht David ook nu nog helemaal niet, al kreeg hij opnieuw medelijden met hem, zo erg dat het lichamelijke pijn leek... en hij dacht dat hij een klein beetje begon te begrijpen wat er al die tijd aan de gang was geweest.

'Hij is geen kind meer,' zei hij. 'Hij is twintig.'

'Fysiek is dat waar. Maar psychisch... weet ik niet hoe oud hij is.'

Jon had ook genoeg van David, dat kon je aan zijn stem horen. Dat was iets wat Henry wel begreep, en daar kon hij iets tegen doen. Hij ging weer rechtop zitten en begon opgewekt te praten. 'Weet je nog wel van Socrates en dat die een demon had? Wat denk jij dat dat was?'

'Weet ik veel?' zei Jon. 'Zijn muze? Of een geest waar hij van bezeten was, wat wij een duivel zouden noemen? Of misschien wel de stem van God. Ik bedoel, als God bestaat, moet hij toen ook bestaan hebben, dus die demon kan net zo iets zijn geweest als het brandende braambos dat tegen Mozes sprak.'

'Weet je, datzelfde geldt ook voor de Griekse goden.' Het maakte Henry niets uit wat hij zei, zolang het maar niet met David te maken had. 'Als die ooit bestaan hebben, dan bestaan ze nog steeds, omdat ze onsterfelijk zijn. Of de Perzische goden, of de Druïden, of de Grote Geest. De enige die niet met de tijd vervaagt en verdwijnt is die van jullie. De joodse God. Vind je dat niet merkwaardig?'

'Als ik dat zei zou je mij van vooroordelen beschuldigen,' zei Jon.

'Als mijn moeder het me hoorde zeggen, zou ze me ervan beschuldigen dat ik niet genoeg vooroordelen heb.'

'Ik dacht dat ze mij graag mocht.'

Henry wist niet zeker of Jon hem nu op stang wou jagen. 'Ze mag je ook graag. Ze vindt alleen... dat joden anders zijn.'

'Net als de nazi's.'

Henry ging staan. 'Zo iets mag je niet eens denken, Jon,' zei hij verontwaardigd en zonder erbij na te denken, en toen zag hij dat Jons donkere ogen tegen hem lachten. Jawel, maar wat was daar nou zo grappig aan, dacht hij. Hij bukte zich en greep Jon bij zijn voet. Hij sleurde hem naar het water. Jon wrong zich in allerlei bochten en protesteerde heftig. Hij had zijn kleren aan, zei hij en klauwde zijn handen in het zand, hij was haast twee kilometer van huis, hij zou een longontsteking oplopen en dan was dat Henry's schuld, bovendien was alles wat Henry gezegd had helemaal niet waar, hij ging van valse vooronderstellingen uit, want denk maar aan Boeddha en aan Allah, en als hij Henry een keer te pakken kreeg...

Jon kwam in een golf terecht die op het strand uitrolde en sprong overeind; hij greep Henry bij zijn schouders en duwde hem achteruit, de volgende golf in die schuimend over hem heen stortte. Henry voelde dat hij aan zijn voeten onderuit werd getrokken en ontspande zich, zodat de golf hem optilde en hij vanzelf weer boven kwam. Hij keek naar Jon en moest lachen toen hij de triomfantelijke grijns van zijn gezicht zag verdwijnen en daarvoor in de plaats een uitdrukking van stomme verbazing zag komen, toen Henry hem plotseling om zijn middel greep en ze samen languit in de branding tuimelden. Het water was, net als Henry al had vermoed, lekker warm.

8

Ze stormden de keuken van de Marrs binnen, buiten adem van het rennen langs het strand tegen de wind in, maar het water droop al niet meer uit hun kleren. Henry's vader en moeder waren allebei in de keuken en David was er ook. Mevrouw Marr stond bij het fornuis te wachten tot het water kookte; meneer Marr en David zaten aan tafel en wachtten ook. 'Wat is er met jullie gebeurd?' vroeg Henry's moeder.

Henry keek Jon aan en Jon keek Henry aan, en ze lachten allebei alleen maar. 'Ik ga me even omkleden,' zei Henry. 'Wil je wat kleren van me lenen?'

'Misschien een trui, meer niet.'

'Wat hebben jullie gedaan, zijn jullie in het water gevallen?' vroeg mevrouw Marr.

'Ja, zo zou je het wel kunnen noemen,' zei Jon. 'Laten we het daar maar op houden.'

Henry holde naar boven naar zijn kamer, kleedde zich snel uit en trok droge kleren aan, zocht zijn meest uitgezakte trui uit voor Jon, en haastte zich toen weer naar beneden. Met hun tweeën kwam het wel weer goed, met hem en Jon, en samen konden ze David wel aan. Hij had al een plannetje bedacht en vroeg aan zijn moeder of ze het goedvond, terwijl hij de bekers voor haar op tafel zette en een trommel koekjes. 'We hebben geen citroen in huis,' zei zijn moeder verontschuldigend, 'maar er is wel melk. En suiker.'

'Mam, vind je het goed als wij – als het goed weer is – als we morgenavond een picknick houden op het strand? Heb jij daar zin in, David?'

Het was hem gelukt David te overrompelen.

'Gewoon worstjes en chips, niks bijzonders. Je kent het wel. Een vuur. Lauwe limonade.'

'Dat klinkt heel opwindend, zoals jij het voorstelt,' zei David.

'Dan zit ik te liegen, want het is helemaal niet opwindend. Wat zeg jij, Jon?'

'Oervervelend. De vrijwel volmaakte definitie van iets oervervelends,' vond Jon ook. 'Ik zou het prachtig vinden, Henk. Jij ook, David?'

David keek, een beetje in de war, naar meneer Marr. 'Ik weet het nog niet.'

'Het was maar een voorstel,' zei meneer Marr.

Henry's moeder schonk heet water in de bekers, kwam toen bij hen zitten en liet de doos met theezakjes rondgaan. 'Als je besluit om geen gebruik van dat kaartje te maken, David, dan ga ik erheen, dus het zal niet verloren gaan. Edwin zou het fijn vinden als je meeging, jij zou dat concert vast mooi vinden, daarom hadden we dat bedacht.'

'We kunnen ook een andere keer picknicken,' zei Henry.

'Ja, maar ik heb nog nooit een picknick meegemaakt. Voor mij is dat zo iets als op het omslag van de *Saturday Evening Post* staan. Ik heb altijd al zo graag tweedimensionaal willen leven. Maar ik wil niet dat je me ondankbaar vindt, Edwin.'

'Het is voor mij geen teleurstelling,' zei de vader van Henry.

'Moet ik nu meteen beslissen wat ik wil? Het is morgen pas.'

'Er is helemaal geen haast bij,' stelde Henry hem gerust. 'Want het hangt toch ook van het weer af... of er met deze wind ander weer komt, of dat hij gaat liggen en het dagenlang blijft regenen.'

'Regent het?' vroeg zijn moeder.

'Het begon daarnet een beetje.'

'Dan kan ik jullie maar beter met de auto naar huis brengen,' zei ze tegen Jon.

'Dank je wel,' zei David, 'maar ik loop liever.'

Henry's moeder keek David even aan, toen keek ze naar Jon en zei: 'Als jij dat wilt kun jij wel gaan lopen, maar Jon is al door en door nat, dus hem breng ik met de auto. Er zit niets anders op, Jon.'

'Als er voor mij niets anders op zit,' zei Jon, 'dan geldt dat ook voor jou, David. Vrije wil, daar doen we niet aan. U zegt maar wanneer het u het beste schikt, mevrouw Marr.'

'Mij schikt het 't best als we klaar zijn met de thee,' zei ze.

In de lege keuken waste Henry de bekers af. Zijn vader was nog wat bij de tafel blijven zitten. Buiten viel de regen nu in stromen neer, een plotselinge zomerse bui. 'Waarschijnlijk gaat hij wel naar dat concert,' zei Henry.

'Zou jíj gaan?'

Hoe kon hij daar nu een antwoord op weten als hij niet eens meegevraagd was.

'Voor David,' zei zijn vader, 'is het 't belangrijkst dat hij tussen twee dingen kan kiezen. Omdat hij dan beslissen kan wat hij het liefst wil doen. Zodat hij het tegenovergestelde kan doen.'

'Dat is krankzinnig.' Henry wist niet hoeveel zijn ouders van David af wisten of hadden begrepen; ze hadden nooit gevraagd waarom er altijd iemand meekwam als hij voor zijn pianoles kwam, en ook weer iemand mee terug naar huis liep. Maar ze stelden nooit vragen, over niets en niemand.

'Vernietigingsdrang, liever gezegd,' zei zijn vader. 'Of zelfkastijding? Ik denk dat de Nafiches zich ook wel eens af zullen vragen hoe definitief we door het verleden worden gevormd. Door ons eigen verleden, en ook door de keuzes die we hebben gemaakt. Ik heb bewondering voor de familie van je vriend.'

Henry wist niet wat hij daarop moest zeggen en knikte dus maar. 'Maar ik benijd ze David niet.' Meneer Marr stond op en gaf Henry zijn beker. 'Maar nee, je hebt gelijk, dat doe ik wel. Dat kan toch ook niet anders?'

Daar kon Henry al helemaal geen antwoord op geven.

Voor zichzelf zette hij het op een rijtje: het doel was David te behoeden, of te redden... van zichzelf, of van zijn dood. Of hem van de dood zelf te redden, dacht Henry, als hij het eens op een poëtische manier wilde zeggen. Hij kon het bijna voor zich zien. Hij en Jon aan de ene kant, dat duistere aan de andere kant, en David daartussenin, alsof ze aan het touwtrekken waren met een menselijk touw. De Nafiches waren aan hun kant en zijn vader ook. Gek dat hij niet wist aan welke kant zijn moeder was. En ook gek dat David zelf hem zo zwak voorkwam, zo hulpeloos, terwijl hij nog wel het slagveld was én de te winnen buit.

Hij zat het allemaal uit te denken terwijl hij op het strand op David en Jon wachtte. Omdat David om vier uur nog niet op was komen dagen en de hemel al om twaalf uur was opgeklaard, waren zijn ouders samen naar Boston vertrokken. Ze zouden niet voor middernacht terug zijn. Henry had alles op zijn dooie gemak klaar gemaakt. Hij had eten en keukengerei in een papieren zak gedaan, daarna had hij hout gezocht en op het strand opgestapeld, en van drie lange jonge takken de schors afgepeld en ze rechtop in het zand gezet. Het was een schitterende avond hiervoor, warm, helder, en er was geen wind. Eigenlijk had hij een gruwelijke hekel aan picknicken op het strand, met al dat zand dat overal tussen ging zitten, maar hij was van plan er deze keer echt iets goeds van te maken. Hij zat op het strand te wachten en naar het water te kijken, dat schitterde als goud en zich al verder en verder van de kust terugtrok, want het was eb, en hij voelde zich tevreden. Hij en Jon samen... zolang zij tweeën samenwerkten, kon David niets doen.

David en Jon kwamen over het strand aanlopen, ze droegen allebei een doos met zes flessen bier, niet eens in een tas. 'We wilden niet met lege handen op je feestje komen,' zei David.

'Maar hoe is je dat gelukt?' vroeg Henry aan Jon.

'David heeft het voor elkaar gekregen.'

'Heb je dan een vals persoonsbewijs?'

'Het kan hun niet schelen aan wie ze drank verkopen, als ze maar niet betrapt worden. Jon en ik zijn gewoon naar Hyannis gegaan, want daar kennen ze ons niet. Die vent dacht dat we toeristen waren, daarom maakte het hem niet uit.'

'Denk je dat heus?' vroeg Jon aan zijn neef. 'Ik dacht dat het je lukte doordat jij er zo volwassen uitzag, en ook omdat je op het juiste moment zo uit de hoogte deed.'

'Jon ziet er joods uit, en daarom kan hij dus niet van hier zijn, snap je?' legde David aan Henry uit. 'Aan de andere kant zie ik eruit als iemand uit Connecticut of uit Westchester County. Ik zei gewoon dat mijn rijbewijs nog in mijn portefeuille zat en dat ik die in het hotel had laten liggen, en hij wóú me geloven. Zo moeilijk was het niet. Het kan hem niet schelen wat wij doen, als we maar niet van hier zijn, zodat hij er geen last mee krijgt.'

Ze legden de flesjes in een duinpan in de schaduw en zwom-

121

men in het warme rimpelloze water. Henry bleef nog wat langer in het water toen David en Jon op een deken gingen zitten en bier dronken. De zon stond al lager, er stak een beetje wind op en het werd snel koeler.

Henry maakte het vuur aan en ging toen ook zitten en dronk met hen mee, en zo zaten ze te wachten tot het hout niet meer vlamde en er een berg gloeiende houtskool lag. Het bier was lekker, dat was een prettige verrassing. Die smaak paste bij zo'n hete dag, bij zijn huid die zoutig was nadat hij door de zon was gedroogd, bij dat lekkere gevoel als je je uitstrekte op het strand en keek hoe het donker over het water aan kwam drijven, het gevoel dat je gezond en sterk was en nog een hele bende tijd voor de boeg had om alles van het leven te krijgen wat je ervan verlangde. 'Doen jullie dit soort dingen nou in Boston?' vroeg hij en keek over David heen, die achterover lag, naar Jons afgewende gezicht.

'Er is geen strand in Boston, Henry. Dat weet je toch, je hebt toch aardrijkskunde gehad.'

'Ik bedoel zitten en drinken en praten. Je wist best wat ik bedoelde.'

'Voor een deel doen we dit soort dingen ook,' zei David. 'Waarom?'

'Gewoon nieuwsgierigheid.'

'En daarna gaan we over tot de interessantere activiteiten, hè, Jon?'

Jon zei niets. David wou dat Henry vroeg: Wat zijn dat dan voor interessante activiteiten? en daarom vroeg hij het. 'David,' protesteerde Jon en er klonk iets van een waarschuwing in zijn stem.

'Wou je soms zeggen dat je hem nooit iets hebt verteld?'

'Me wat verteld?'

'Ik dacht dat jullie tweeën zulke dikke vrienden waren.'

Henry draaide zich om en keek Jon aan.

'We pikken meisjes van straat op,' zei Jon. 'Nou ja, vrouwen. Je weet wel, Henk.' David lag, op zijn ellebogen geleund, naar Henry te kijken en te genieten van het gezicht dat hij trok. Jon wou er liever niet over praten, dat merkte Henry wel. David wou hem zover krijgen dat hij er wel over praatte.

'Ik heb honger,' zei Henry. 'Ik heb daar een paar stokken klaar gezet... hebben jullie al trek? Ik ga nu eten, wie doet er mee?'

'Je mag mij niet erg, hè?' vroeg David hem.

Henry, die al was opgestaan om de stokken te pakken, draaide zich langzaam om en keek een poos naar Davids knappe gezicht. Hij overwoog wat hij zou antwoorden. 'Hoe zo?' zei hij ten slotte. 'Wil je dat dan?'

Dat was kennelijk het juiste antwoord, want de spanning trok uit Davids gezicht weg. Hij zat nu naar de horizon te kijken, waar het licht langzaam verdween en plaats maakte voor duisternis. Henry keek naar Jon om te weten of hij nog iets anders, nog meer tegen David zeggen moest.

'Zijn die worstjes eigenlijk wel koosjer? Dat zou ik wel eens willen weten,' zei Jon.

'Jon, daar heb ik helemaal niet aan gedacht...'

'Ik plaag je maar. Alles wat buiten op een vuurtje wordt gebakken is automatisch oké. Dat weet ik zeker.'

Henry was bezig een worstje aan een stok te prikken maar keek nu op en vroeg: 'Dat kan toch niet waar zijn? Is het echt zo?'

'Behalve schaaldieren, maar die worden ook niet gebakken, die worden gaar gestoomd. Geef maar hier, David... op dit ogenblik word jij ingewijd in een oeroude rite.'

Ze roosterden de worstjes, stopten ze in een broodje en smeerden er met hun vingers mosterd op. Henry gaf de zak met chips door. David gaf flesjes bier door. De nacht viel, de hemel en de zee werden zwart. Het leek of zij met hun drieën op een eiland van flakkerend licht en warmte zaten, het enige eiland dat te zien was in de wijde, donkere zee. Ze gooiden nog wat hout op het vuur en trokken de dekens er dichter naar toe. David dronk stug door, ogenschijnlijk deed het hem niets, maar Henry voelde zijn tong zwaar worden van het bier en zette het flesje naast zich in het zand. Hij wist niet hoe het er met Jon voorstond, of hij veel dronk, wat voor uitwerking het op hem had. Er waren nu een paar sterren te zien. Het hout vlamde niet meer en was roodgloeiend houtskool geworden.

Van de andere kant van het vuur, door opflakkerend licht en

donker, kwam de stem van Jon. 'Soms moet ik aan de Indianen denken die vroeger hier geleefd hebben. Weet jij iets van ze af, Henry? Die moeten een zwaar leven hebben gehad, want om in leven te blijven moest je vissen en jagen en ook het land bebouwen, alle drie.'

'Het enige dat ik van ze weet is dat ze de Pilgrim Fathers goed ontvingen...'

'Ja, dat zeggen zij,' zei Jon. 'Zo wordt het door de Pilgrim Fathers verteld, we weten niet hoe het verhaal van de Indianen luidt.'

'Ik weet niet eens meer hoe die stam heette. Weet jij het?'

'Was het een van die stammen die hun doden boven de grond begraven?' vroeg David.

'Dat is een contradictio in terminis,' wees Jon hem terecht.

'Je begrijpt me met opzet verkeerd,' zei David. 'Hou je maar niet van de domme, Jon.'

'Ja, 't is goed,' gaf Jon vrolijk toe.

'In het verre westen had je hier en daar begraafplaatsen van Indianen die vol stonden met palen met verhogingen erop, en op zo'n verhoging lag dan de dode... pontificaal, met alles erop en eraan, volgens wat ik heb gelezen. Ik zou zo'n begraafplaats wel eens willen zien, die doden die daar buiten liggen, blootgesteld aan weer en wind.'

'Waarom?' vroeg Henry. Als Jon vond dat dit onderwerp geen kwaad kon, en dat vond hij, want hij had niet iets anders aangesneden, en nu David het naar voren had gebracht, kon hij net zo goed proberen erachter te komen wat David eigenlijk zoal dacht. Bijna alles wat hij van David wist was tenslotte van horen zeggen.

'Ze hebben het altijd maar over de piramiden,' zei David, alsof dat genoeg verklaarde.

'Bedoel je de manier waarop zij hun doden onder de grond verborgen, onder tonnen en tonnen steen, met hun ingewanden eruit gehaald en gebalsemd en ingepakt voor het eeuwige leven?'

'Dat heb je mooi uitgedrukt, Henry. Ik wist niet dat jij zo'n artiest op het ironische vlak was.'

Henry wist niet of dat als compliment bedoeld was of niet.

'Stof zal tot stof wederkeren, zoals geschreven staat,' zei Jon.

'Indianen en Egyptenaren, allebei hebben ze het mis. Ik denk dat ik het liefst begraven wil worden met een eikel in mijn navel, zodat er een eikeboom uit mij groeit.'

Henry voelde zelf het meest voor een begrafenis op zee, als er maar niet dat ene ogenblik was geweest waarop het lijk onder het zeildoek uit gleed en, gehuld in een witte lap, in het water verdween. Hij bracht het onderwerp crematie naar voren. Waarschijnlijk moest je met iemand als David, dacht hij onder het praten, voortdurend over een smalle streep balanceren, je moest steeds het evenwicht bewaren tussen er aldoor over praten en er helemaal nooit over praten, want als je er helemaal nooit over praatte, won het aan kracht, zoals alles wat taboe was. Bovendien wou hij graag weten wat Jon hierover had te zeggen, en ook wat hijzelf erover te zeggen had. 'Het idee dat je ligt te verrotten,' hij keek naar Jons gezicht, naar dat van David, 'dat is... behoorlijk weerzinwekkend.'

'Zelfs het weefsel van een Chapin zal daar een keer aan moeten geloven,' hield Jon hem voor. 'Hoewel, zoals ze bij een autopsie te werk gaan... een goed christen moet zich wel eens afvragen hoe het er op de Dag des Oordeels uit zal zien. Ik bedoel, je maakt mij niet wijs dat die dokters veel meer doen dan de boel weer zo'n beetje dichtrijgen als ze ermee klaar zijn, en wie weet hoe ze de organen er weer in stoppen, alles door elkaar gehusseld en volstrekt niet zoals het voor de eeuwigheid is voorbeschikt. Wat moet God wel niet denken...'

'Zoals ik al zei, het beste is crematie,' zei Henry. Hij kon het allemaal veel te duidelijk voor zich zien.

'Dat mogen joden niet,' zei Jon.

'Is dat zo?'

'In strijd met de wet. Dus ik wil in de aarde gestopt, met een zaadje in mijn navel. Wat vind jij dat het meest mijn wezen is, Henk, een vruchtboom of een boom die hardhout levert?'

'Zo'n Japans boompje, hoe heten ze ook alweer? Die hele kleine boompjes met van die schattige kleine takjes, weet je wel?'

Jon sprong overeind en greep hem beet, niet zo ruw als het misschien wel leek. Ze lagen te worstelen in het zand.

'Zo iets kun je gewoon niet zeggen.'

'Maar ik zei het toch, dus het kan blijkbaar wel.'

'Neem het dan terug.'

'Je kunt woorden niet terugnemen, Jon, nou moet je redelijk zijn.'

Henry moest zo lachen dat hij zich bijna niet verdedigen kon. Tot ze boven hun grommen en lachen snijdend hoorden zeggen: 'Er zijn wel joden verbrand.' Davids stem klonk ijl en koud, zelfs hier, in de warme avondlucht, zelfs hier, bij de hitte van het nog gloeiende vuur.

'Er waren hele steden,' ging David door, alsof ze hem gevraagd hadden wat hij bedoeld had, 'die jarenlang stonken naar de rook die van de crematoria kwam. Keurige propere Duitse stadjes waren helemaal bedorven – dat vertelde Grossvater mij – want de mensen konden niet meer 's morgens buiten op hun balkon koffie drinken, zoals ze altijd zo graag deden, vanwege de stank.'

Henry keek Jon aan; die schudde even zijn hoofd. Wat bedoelde hij? David zat in het vuur te staren. Henry, die het gevoel had dat hij hier eigenlijk niet mee te maken had, trok zich terug en wachtte af wat Jon ging doen. David maakte nog een flesje bier open, hij dronk het snel leeg en begon weer te praten.

'Grossvater hield Ulli goed op de hoogte. Bij wijze van verhaaltje voor het slapen gaan vertelde hij hoeveel joden er weer van de kaart waren geveegd, hoeveel steden er al van die smerigheid verlost waren, hoeveel de ovens verwerken konden, in een uur, in een dag, in een week. Ulli was besneden. Weglopen had dus geen zin. Er waren joden die hun zoons niet lieten besnijden... in de hoop ze daardoor het leven te redden.' David praatte zonder enige emotie. 'Natuurlijk was er geen enkele hoop. Geen uitweg. Er was maar één weg. Eerst naar de kleedkamers, en daar trok je alles uit, zelfs je trouwring deed je af, dan allemaal samen de gaskamers in. Al die lichamen als haringen in een ton. De ovens. Als er geen gouden vullingen en gouden tanden en kiezen waren geweest, zou het daarna makkelijk zijn geweest. Maar iemand moest dat goud eruit halen. Vraag jij je dat wel eens af, Jon? Wie er door die bergen as heen waadde, wie tussen de botten en tanden harkte om het goud te zoeken? Ik wel. Een of ander kind dat met alle geweld wilde overleven.' David staarde in het vuurtje, dat nog wat rood opgloeide tussen de al grijs geworden as.

'Een jongetje waarschijnlijk. De meisjes werden als hoer gebruikt, als ze mooi waren, ook de vrouwen die nog niet te oud waren. Ze kregen een nummer en werden weggevoerd, hoewel er ook wel gebruikt werden voor experimenten. De andere, die niet mooi waren, of niet jong genoeg... die waren niet meer lonend. De kosten van al dat maandverband bij voorbeeld... dat geld was nodig voor munitie, het materiaal kon beter voor gewoon verband gebruikt worden. Die meteen doodgingen, die hadden waarschijnlijk nog geluk, geloof je ook niet?' Hij keek naar hen over het vuur heen.

Henry keek naar Davids gezicht en zat te wachten tot Jon iets zou zeggen. Het was nu wel algemeen bekend dat er wreedheden waren begaan, maar David wist precies welke dat waren, en hij kende de slachtoffers, wist precies wie dat waren. Dat gold ook voor de Nafiches.

Jon zei, en zijn stem was laag en zijn woorden kwamen moeilijk, alsof zijn keel net als die van Henry dichtzat: 'Er zijn er ook gevlucht. Er zijn er ook die werden verborgen.'

'Grossvater vertelde me,' zei David met zijn ijle stem, 'wat er met je gebeurde als je erop werd betrapt dat je een jood verborg. Dit is nou iets waarin jij je goed inleven kunt, Henry. Ze konden iemand zijn huid afstropen... ongeveer zoals jij voor oom Leo het vel van een kippeborst afstroopt, stel ik me voor...' Henry trok zijn knieën op en drukte ze tegen zijn maag. Hij probeerde niets meer te horen, maar hoe hij zich ook verschanste, die scherpe stem drong tot hem door. 'Mijn moeder was heel anders dan die van jou,' zei David tegen Jon. 'Ze was helemaal niet mooi.' Het klonk alsof iemand haar daarvan beschuldigd had.

Henry had nu zijn armen stijf om zijn opgetrokken knieën heen, om zijn maag te beschermen. Hij wou dat ze allebei weggingen. Boven hem was de hemel vol sterren. De zee trok zich lispelend terug van het strand.

'Ulli bofte heel erg dat hij niet joods was. Grossvater zei dat ze ook de kleine kinderen, dat die ook helemaal naakt de gaskamers in werden gestuurd. Toen Mutti wegging om te gaan trouwen, want ze moest weg om te trouwen, zei hij dat ik bij

hem thuis moest blijven. Ze is in Berlijn, of ergens anders, om-
gekomen bij een luchtaanval. Dat vertelde Grossvater me en ik
heb toen gehuild, maar ik geloof dat hij soms verschrikkelijk tegen me loog. Er kwamen daarna geen brieven meer, en alleen
Grossvater en Ulli waren nog over. Zij hadden geluk, zei Grossvater, zij hadden nog te eten.' Toen hield hij op. Henry hield
zijn adem in en hoopte dat het nu was afgelopen.
    'Ze hebben de beste mannen vermoord, allemaal,' zei David.
Nu klonk zijn stem anders, meer ontledend. Henry had het gevoel dat David nu, met die stem, vooral tegen hem praatte.
Waarom zei Jon niet iets, waarom deed hij niets? 'Op het laatst
was alleen nog het uitschot over. Die overleefden het. Er zit
geen voldoening in overleven. Dat zul je moeten toegeven.'
    'Jij zat niet eens in een kamp,' zei Jon nog steeds traag en
zwaar.
    'Dat is zo,' gaf David toe, 'maar ik had er wel moeten zitten.'
    Een lege, holle stilte hield hen gevangen en die duurde heel
lang. Een stilte waar het zachte briesje niet in doordrong, en ook
niet het geluid van de golven, zelfs niet het licht van het uitdo-
vende vuur. Eindelijk zei Jons stem: 'Kom, laten we gaan.' Henry bleef met zijn gezicht op zijn knieën zitten en keek niet op.
Hij voelde Jons hand op zijn schouder, heel even maar. Hij wist
dat die hand warm was, maar hij voelde geen warmte. Hij hoorde die twee door het zand weglopen, David en Jon, en al verder
weg.
    Toen David hier kwam, sleepte hij al die verschrikkingen
achter zich aan, als een bruid de sleep van haar jurk. Geen wonder dat hij niet achterom keek. Henry kon begrijpen dat David
niet meer wilde leven. Nog nooit had Henry zo'n angst gevoeld
als nu, angst voor alle andere mensen op de wereld, en ook angst
voor zichzelf, en angst om zichzelf. Om wat hij zou kunnen
doen, wat zij zouden kunnen doen. Er was niets dat ze niet zouden kunnen doen.
    Hij stond op. Hij raapte de bierflesjes op en deed ze in de pa-
pieren zak, gooide een paar handen zand op de gloeiende as en
zijn handen trilden. Op een slagveld was je tenminste nog aan
het vechten, en naast jou vochten andere mannen.
    De zee kwam alweer verder het strand op. De donkere nacht

sloot zich over hem heen. Hij zat vlak bij het water en luisterde, en dacht: Omdat je niet begrijpen kunt hoe ze dat hebben kunnen uithouden wat ze met ze deden. Of hoe iemand dat doen kon, ook met vrouwen en kinderen. Het was makkelijker om je voor te stellen dat je het deed, dan dat je het verdroeg...

Dat maakte het nog erger. Want dat maakte duidelijk hoe hij was. En hij wist dat hij meer net als de meeste mensen was dan Jon. Wist hoe hij werkelijk was, hoe de meeste mensen werkelijk waren...

En ze gingen gewoon als vee mee en lieten zich afslachten, ze klommen gewoon in die wagons en lieten maar met zich doen. Je kon moeilijk respect voor ze hebben...

Henry hield zijn handen tegen zijn oren en voor zijn gezicht.

Eindelijk liep hij toen de weg terug naar huis, het puin van die avond droeg hij met zich mee. Hij was bang niet te kunnen slapen maar hij viel toch in slaap, en werd wakker met de vraag in zijn hoofd: Waarom wilden de Nafiches zo met alle geweld David redden als ze er toch al zóveel hadden moeten verliezen? Waar diende dat toe?

9

Hij was zijn eetlust kwijt, hij kon zijn gedachten niet bij *Oorlog en vrede* houden, hij bracht het niet op te gaan hardlopen – en als een van zijn ouders had geprobeerd met hem te praten, zou hij niets terug hebben gezegd. Hij ging naar buiten, het duin af naar het strand, om een eind te gaan lopen. Weg van de stad, weg van alle mensen, weg. Hij zocht vergeefs naar betrouwbaar... ijs om over de zwarte kolken heen te schaatsen die David hem had laten zien, hij kon er zelfs geen woorden voor vinden. Hij wou niet denken, hij wou niet weten, hij wou niet begrijpen.

Tenslotte bleef hij aan de rand van het water staan, daar stond hij een tijdlang doodstil en trachtte weer een beetje zichzelf te worden bij het gelijkmatige aanrollen van de golven, ver weg van de wereld en de mensen. Daar vond Jon hem toen. Hij ging recht op de man af. 'Het spijt me, Henk, maar ik wist ook niet dat hij dat zou gaan doen. Hij wou er nooit over praten, met geen mens, zelfs niet in die inrichting.'

'Waar is hij nu?'

'Aan het werk met papa, ik heb vrij gevraagd. Henry? Het spijt me echt.'

Henry hield zijn ogen op het water gericht. Jon had dat allemaal al die tijd geweten maar er met hem nooit over gepraat. Daar zou Henry dankbaar voor moeten zijn, maar hij was het niet. Hij voelde het als verraad.

'Het maakt niet uit.'

'Hij deed het omdat hij de pest heeft aan jou,' zei Jon. De golven likten aan hun blote voeten. 'Omdat jij geen jood bent en daarom niet die last te dragen hebt.'

Henry probeerde niet te verbergen wat hij daarvan dacht. 'Dat is flauwekul,' zei hij.

'Luister nou. Ík wou niet dat jij dat allemaal hoorde. En ik was van plan om terug te komen, maar hij wou niet naar bed. Henry, ben je nou kwaad op míj?'

'Jij wist het,' zei Henry. 'Jij hebt dat al die tijd geweten.' Hij voelde dat Jon, naast hem, naar hem keek. 'Jij wist dat al die tijd al.'

'Ga zitten,' beval Jon. 'Wat zit je dwars? De wreedheden... de verschrikkingen? Maar wat had jij dan eigenlijk gedacht? Wat dacht jij dan dat daar gebeurd was? Of zit je dwars dat ik... dat wij allemaal... nog van het leven genieten, mijn familie, ikzelf? Ik zei: ga zitten.' Henry gehoorzaamde en ging zitten.

Jon begreep het misschien niet echt. Misschien kon hij, omdat hij nu eenmaal was zoals hij was, het zich niet allemaal zo goed voorstellen.

'Nou, Henry?' Jon ging naast hem zitten.

Henry keek naar het altijd bewegende water, en weigerde antwoord te geven. 'Ik weet niet.' Jon had hem er toch iets van kunnen vertellen, dat had hij horen te doen – niet over David, want David, daar kon Jon ook niets aan doen, maar over... 'Het maakt niet uit.'

Jon zat zwijgend naast hem. Een hele tijd. Het grijze rimpelende water kwam in een krul omhoog, de ene golf na de andere, en vloeide uit over het zand. En iedere keer als een golf omhoogkrulde, ontstond daar achter weer een nieuwe golf. Eindelijk draaide Henry zijn gezicht opzij en keek naar Jon. De wind blies Jons haar omhoog en blies zijn tranen over zijn wangen, die daardoor even nat waren als wanneer hij had gezwommen.

Wat was er nou met Jon aan de hand? Henry voelde zich in de war en ook bezorgd, eerst het ene en daarna het andere, en toen allebei. Wat moest hij nu doen? En Jon scheen het niet eens te merken. Maar zij waren toch al te oud om te huilen, hij was daar te oud voor.

'Waarom zou hij daar altijd mee moeten blijven leven?' zei Henry, in een poging het uit te leggen, ook al wist hij dat Jon die uitleg nooit begrijpen zou. 'Of wie dan ook van ons allemaal?'

'Zoals geschreven staat,' zei Jon zonder Henry aan te kijken en ook zonder zijn ogen af te vegen, '*ziet, op deze dag heb Ik u voorgehouden het leven en het goede, en de dood en het kwaad.*' Toen keek hij Henry aan en ging verder: '*Ik roep hemel en aarde*

*aan om van deze dag tegen u te getuigen, dat Ik u leven en dood
voorgehouden heb, zegen en vervloeking: kies daarom voor het
leven, opdat zowel gij als uw zaad leven mogen.'*
Dat was Jons antwoord. Dat was nou weer echt het soort antwoord zoals je van Jon verwachten kon en hij was er niet mee tevreden.
'Maar Jon, de joden... die hebben niet gekozen. Of als ze wel
kozen, dan maakte dat ook niets uit. En David heeft niet gekozen. Geen een van ons kiest. Wij lijden alleen, we verdragen, en
dat doen we alleen.'
'Nee Henk, niet alleen. Nu vergis je je. Ik bedoel, wij zijn
toch vrienden.' Jon veegde langs zijn ogen. 'In voor- en tegen-
spoed, rijkdom en armoede, bij ziekte en gezondheid.'
'Je kunt niet over alles grappen maken. In elk geval kan ik dat
niet.'
'Luister naar me, Henk,' zei Jon en zijn stem verried hoe belangrijk dit voor hem was. 'Wat papa mij vertelde, jaren geleden,
toen ik begon te begrijpen wat er met ons was gebeurd. Wat ze
met ons hadden gedaan. De vernietigingskampen. Ik raak dat
nooit meer kwijt, Henk, en elke keer als ik eraan denk...'
Hij had het helemaal bij het verkeerde eind gehad. Jon zou
het nooit vergeten, dat wist Henry nu.
'Papa zei dat toen hij in de loopgraven was... en daar is hij geweest, hij was daar, en de loopgraven... dat was heel erg, Henry,
dat weet je... Papa zei dat de meeste mannen daar gewoon op de
dood zaten te wachten. Als het maar achter de rug was. Ze wisten hoe klein de kans was dat ze het zouden overleven, en daar
zaten ze maar te wachten. Ze waren doodsbang en wachtten, en
hoopten dat er vlug een eind aan kwam. Zo zaten ze daar maar.
Zonder te praten. Ieder in zijn eentje. Papa zei: je moet kiezen,
en hij weigerde de kant van de dood te kiezen. Als je voor het leven kiest, dan kies je geloof ik... Henk, luister je naar me?'
'Ja, ik luister.' Dat was ook zo. Hij luisterde naar de woorden
die Jon zei, naar de klank van zijn stem, naar wat de wisselende
uitdrukking op Jons gezicht en zijn sprekende ogen hem vertel-
den. Hij luisterde naar al die woorden achter elkaar maar alsof
die samen slechts een enkel instrument waren, dat speelde in een
stuk voor een heel orkest.

'Dan kies je voor al het... voor al het verschrikkelijke wat er is, voor het ergste dat je je voor kunt stellen, en jij hebt verbeeldingskracht genoeg, Henk, hou jezelf maar niet voor de gek. Maar dat is maar een deel ervan. Je kiest er ook voor om te juichen en te zingen.'

'Jawel, maar als je nou eens geen gelijk hebt?'

Jon begon hard te lachen. 'Gelijk, ongelijk... wat maakt dat nou uit?' Jons luide lachen spoelde als een golf over Henry heen en even voelde hij zich ondergedompeld in Jons gevoel van vrijheid.

Henry begreep het nu. Het was bijna of hij stikte, alsof hij werkelijk onder water was. Hij had het helemaal verkeerd uitgekiend. Hij had gedacht dat hij en Jon ieder aan een kant stonden en David tussen hen in, maar zo was het niet, want het was Jon die in het midden stond, het was Jon die David kapot wilde maken, die hij zo nodig moest verslaan, of wat het ook was dat David bezielde. Jon zelf had daar geen flauw vermoeden van. Maar de wedstrijd – en het was eigenlijk geen wedstrijd maar iets veel ergers – werd gespeeld tussen Henry en David.

Jon zat naar Henry te kijken en op zijn antwoord te wachten. Maar Henry kon niets zeggen. Hij wist niet of hij David wel aankon. Of eigenlijk wist hij het wel. Dat kon hij niet.

'Nou,' vroeg Jon, 'ben je van plan het samen met mij vol te houden?'

'Ik weet niet of ik daar sterk genoeg voor ben.'

'Dat ben je wel,' zei Jon. 'Het spijt me voor je, maar of je het nou wilt of niet, je bent sterk genoeg.'

Henry betwijfelde dat en schudde zijn hoofd.

'Waar blijf je nou met die ware Chapin-geest van je?' vroeg Jon en stond op. 'Lak aan de dood hebben, trots en rechtschapenheid, uithoudingsvermogen, de hebzucht van het goeie ouwe New England – dat is de geest waarop de natie is gegrondvest.'

Henry haalde een keer heel diep en bijna met tegenzin adem, en stond toen ook op. Er was niets veranderd, behalve dat hij nu begrepen had waar David op uit was. Het kon Henry niet schelen of David misschien wel in alles voor honderd procent gelijk had, maar hij was niet van plan om die knul zo maar Jon kapot te laten maken. En hij daar zeker maar bij staan toekijken. Het ging tussen hem en David, dat begreep hij nu. Wat was hij een klooi geweest, wat een onnozele hals, dat hij dat niet eerder had doorgehad. 'Goed,' zei Henry.

Ze klauterden tegen de duinhellingen op en lieten zich aan de andere kant omlaag rollen, namen de moeizaamste weg omdat die langer duurde. 'Goed,' zei Henry nog een keer, 'maar wat wordt er van mij verwacht?'

Hij luisterde naar Jon en tegelijkertijd naar zijn eigen gedachten. Jon had maar de helft van wat er aan de gang was in de gaten, en dat kon ook beter maar zo blijven, vond Henry. Maar hijzelf moest wel nog van alles weten.

'Wat jij moet doen is hem gewoon de waarheid vertellen. Wat het ook mag zijn, of op welk moment ook, dat is het enige dat jij kunt doen. Hij weet het wanneer we tegen hem liegen.'

'Vertel jíj hem dan de waarheid?'

'Hoe kan ik dat nou?'

Zo iets had Henry al vermoed, en hij vermoedde ook dat David dat wel wist.

'Ik denk,' zei Jon, 'dat hij het zo ziet dat wij, omdat we joden zijn, wel tegen hem moeten liegen. Maar jij bent geen jood, daarom hoef jij niet tegen hem te liegen. Daarom zal hij wat jij zegt geloven. Als jij tegen hem liegt, doe je dat omdat hij een jood is en hij doorziet al jouw leugens, waar het ook over gaat. Omdat hij jou nooit zal vertrouwen.'

'Waarom zou hij me dan geloven?'

'Dat moet hij wel, omdat hij jou niet vertrouwt, omdat jij geen jood bent en jij dus niet hoeft te liegen.'

'Dat is krankzinnig, Jon. En ook behoorlijk stom.' Henry's hersens werkten op volle toeren. Enerzijds overwoog hij hoeveel van wat Jon van David in de gaten had juist dat was wat David graag wou dat hij van hem in de gaten had, en waarom David zou willen dat zijn neef dat van hem dacht, tegelijkertijd overwoog hij wat er nu werkelijk waar zou zijn, omdat zijn strijd gestreden zou worden om waar het werkelijk om ging, en niet om dat wat David graag wou dat Jon geloofde.

'Krankzinnig, daar gaat het ook allemaal over,' zei Jon. 'Niemand heeft gezegd dat hij niet krankzinnig was. En genezen is hij niet. Aan de andere kant – laten we het ook eens van de zonnige kant bekijken – is hij ook nog niet dood.'

'Jon, en als ik nou eens bij jullie uit de buurt bleef?' Als David dacht dat hij gewonnen had, zou hij dan de strijd verder staken? – Dat was de vraag.

'Nee,' zei Jon vlug, 'hij heeft jou juist nodig.'

'Mij nodig? Waarvoor?' Zo stom zou David niet zijn en bovendien, alleen maar Henry kwijt zijn was niet genoeg, dat was niet wat David wou, dat was alleen nog maar het voorspel van wat David werkelijk wou, misschien een voorspel dat hij nodig had. Dat hoopte Henry.

Jon begon weer te lachen. 'Hij heeft jou erbij nodig om je te haten en te benijden en te verachten...'

Henry lachte ook.

'...maar dat is zo, Henry. Dat helpt allemaal mee, echt. Dat hebben de dokters ook gezegd, weet je, toen mijn ouders aan ze vroegen wat ze moesten doen. Geef hem iets waar hij over na moet denken, laat hem proberen erachter te komen wat u wilt, of wat u bent.'

Want Jon was kwetsbaar vanwege Henry. Daar zou David gebruik van maken. Dat had hij gisteravond gedaan, dat was het wapen dat hij had gebruikt en het was Jon geweest, en niet Henry, die zijn doelwit was.

'Bovendien moet je ook aan mij denken,' zei Jon. 'Jij bent mijn dankbaarste publiek. Daar wil je me toch niet van beroven?'

Dat wou hij niet, niet als het aan hem lag. 'Je bent ook niet zo'n klein beetje arrogant,' wees hij hem terecht.

'Dat spijt me dan,' zei Jon.

'Het spijt je geen zier,' zei Henry.

'Je hebt gelijk. Maar eigenlijk zou het me wel moeten spijten, vind je ook niet?'

10

David had niet veel tijd nodig om erachter te komen wat Henry in zijn schild voerde. Jon, omdat hij nu eenmaal Jon was, kwam eenvoudig niet op het idee, en dat was ook precies wat Henry wou. De lange julidagen gingen voorbij en zodra Henry er ook maar kans toe zag, plaatste hij zich tussen die twee in. Als ze een eind gingen lopen, liep hij tussen David en Jon in. Vaak vroeg hij Jon of het goed was dat hij zowel 's morgens als 's middags kwam werken. 'Voor het geld,' zei hij. Als ze op dezelfde dag vrij hadden, bedacht hij uitstapjes: naar de beroemde rots van Plymouth, naar Salem. Tijdens de lange ritten heen en terug zat hij op de achterbank, maar leunde naar voren met zijn ellebogen opzij tussen die twee daar voorin.

De hedsjra* naar Plymouth, zoals David die tocht noemde, verliep vlekkeloos. De bedevaart naar Salem was een mislukking, al vanaf de eerste blik die David op de straten met hun breed gewortelde kastanjebomen wierp, en op de grote vierkante huizen die op hun groene gazon te pronken stonden als parels, die heel goed wisten hoeveel ze waard waren.

David zocht een parkeerplaats en ze stapten uit. Het was een dag van helder zonlicht en donkere schaduw. Ze zwierven wat door het stadje en bewonderden de glimmend gepoetste deurkloppers. 'Dit is voor jou je natuurlijke omgeving, hè Henry?' vroeg David.

'Nou, niet bepaald.' Henry weigerde in het aas te bijten. 'Je bent toch bij me thuis geweest, David.'

'Het lijkt meer op het verloren paradijs,' vond Jon. 'Wat een mooi weer vandaag, hè? Ik geloof niet dat ik hier graag zou willen wonen, maar mooi is het wel. Hebben er ooit Chapins in Sa-

*hedsjra: vlucht.

lem gewoond? Is er niet ergens een Chapin-huis waar we kunnen gaan kijken? Je kunt het ons gerust vertellen, Henk, we zullen er niet van onder de indruk zijn.'

'Ze hebben in Salem vroeger heksen opgehangen.' Het klonk alsof David alleen maar wat wou praten. 'Ik vraag me af wat ze met de lijken deden, ik kan me niet voorstellen dat ze die op het kerkhof begroeven, waarschijnlijk verbrandden ze die later. Weten jullie dat?'

Jon bleef staan en keek om zich heen. Henry had zin om David een schop te geven maar toen hij naar dat uitdrukkingsloze knappe gezicht keek, had hij meer zin om te gaan huilen en ten slotte, terwijl hij door de straat keek met al die vervloekte onverschillige rijkdom, die gezapige zelfverzekerdheid...

'Ik wil hier weg,' zei Jon.

Henry zag Jon bijna nooit alleen, en als dat gebeurde nooit langer dan een paar minuten. Bij een van die gelegenheden vroeg hij aan zijn vriend hoe dat was, 'met een hoer'.

Onder zijn bruin verbrande huid kreeg Jon een vuurrode kleur, hij schudde zijn hoofd en wou niets zeggen.

'Nou, goed dan,' zei Henry. 'Ik kan je niet dwingen en ik zal het je niet nog een keer vragen, maar je moet wel goed weten dat ik er steeds aan loop te denken. Als je dat maar weet. Nu op dit ogenblik denk ik eraan.'

'Laat me met rust, Henk,' zei Jon. Maar Henry had het als grapje bedoeld.

Op zondag ging het restaurant pas om één uur open. De zondagochtend, en vooral een zondagochtend waarop de zon scheen, betekende een paar lekker luie uurtjes voor de familie Nafiche. Vaak kwam mevrouw Nafiche dan buiten bij de anderen zitten in wat zij gewoon haar badjas noemde, maar wat in Henry's ogen meer iets was wat een filmster droeg als die in haar eigen huis foto's liet maken. Niet Marilyn Monroe maar eentje uit het buitenland, Ingrid Bergman misschien. Henry zou dat kledingstuk eerder een gewaad noemen, een soepel dieprood gewaad dat als golven ruisend om haar heen zwierde. De eerste zondag in augustus ging hij vroeg naar het werk en kwam toen mevrouw Nafiche op het grasveld tegen; zij ging juist naar binnen om zich te verkleden. Ze zei hem vrolijk gedag en bleef nog even staan kijken naar de drie jonge mensen, die om een tafel achter op het gazon zaten. David stond op. Hij zette zijn voeten wat uit elkaar en bracht een verrekijker naar zijn ogen, zocht er toen de haven mee af, waarin de groene bootjes die te huur waren op en neer deinden.

'Is hij niet mooi?' zei mevrouw Nafiche. 'Soms denk ik wel eens dat ik wel een beeld van hem zou willen laten maken. Misschien wel van marmer, er bestaat een marmersoort uit Ligurië... Zeg het maar...' Ze lachte tegen Henry maar haar ogen waren vochtig. 'Ik weet heus wel dat ik een domme oude vrouw ben.'

'Oud niet,' zei Henry.

'O jij, je neemt alle slechte gewoonten van Jon over.' Ze legde haar hand op zijn schouder, eventjes, keerde zich om en liep weg. Henry ging naar Jon en David en Enid toe. Hij ging tussen David en Jon in zitten.

'Vangen ze wel eens iets in de haven?' vroeg hij. 'Heeft iemand ooit wel eens gezien dat er iemand iets ving?'

Hij kreeg geen antwoord. Dat verwachtte hij ook niet. Jon had zijn stoel achteruit getrokken, buiten de schaduw van de parasol, en zat languit in de zon met zijn ogen dicht. David ging weer zitten maar hield nog steeds de verrekijker voor zijn ogen.

'David?' vroeg Henry. 'Zijn de jonge vogels nog in het nest?' Hij spande zich in maar het enige dat hij met dat licht in de verte onderscheiden kon was een donkere vlek, hij kon niets duidelijk zien.

David gaf antwoord zonder van houding te veranderen. 'Natuurlijk. Pas zo'n achtenveertig à zevenenvijftig dagen nadat ze uit het ei zijn gekomen kunnen ze vliegen.'

'Ik weet nog dat er vroeger altijd heel veel visarenden waren,' zei Enid. 'Toen we hier pas kwamen wonen, jij bent te jong om je dat te herinneren, Jon, toen waren er hier overal visarenden.'

'Visarenden zijn haviken,' zei David.

'Waarschijnlijk komt het door al die mensen hier,' zei Jon sloom en zonder zijn ogen open te doen, 'die hebben ze weggejaagd. Nog even en het is net als met de dodo, en dan zullen wij

138

tegen onze kleinkinderen zeggen – net zoals de holbewoner-grootouders tegen hun holbewoner-kleinkinderen gezegd moeten hebben: "Goh, ik kan me de dodo nog herinneren" – "Goh, ik kan me de visarend nog herinneren."'

'Bedoel je dat hij aan het uitsterven is?' vroeg Henry. 'Net als de bizon?'

'Net als de joden,' zei David.

'De joden,' zei Henry in de richting van Davids afgewende gezicht, 'zijn nou niet bepaald uitgestorven. Vraag dat maar eens aan de Arabieren.'

'Ga jij dat zelf maar aan de Arabieren vragen.' Jon gluurde naar hem met een oog half open. 'Ik heb nog wel iets anders te doen.'

'Wat moet die boot daar?' Henry wees. Er was een roeiboot tot dicht bij de tweede boei gekomen en die scheen daar te blijven liggen. Een van de ouders vloog op van het nest.

'Het lijkt of ze eraan gaan vastleggen,' zei David.

Enid hield haar hand boven haar ogen om beter te kunnen zien. 'Daar komt het nou van dat de visarend aan het verdwijnen is.'

Jon greep voor Henry langs naar de verrekijker. De visarend duikelde en zwenkte in kringen boven het nest door de lucht. Henry kon hem in de verte horen roepen, schel en klagend.

'Laat mij eens kijken,' vroeg David. Jon gaf hem de verrekijker terug. 'Moet je dat zien,' zei David en gaf de kijker aan Henry.

Henry begreep eerst niet goed wat hij zag. Een smal donker kopje met een snavel hield zich krampachtig boven water. Vleugels die door de golven opgeduwd werden in een stuntelige vlinderslag, als de vlinderslag van iemand die zwom met geamputeerde armen. Henry wou liever niet weten wat het was dat hij daar zag.

Hij vroeg zich af wat die mensen in de boot die aan de boei vast was gebonden gingen doen. Er zaten twee mannen en een jongen in, alle drie met hun rug naar de jonge vogel die in het water was gevallen toe, alle drie zonder te letten op de woedende vogel daar boven hen, alle drie aan het eten, zo te zien. Broodjes, dacht Henry.

Snel zocht hij met de kijker de hele haven af. Enkele mensen in andere boten hadden hun gezicht naar de plek waar het gebeurde toegewend.

'Waar drijft hij naar toe?' vroeg Jon. David pakte Henry de verrekijker af.

'Gaat er niemand wat doen?' vroeg Henry.

'Hij drijft naar de kust,' meldde David. 'Is daar ergens een plek waar hij op de kant kan klimmen?'

'Alleen als hij voorbij de strandmuur gaat.' Henry hield zijn ogen steeds op het zwarte kopje gericht, op het donkere worstelende figuurtje in de verte. 'Gaat een van de boten er niet heen?' vroeg Henry aan Jon. 'Kun jij het zien?'

'Ik zal toch eens wat moeten gaan studeren,' zei Enid en stond op.

'Zouden we er nog op tijd bij kunnen komen?' vroeg Jon aan Henry. 'Wat denk jij?'

'Je kunt helemaal niets doen,' zei David.

'Als we bij hem komen, wat kunnen we dan doen?' vroeg Henry.

'Weet ik niet. Iets, misschien. Henk?'

'Jullie kunnen niets doen,' zei David. 'Jullie weten niet wat je doen moet, hoe je met wilde dieren om moet gaan.' Hij drukte de verrekijker tegen zijn ogen en keek. 'Hij wordt trouwens al moe. Z'n veren zullen wel doorweekt zijn, die onvolgroeide veren zuigen veel sneller water op, en ook veel meer.'

Jon noch Henry sloegen acht op hem. David liep met hen mee naar de roeiboot en maakte het touw voor ze los. Ze gingen naast elkaar op het bankje zitten. Terwijl ze wegroeiden van de stenen wal, elk aan een riem, liep David terug naar de tafel, nog aldoor met de verrekijker voor zijn ogen.

Henry voegde zich naar Jon, zorgde dat ze allebei even snel aan hun riem trokken. Nu en dan keek hij achterom, om te zien of ze de goede kant op gingen en hoe hard ze opschoten. 'Hij heeft zijn kop al minder ver boven water,' meldde hij.

'Doorroeien!' spoorde Jon hem aan. Hun voeten stonden schrap naast elkaar tegen het bankje op de achtersteven. 'Doorroeien, doorroeien, er zijn ten minste geen al te hoge golven, dat is al iets.'

'Hoog zat voor die vogel,' zei Henry. De boot schoot gelijkmatig vooruit.

'Zoals geschreven staat,' zei Jon grommend. 'Elke dag heeft

genoeg... aan zijn eigen golven. We komen er wel.'

'En wat dan?'

'Hoe moet ik dat weten? We zullen wel iets bedenken. Hij zal heus nog wel niet zo sterk zijn,' hij hijgde weer met een grommend geluid, 'dat hij ons veel kwaad kan doen.'

De aanlegsteiger lag al een paar honderd meter ver weg. Geleidelijk schoof de kust van hen weg en David werd al kleiner en kleiner. Henry keek over zijn schouder, greep toen weer stevig zijn riem beet en vroeg: 'Kun je nog wat sneller roeien?'

'Als jij het kan, kan ik het ook.'

Het zweet stroomde langs hun gezicht, langs hun rug, onder hun oksels.

'Wacht even. Een... minuutje... maar,' hijgde Jon. 'Niet erg... in vorm. Ben buiten... adem.'

Ze haalden de vogel in, die langzaam voor hen uit in de richting van de kademuur deinde. Smalle schouders gingen omhoog, golven kabbelden voor de ogen van de vogel. Ze zaten naar hem te kijken toen hij zijn vleugels, zwaar van het water, optilde, liet vallen, toen zonk de kop omlaag, overspoeld door een zwaardere golfslag die even later hun boot aan het schommelen bracht. De visarend vloog klaaglijk roepend klapwiekend boven hen rond.

'Leeft hij nog?' vroeg Henry. 'Hij bewoog. Ja, hij bewoog toch?'

'Nee,' zei Jon.

Korte golfjes kabbelden opzij tegen de boot aan. Boven hen cirkelde de visarend maar zij besteedden er geen aandacht aan. Op de plek waar de jonge vogel was geweest was niets meer.

Ze hoorden een man roepen: 'Hé, knul!' en keken rond waar de stem vandaan kwam. Het was een van de mannen in de roeiboot die nog steeds aan de boei vast was gebonden, de boot danste aan het korte touw op en neer.

'Het spijt me, knul!' De man had van zijn handen een toeter gemaakt. 'We zijn ons anker kwijt. We moesten ergens aanleggen. Om te eten.' Hij stak ter verduidelijking een half opgegeten broodje omhoog. Even was hij stil, toen riep hij nog: 'Maar echt, het spijt me!' Toen keerde hij zich weer naar de anderen in de boot en ging door met eten.

Jon pakte zijn riem beet, zonder een woord te zeggen. Henry volgde zijn voorbeeld, ook zonder een woord. Ze roeiden door de haven terug.

David begroette hen. 'Gegroet, o helden en overwinnaars.' Hij nam het touw en bond dat vast aan de ijzeren haak, ging toen achteruit zodat zij uit de boot konden klimmen, Jon het eerst, Henry gaf hem de riemen aan, toen Henry die de riemen van zijn vriend overnam.

Ze hadden tenminste geprobeerd iets te doen, ze hadden tenminste niet daar maar zitten toekijken hoe alles verkeerd ging. Maar met proberen schoot je niet veel op, behalve wanneer je ook succes had, in elk geval had de vogel er niet veel aan gehad. Het gaf Henry geen troost te weten dat hij geprobeerd had te doen wat gedaan moest worden. En hij vermoedde dat het voor Jon ook geen troost betekende.

'Voel je je nu beter, Jon?' vroeg David aan zijn neef.

'Het menselijk ras,' zei Jon, en bijna klonk het alsof hij iets geestigs ging zeggen, 'heeft niet zoveel vooruitgang geboekt als wel had gekund.'

'Dat zal ook nooit lukken,' zei David. 'Maar dat geldt natuurlijk niet voor jou. O, en natuurlijk ook niet voor Henry. Niet voor jullie tweeën.'

'Wil je verdomme je bek wel eens houden?' vroeg Henry fel. Hij had zin de riemen te pakken, ze allebei bij het uiteinde vast te houden en ze dan opzij te zwiepen... om ze keihard tegen dat volmaakte gezicht van David te laten komen, zodat zijn wang openspleet... Hij kon zich precies voorstellen hoe dat zou zijn, hoe het eruit zou zien en hoe hij zich zou voelen als hij dat deed. Hij had zin om Davids gezicht te brandmerken met bloed, met botten en tanden, met pijn.

David lachte tegen hem. Hij had hem volkomen begrepen.

II

Henry had een plannetje bedacht dat hij zelf als geniaal be-
schouwde. 'Een muziekavondje,' zei hij en ging rechtop zitten.
'Zo iets als uit een boek van Tolstoj.'

Noch Jon noch David reageerde. David lag op zijn buik naar
zijn vingers te kijken die ondiepe geulen door het zand trokken.
Jon lag op zijn rug met zijn ogen dicht en liet zijn borstkas koes-
teren door de warme stralen van de augustuszon.

'Luister nou. Willen jullie niet ééns even luisteren?'

'Wat bedoel je nou, soms een afscheidsfeestje?' vroeg David.

'We blijven niet meer dan een week bij mijn oma,' zei Henry.
'Dat is niet de moeite waard om te vieren. Nee, waar ik aan
dacht was als nou eens iedereen wat deed, iets opvoerde. Jon?
Wat vind jij?'

Jon ging ook zitten en bekeek aandachtig Davids achter-
hoofd. Het zou hun iets te doen geven, dacht Henry; de voorbe-
reidingen zouden David een paar dagen bezighouden.

'Bedoel je dat mensen die muzikaal zijn iets met muziek kunnen doen? Zoals Enid en je vader. David zou ook piano kunnen
spelen...'

'Niet in gemengd gezelschap.' David liet zich omrollen en
ging tegenover hen zitten.

Zijn vader had gezegd dat David juist dat wat hij graag wou
doen, niet doen zou. Henry verdacht David ervan dat hij dát
deed, wat hij dacht dat jij liever niet wou dat hij deed, ofwel dat
hij dat niet deed waarvan jij hem liet merken dat je graag wou dat
hij het deed. 'Speel je nog niet zo goed?' vroeg hij.

'Je zou nu toch langzamerhand moeten weten dat ik goed ben
in alles wat ik doe.'

'Dus je gaat wel spelen?' Henry kon niet zeggen wat hij op
dat ogenblik dacht: dat David dan toch niet zo erg goed scheen

te zijn in het zichzelf van kant maken.

'Misschien wel.'

'Ma kan zingen,' bood Jon aan. 'Maar jouw moeder, wat doet die?'

'Zij zal wel iets declameren. Ze kent een hele bende gedichten uit haar hoofd. Zou de rabbi ook komen?'

'We zouden het bij ons thuis moeten doen,' zei Jon, 'dan komt hij misschien wel. Hij zou ons een psalm in het Hebreeuws kunnen voorlezen. Heb je wel eens Hebreeuws gehoord, Henk?'

Jon wist best dat hij nooit Hebreeuws had gehoord.

'Er hangt een hoop van af wie wie vraagt wat te doen,' zei Jon.

'Wie áán wie vraagt,' zei Henry.

'Wie wie vraagt om wat.'

'Schei uit, Jon.'

'Wie vraagt wie? De koning vroeg de koningin en de koningin vroeg...'

'Zeg, Jon, wat moet ik?' bedacht Henry opeens. 'Wat kan ik doen? Ik kan helemaal niks.'

'Daar zeg je wat,' zei David.

'Wij zullen je wel helpen iets te bedenken, hè, David?'

'Vast en zeker. Met plezier.'

Henry kon zich al voorstellen wat voor iets David voor hem uit zou broeden.

'Moet je horen, Henk. Ik heb al een idee. Je weet toch nog wel dat gedicht, dat we dit jaar op school hebben gehad? "Een gedicht moet tastbaar zijn en zwijgen", weet je nog wel? Je zou dat een aantal keren over kunnen schrijven en het dan uitdelen, en dan ga jij daar staan... tastbaar en zwijgend, begrijp je wel? Wat vind je daarvan?'

Henry zag het al voor zich: allemaal om de tafel in de keuken van de familie Nafiche, hijzelf in zijn pak en met een das, daar stond hij dan zwijgend voor hen terwijl zij allemaal stil zaten te lezen... 'Ja, wel leuk,' zei hij. 'Ik doe het niet, hoor, maar leuk is het wel.'

'We zouden een programma moeten maken,' stelde David voor.

'Wat bedoel je met een programma?' vroeg Jon.

'Een lijst van wie wat gaat doen, in volgorde van opkomst. Ik kan mooi schrijven, want ik heb toen in Connecticut kalligrafie gedaan. Therapeutische kalligrafie.'

'Dat klinkt goed,' zei Jon. 'Maar we moeten er niet op zetten wat iedereen doen gaat. Alleen de namen. Ben je écht goed daarin, David, serieus?'

'Heel erg goed,' stelde David hem gerust. 'Eerlijk waar. Maar waarom mag ik niet opschrijven wat iedereen gaat doen?'

'Voor het geval iemand een verrassing bedenkt. Misschien zou Henry het bij voorbeeld wel leuk vinden om ons te verrassen.'

'Je probeert alleen maar te zorgen dat ik me een nog grotere sukkel in die dingen voel dan ik al doe.'

'Zouden wij nou zo iets doen?' vroeg David.

'Ja zeker,' zei Henry, veel harder dan hij eigenlijk wou.

'Een gelijkenis,' kondigde Jon aan. Hij zat in kleermakerszit op zijn handdoek. 'De Gelijkenis van het Feestmaal. Er was eens een heer die vier dienaren had. Op een keer gaf hij een feestmaal, en daar nodigde hij de belangrijkste mensen van de stad voor uit: de burgemeester, de belastingontvanger, de priester, de dokter, de commissaris van politie. Allemaal namen ze de uitnodiging aan. Hij riep zijn dienaren bij zich en beval dat ieder van hen tijdens de verschillende gangen voor een of ander vermaak moest zorgen. De eerste dienaar, die zo sierlijk dansen kon als een jong meisje, zei dat hij zou dansen. De tweede, die een stem had als van een nachtegaal, zou zingen. De derde, die een zodanige bedrevenheid op de fluit bezat dat hij muziek als kabbelende beekjes kon laten klinken, zou op de fluit spelen. De vierde, die danste als een schildpad, die zong als een pauw, wiens ademtocht door een blaasinstrument een geluid voortbracht als van een schare treurende kikvorsen, wist niet wat hij moest doen. Toen de grote dag daar was, stond hij voor de feestdis en deed niets. De gasten vonden dat buitengewoon grappig en daardoor verdween al gauw de boosheid van zijn heer. Het duurde niet lang of ook het gevoel van vernedering dat de vierde dienaar had, was verdwenen en hij kon weer met opgeheven hoofd lopen.'

'Je wordt bedankt,' zei Henry. 'Maar het eind van het verhaal vertel je niet goed. Want daarna ging hij naar buiten en stak zijn hoofd in een vat met olie om een eind aan zijn ellende te maken. Het hele vaatje moest natuurlijk worden weggegooid en zijn heer was woedend.' Pas toen hij het gezegd had, drong tot Henry door dat hij dit niet had mogen doen.

Maar David merkte niets. 'Ook mis,' zei hij. 'Hij ging naar buiten en verkrachtte de dochter van zijn heer, pleegde ontucht met zijn zonen, en ten slotte ook nog met zijn trouwe hond.'

'Wat smerig,' zei Henry.

'Gewoon een staaltje van de menselijke natuur en anders niet.'

'Nee, niet smerig,' wees Jon hem terecht. 'Misschien wel een beetje stuitend...'

David stak een beschuldigende vinger naar Jon uit. 'Geen antisemitische moppen en ook geen dubbelzinnigheden. Denk aan Henry... Zijn onschuld dient beschermd te worden, ik dacht dat jij dat zelf had gezegd. Ik dacht dat dat voor jou belangrijk was.'

David liet het altijd aan de toehoorder over hoe die het op wilde nemen wat hij zei. Henry gaf er de voorkeur aan dit maar niet ernstig te nemen. 'Ik wil jullie daar allebei voor bedanken,' zei hij. 'Ik wil graag dat jullie weten hoe dankbaar ik me voel.'

David had liever gezien dat hij er kwaad om was geworden. Deze ronde had Henry dus beslist van hem gewonnen. Hij leunde op zijn ellebogen en voelde zich tevreden over het werk van die middag. Nu moest Jon het maar verder doen en alles organiseren.

Ze noemden het 'Een Uitvoering', en Jon nam op zich iedereen te bepraten om mee te doen, behalve de rabbi en Henry's vader, die twee liet hij aan David over. Tot Henry's verbazing stemden ze allemaal toe. Zijn moeder, meldde Jon, wilde er een etentje aan verbinden maar dat wilde hij liever niet, want omdat ze het op zaterdagavond zouden houden en de zon in de zomer laat onderging*, wou hij niet het risico lopen de rabbi te kwetsen. 'Met

*De sabbat duurt van zonsondergang (vrijdag) tot zonsondergang (zaterdag).

spanning kijk ik uit naar het moment dat de rabbi jouw moeder leert kennen. Godzilla ontmoet King Kong, of iets dergelijks. Het monster van Frankenstein ontmoet de zusters van Dracula. Dracula had toch een stel zusters? Of nog mooier – denk je dat we je oma voor die avond kunnen laten overkomen?'

'Dit is niet leuk meer.'

'Waarom niet?' vroeg David verbaasd. 'En als het niet leuk is, waarom zou Jon dan denken dat het wel leuk is, zelfs al heeft hij het mis?'

Jon wilde dat wel even uitleggen. 'Mevrouw Chapin heeft een beetje last van vooroordelen.'

'Aha!' zei David.

'En bovendien ziet ze de vader van Henry nooit.'

'Nooit? Echt helemaal nooit? Dat is interessant, zeg. Waarom niet?'

'Ja, Henk, dat heb ik je altijd al eens willen vragen. Waarom niet?'

Dit was niets voor Jon, om hem zo op zijn huid te zitten. Als David er niet bij was geweest, zou hij hem geen antwoord hebben gegeven. 'Ze wou niet dat mijn moeder met hem trouwde, vermoed ik... omdat... ik gok maar wat, want niemand zegt er ooit iets over...'

'Nee, natuurlijk niet,' zei David.

'...maar hij is niet het soort man dat zij in gedachten had, vermoed ik. Voor mijn moeder, bedoel ik.'

'Waarom niet?' vroeg David.

'In zijn beroep stelt hij niet veel voor, hij is niet rijk, hij is niet van haar stand,' – Henry schaamde zich voor zijn oma – 'en hij heeft niet bepaald veel succes en dat...' Nu schaamde hij zich ook voor zijn vader. Hij had ook geen zin om erover na te denken, geen mens kon er iets aan veranderen, aan geen van hun beiden. 'En jouw vader, Jon, wat gaat die doen op De Uitvoering?'

'Dat wil hij niet zeggen, pap zegt alleen dát hij iets zal doen, misschien een goocheltruc. Maar hij kan helemaal niet goochelen.'

David en Henry zaten in de stille keuken bij Henry thuis programma's te maken, wat voor Jon betekende dat hij ook eens een paar uur voor zich alleen had. Het was Henry's werk de programma's uit dikke vellen papier te knippen, nadat hij ze eerst gemeten en afgetekend had, en daarna zette hij er met potlood dunne lijnen op. David tekende de letters van de namen met een platte pen met een knobbeltje eraan, die hij in Oostindische inkt doopte. Als David klaar was met de rij namen, veegde Henry op elk vel de potloodlijntjes weer uit. Boven aan de lijst stond Henry's eigen naam, maar daar maakte hij zich nog maar geen zorgen over, hij had nog twee dagen.

Ze werkten rustig door. Ergens in huis werd piano gespeeld. 'Hoe oud wil jij zijn als je gaat trouwen?' vroeg David, zonder op te kijken van de hoofdletter N die hij met zwarte inkt op het witte papier zette.

'Geen idee,' zei Henry en tuurde naar zijn liniaal. Een raar onderwerp voor David om aan te snijden, maar hij zou er zijn redenen wel voor hebben, dat wist Henry wel zeker, die zou hij zo dadelijk wel laten blijken. 'Ik weet niet eens of ik wel ooit trouwen wil.'

'Ik ben het met je eens dat dit geen wereld is om kinderen in te krijgen.' Maar dat was niet waar Henry aan had gedacht. 'Je zult toch wel enig idee erover hebben wat de meest geschikte leeftijd voor een man is, daar zul je toch wel over hebben nagedacht, of in elk geval over wanneer je er nog te jong voor bent.'

Henry wilde best net doen of hij daarover had nagedacht. 'Ik denk zo, als je al aardig oud bent, in elk geval zo oud dat je je plaats in de maatschappij gevonden hebt; misschien een jaar of vijfentwintig, zesentwintig. Zodat je een baan hebt en een gezin kunt onderhouden. Waarom vraag je me dat eigenlijk, David? Ik heb zelfs nog nooit een vriendinnetje gehad.'

'Nee, dat weet ik.'

Henry haalde een keer diep adem. 'Denk jij er soms over te gaan trouwen?'

David knikte.

Hij had verwacht dat David vol spot welnee zou zeggen. Met grote ogen keek hij naar Jons neef. 'Kom nou. Met wie dan?' Hij moest lachen, of hij wou of niet; het was ook zo'n stom spelletje wat David nou weer speelde.

'Met Enid.' Heel even keek David opzij en toen ontmoetten hun ogen elkaar.

'Met Enid? Met Enid Rosen? Jons zusje?'

'Dat zei ik toch.'

'Maar trouwen met Enid? Waarom? Ik geloof dat ik het wel kan begrijpen, maar...'

Davids slanke hand ging geduldig door met de pen over het papier te laten gaan en de letters van hun namen te schrijven. 'Ze zal een man van me maken.'

'Ga je werkelijk met haar trouwen?'

'Henry, iets wat jij klaarblijkelijk niet begrijpen kunt is dat oom Leo en tante Marya het graag willen, zij hebben het altijd al op het oog gehad... en de rabbi ook, natuurlijk, omdat je, zolang een jongeman niet getrouwd is, maar nooit weet wat voor ellende hij zichzelf op de hals zal halen.'

'En Enid? Wil zij het dan?' Jon had nooit iets over Enid en David tegen hem gezegd – maar Jon vertelde hem ook niet altijd alles. 'Trouwen, bedoel ik. Met jou trouwen.'

David legde zijn pen neer en dacht een poosje ernstig over die vraag na. 'Ze wil met me neuken. Dus waarschijnlijk denkt ze dat ze van me houdt. Dus waarschijnlijk denkt ze dat ze met me wil trouwen.'

Een paar tellen weigerden Henry's handen hun werk te doen, toen gingen ze weer door met hun taak. Het was gewoon een grap. Een van Davids niet-leuke grappen.

'Ze is niet zwanger, dus er is geen haast bij. Het is zelfs zo dat zij net zo min zin heeft om zwanger te worden als ik. De stem van een zangeres verandert door het krijgen van een kind, door de zwangerschap, het heeft iets te maken met de ribbenkast en het middenrif, dat heeft ze me uitgelegd maar ik luisterde toen niet zo erg goed naar haar... en dat zou jij ook niet hebben gedaan, Henry. Niet op dat ogenblik.'

Henry hield stug zijn mond en vroeg niets.

'In elk geval kijkt ze altijd goed uit... Begrijp je wel?'

Henry begreep het niet en dat wist David ook wel. Maar als David Enid had, wat moest dan al dat gedoe met hoeren in Boston, samen met Jon, betekenen?

David wierp weer een blik opzij naar Henry en vertrouwde hem toen toe: 'Ze kan er trouwens niet veel van in bed.'

David zou zulke dingen niet tegen hem moeten zeggen. 'Zij denkt wel dat ze goed is,' ging David door. 'En ik zeg ook tegen haar dat ze geweldig is... dat moet je nu eenmaal doen...'

Henry vroeg zich af of dat waar was.

'Maar in bed stelt ze echt niet veel voor.'

Hij was niet van plan David de voldoening te geven er ontsteld of geschrokken uit te zien.

'Ze doet veel te veel haar best... het is allemaal zo serieus... ze is zo zwaar op de hand, ook hierin, al dat gehijg en gegrom en gekreun, ze is een van die zwaar-op-de-handse-jodinnen. Het kost me de laatste tijd moeite om bij haar een stijve te krijgen, snap je wel?'

Henry keek strak naar Davids mond, naar die rij witte tanden.

'In het begin was het wel leuk.' De mond glimlachte even bij de herinnering. 'Om haar te verleiden. Om haar ervan te overtuigen dat ze door een onbedwingbare hartstocht hulpeloos werd meegesleept...'

Jaloers. Misschien wou David hem jaloers maken?

'Mijn hand in haar broekje stoppen, haar handen in de mijne... ik moet eerlijk toegeven dat het toen leuk was. Maar nou verveelt het me, al die gymnastiek, al die eisen, dat is saai. Ik zou liever... Denk jij er wel eens over hoe het met Jon zou zijn? Met Jon zou het nooit saai worden, met Jon neuken, dat moet echt leuk zijn.'

'David.'

'Ben je nou gechoqueerd door wat ik zeg?'

'Is dat soms niet de bedoeling?'

'Of raak je erdoor in verleiding? Ja, ben je verleid? Wie denk je eigenlijk dat je voor de gek houdt, Henry?'

Hij geloofde niet dat hij zichzelf voor de gek hield, maar wist hij veel? Helemaal niets wist hij.

'Mij niet, je houdt mij niet voor de gek,' zei David.

'Hou je kop, David,' zei Henry.

Maar David hield niet op, al ging hij nu weer door met letters tekenen. 'Op zijn best is jullie verhouding er eentje van gastheer en parasiet. Heb je daar ooit aan gedacht? En jij bent de parasiet,' zei hij er nog ter verduidelijking bij.

Henry schudde zijn hoofd, hij voelde zich klem gezet. Omdat hij, nu het om Jon ging, grote lust had te gaan vechten en David de hele keuken door te slaan, net zolang tot hij alles terugnam, en dat had hij niet gehad toen het om Enid ging.

'Wees toch niet zo dom, want je bent niet dom... dat is één punt in je voordeel,' zei David. 'Wat zou jij nou anders in Jon kunnen zien?' Zijn koude blauwe ogen keken geamuseerd. 'Waarom denk je dat je het nu opeens zo warm hebt, en je zo in de war bent?' Hij keek weer naar het papier voor hem. 'Geloof jij maar wat je zelf wilt. Dat doe je toch wel.'

Henry zou het David graag willen bewijzen. Als ze hem een keer meenamen op een van die tochtjes naar Boston, dan zou hij het David laten zien, hij zou neuken tot zijn ogen uit hun kassen vielen, het gaf niet met wie. Bijna kon hij horen wat Jon dan zou zeggen: 'Dat is me ook wat moois om met de liefde uit te halen, Henk.' Jawel, maar dat had Jon toch zelf ook gedaan, of niet soms? En wie praatte er trouwens over 'liefde'?

Henry voelde zich misselijk. Hij was misselijk van David en hij was ook misselijk van zichzelf. Of misschien was David wel een soort ziekte, voor iedereen en ook binnen in iedereen. Ja, beslist, David was een ziekte.

Een ziekte, die zorgde je kwijt te raken, daar rekende je mee af. Henry geloofde dat hij ertoe in staat zou kunnen zijn David te doden. Dat was toch ook wat David zei dat hij zo graag wou?

Zijn handen krampten zich om het potlood en de liniaal heen, en ook in zijn hoofd krampte iets. Wat David allemaal bij hem naar boven bracht, dat kon niet aan de oppervlakte komen als het er niet al in had gezeten.

Hij stond op. 'Laten we weggaan. Laat die spullen maar liggen, David, dat ruim ik wel op als ik terugkom.'

'Maar we hebben nog maar een dag, vanwege de sabbat. We moeten het afmaken. Het zijn er nog maar drie, Henry, zo erg is het niet.'

'Ik heb frisse lucht nodig,' zei Henry. Hij had het gevoel of hij stikte in zijn woorden, doordat hij tegen David moest praten.

'Ga jij dan maar vast. Ik maak alleen deze even af. Ga maar...
ik red me wel... ik zal heus niets stelen.'

Maar Henry kon niet weg. Want David liet je niet alleen, dat
was een stilzwijgende afspraak die hij met Jon had, en met de hele familie Nafiche. 'Nee,' zei hij, 'het was maar een... opwelling.
Het kost mij moeite om lang werktuiglijk bezig te zijn.' Dat was
helemaal niet waar, en het kon hem niets schelen of David dat
wist. Het waren juist de werktuiglijke karweitjes waar hij het
best in was. Hij was ervoor in de wieg gelegd om hersenloos
werktuiglijk werk te doen. Hij ging weer zitten en pakte zijn
potlood op, en werktuiglijk hield hij zich voor dat het nu niet
om David ging, hij deed het voor Jon en niet voor David. Het
ging om Jon.

12

Toen hij er de volgende morgen alleen maar aan dacht dat hij straks naar zijn werk moest... maar dat kwam natuurlijk door David, alweer David. Henry hield van werken en hij hield van dit werk, en hij hield van geld verdienen – en toch had hij geen zin die middag naar het restaurant te gaan. Om eens een middag bij David uit de buurt te zijn, meer niet; alleen de gedachte al vrolijkte hem op.

Hij ging naar de telefoon en belde op. David nam hem aan. 'Met Henry,' zei Henry. 'Wil je tegen meneer Nafiche zeggen dat ik vandaag niet kom?' Op de achtergrond hoorde hij geluiden uit de keuken van het restaurant.

'Wil je dat ik tegen hem zeg dat je ziek bent?'

'Ik wil dat je tegen hem zegt wat ik je daarnet heb gevraagd.'

'Het is hier nogal druk. Het is augustus, Henry.'

'Het spijt me erg.'

'Okee. Als je ziek bent, wil je dan dat ik bij je langs kom om je een beetje gezelschap te houden?'

Henry's hand klemde zich om de hoorn heen, alsof die stem daarginds zo tot zwijgen gebracht kon worden. 'Nee. Maar in elk geval bedankt.'

'Jon komt vast met mij mee. Of Enid, ik kan het ook aan haar vragen.'

'Nee. Ik zei toch nee.' David had net zo weinig zin om hem te zien als hij zin had om David te zien. Hij begreep niet wat David in zijn schild voerde en wou dat ook niet begrijpen. Hij wou alleen maar dat hij David eens een hele dag niet hoefde te zien. Hij legde de hoorn weer op de haak.

Henry was van plan de middag goed te gebruiken – hij wou gaan hardlopen op het strand, de 'Struikrover' uit zijn hoofd leren zodat hij dat vers op De Uitvoering kon declameren, en daarna zou hij wel zien waar hij nog meer zin in had in de tijd die overbleef. Maar in plaats van dat alles viel hij op de bank in slaap en werd laat in de middag pas wakker, met een stijve nek en een geweldige trek in chocola. Zijn moeder had hem geroepen om te vragen of hij op de fiets naar de stad wou gaan om een blik tonijn te kopen.

'Wanneer leer je me nou eens autorijden?' vroeg hij kribbig.

'Je hebt nooit gezegd dat je het wou leren.'

'Dat spreekt toch vanzelf. Ik ben een normale jongen van zestien en elke normale jongen van zestien wil zijn rijbewijs.'

'Koop voor jezelf een reep chocola als je daar toch bent,' zei ze tegen hem, 'dat is goed voor je humeur. Ik begrijp niet waarom jij 's middags gaat slapen, Henry, je weet best dat je dan uit je humeur bent als je wakker wordt. En ik ben net zo min gelukkig als jij met dat circus morgenavond, dus geef mij er de schuld niet van alsjeblieft. Ik snap nog niet waarom ik me door Jon heb laten overhalen.'

'Aan mijn humeur mankeert niets.'

Ook een nadeel van 's middags slapen was dat hij dan 's avonds niet moe genoeg was om in slaap te vallen. Henry lag in bed te lezen maar keek telkens op de klok, en zag hoe de kwartieren voorbij gingen die hij had moeten slapen maar niet sliep. Het was bij twaalven toen de telefoon ging.

Voor hij wist wat hij deed sprong Henry zijn bed al uit en holde de trap af. Hij nam zelfs niet de tijd om even een broek over zijn onderbroek aan te trekken. Hij nam niet eens de tijd om het licht aan te doen. Hij griste de hoorn van de haak.

'Henry? Hoor eens, is David soms bij jullie?'

'Nee, niet dat ik weet. Maar wacht even, ik zal even gaan kijken.'

Maar dat was al niet meer nodig, want in de keuken ging het licht aan en daar stond zijn vader in de deuropening, zijn ochtendjas hing open en zijn haren staken alle kanten op, zodat ze Henry aan het slordige nest van een visarend deden denken. 'Is David hier?' vroeg Henry.

Zijn vader schudde zijn hoofd, keek toen geschrokken. Hij wikkelde de ochtendjas om zich heen en legde een stevige knoop in de ceintuur.

'Hier is hij niet,' meldde Henry aan Jon. 'Waar is hij?'
'Als we dat wisten zou ik je niet hebben gebeld.'
'Hoe lang is hij al...'
'Vanaf negen uur ongeveer.'
'Maar...'
'We dachten allemaal dat hij bij een van de anderen was.'
'Jon?'
'Ja, ik geloof wel, waarschijnlijk wel, ja.'
'Ik kom eraan,' zei Henry.
'Waarom?'
'Ik ben er zo.'
'Je kunt toch niets doen.'
Meneer Marr hield Henry tegen en vroeg: 'Wat is er?'
'David. Die is... hij is er niet, hij is niet thuis...' Zijn vader
knikte alsof hij dat altijd al geweten had en nu alleen maar beves-
tigd kreeg wat hij al wist. Henry holde de trap op, kleedde zich
aan, en holde weer naar beneden. In de keuken was het donker;
terwijl hij zijn fiets over het pad naar de weg toe duwde was het
hele huis achter hem donker en stil.

Nu was Jon in veiligheid...

Maar waarom was zijn vader daarnet spiernaakt onder zijn
ochtendjas?

Henry had er nooit echt in geloofd, in dat verlangen van David om zelfmoord te plegen. Hij wist niet zeker of hij het nu wel
geloofde.

Misschien was hij wel in een soort shocktoestand, dacht hij.
Hij klom op zijn fiets en trapte werktuiglijk op de pedalen, en
de wind floot zachtjes om zijn oren, en opnieuw vroeg hij zich
af of hij soms in een soort geestelijke shocktoestand was.

Volgens zijn vader – en hij scheen David te begrijpen en hem
ook wel te mogen, of in elk geval niet slecht over hem te denken – deed David juist dat wat hij niet wilde doen. Dus als David
zichzelf gedood had, had hij dat dan gedaan omdat hij dat nu
juist niet wilde doen?

Als Jon in veiligheid was, had Henry dan gewonnen? Had hij
David werkelijk verslagen?

Trouwens, wat een onnozele hals was hij toch ook... wat
dacht hij dan dat zijn vader en moeder deden, samen in een

tweepersoonsbed? Waarom zou zijn vader niet in zijn blootje slapen? En zijn moeder ook.

En wat ging hem dat aan, waarom moest hij daar nu zelfs maar aan denken?

En als hij nou eens iets fout had gedaan, iets verkeerds had gezegd, door de telefoon.

En waarom moest hij eigenlijk zo nodig meteen naar de Nafiches toe?

Om Jon te zien. Ja, natuurlijk, om Jon te zien, maar waarom eigenlijk? Henry wist zelf niet waarom dat zo belangrijk voor hem was en het kon hem ook niet schelen. Hij maakte zich zorgen over Jon, over wat David met Jon had gedaan.

Als David nu verdwenen was... wat dan? Dacht hij soms dat alles dan weer normaal werd? Maar de enige manier waarop David verdwenen kon zijn, was dat hij dood was. Wenste hij David dood? Daar moest je nou weer Henry voor zijn, om na alles wat David had doorgemaakt te wensen dat hij dood was. Omdat hij zo iets als een vervelend ongerief was.

Het zou Henry niet verbazen als hij zo meteen in het huis van de familie Nafiche kwam en David daar zag zitten, als hij hoorde dat die zich in een kast had verstopt, om ze eens flink in de rats te laten zitten, of iets dergelijks. Want hij vond David volstrekt ongeloofwaardig.

Het was niet waar dat hij David dood wenste. Hij wou dat David nooit bestaan had, dat wenste hij.

Hij zette zijn fiets tegen het hek en wachtte even tot hij weer op adem was. Hij holde niet hard naar boven de trap op, en hij wist waarom hij dat niet deed. Hij snapte het nu allemaal, begreep het helemaal: dat de joden in Duitsland hadden kunnen blijven omdat zij zich niet voor konden stellen dat mensen – buren, collega's, vrienden – opeens hun vijand waren. Alles wat ze bezaten, een andere taal moeten leren... maar zij waren toch Duitsers? Dat ze zo rustig, of zelfs met hoop, naar de getto's hadden kunnen gaan, naar de treinen en de kampen en de gaskamers, omdat ze het niet wilden en konden geloven. Dat de niet-joden – en dat waren ook niet alleen maar Duitsers geweest – weigeren konden te geloven of te ontdekken wat er gebeurde, en zich vrij van schuld bleven voelen. Dat de nazi's, de ss, mensen zo behandelen konden, die dingen met hun eigen handen konden doen en konden denken dat ze iets deden wat noodzakelijk was en goed, en dat ze daarna met zichzelf in vrede konden leven en in hun eigen onschuld bleven geloven.

Niets van dat alles ging Henry's voorstellingsvermogen te boven. Hij kende zichzelf. Langzaam liep hij de houten trap op, tree na tree, niet in de hoop aan zichzelf te kunnen ontkomen, maar wel met de hoop dat hij Jon die zelfkennis zou kunnen besparen.

De buitendeur stond open. Er viel een geelachtig licht op de overloop. Hij ging naar binnen, liep de gang door. 'Ik ben het, Henry,' riep hij, voor het geval iemand zijn voetstappen hoorde, boven het geweeklaag uit, en zou denken dat hij David was. Hij had nog geen stap de lange kamer in gezet of Jon kwam naar hem toe, versperde hem de weg en duwde hem met zijn schouder weer de gang in, en terug naar de deur. Henry had slechts een glimp opgevangen van wat daar binnen gebeurde: mevrouw Nafiche die aan het hoofd van de tafel zat, haar haar in de war en haar gezicht vol vlekken, met haar armen onder haar borst gevouwen zat ze zachtjes naar voren en naar achter te wiegen. Naast haar zat Enid, heel bleek, en keek alleen maar. Meneer Nafiche die een glaasje met iets bruins bij haar lippen hield en met zijn hand over haar hoofd streelde. Aan de andere kant van de tafel zat de rabbi met achter hem de hoge, donkere ramen, hij zat voorovergebogen, waarschijnlijk in gebed.

'Wat is er gebeurd?' vroeg Henry. 'Kan ik iets doen?'

'We hebben overal gezocht. De auto is hier. Maar de roeiboot is weg. Ook de riemen. We hebben de kustwacht gebeld, en we hebben de politie gebeld.' Jon stond in de deur en keek over Henry's schouder heen naar buiten. Zijn gezicht was in het halfduister, zijn ogen waren donker en onpeilbaar, zijn stem klonk toonloos.

'Ik vind het zo erg, Jon.'

Jon haalde zijn schouders op. Henry had zijn armen om zijn vriend heen willen slaan om hem te troosten.

'Mag ik nog wat blijven? Gewoon om af te wachten?'

'Een gelijkenis.' Jon keek Henry niet aan. 'De gelijkenis van de wijngaarden. Een heer had twee wijngaarden. De ene bevloeide hij en hij wiedde er het onkruid uit. De andere verwaarloosde hij. De ene kwam tot bloei en de andere verdorde.'

Henry wachtte. Als hij ook maar iets zou kunnen doen, zou hij hebben geprobeerd dat te doen. Hij wachtte op wat Jon ging zeggen.

'Hoe moeten wij dit opvatten?' vroeg Jon, met zijn ogen op een punt ergens in de duisternis achter Henry gericht.

'Dat weet ik niet.'

Toen keek Jon hem aan. 'Het lijkt me dat je maar beter weg kunt gaan.'

'Dat denk ik ook.' Henry liep langzaam de trap af, met zijn handen op de leuning. Hij hoorde hoe de deur achter hem dicht werd gedaan en begreep dat hij te kort was geschoten en zijn vriend niet had geholpen. En zo, dacht hij, had David het toch gewonnen.

13

Toen Henry wakker werd scheen de zon volop zijn kamer binnen. Het was middag. Hij rekte zich uit en ging rechtop zitten – lekker voelde hij zich, heel zijn sterke lichaam voelde zich lekker. David, schoot hem opeens te binnen, David was waarschijnlijk dood.

Maar dat was niet zeker. Om daar zeker van te zijn moest er eerst een lijk zijn. Hij zag David er best toe in staat de hele zaak op touw te hebben gezet, en gewoon te zijn verdwenen. David beschikte altijd over veel geld, hij kon best gespaard hebben en op vakantie zijn gegaan, zonder er iemand iets van te zeggen, of een heel nieuw leven zijn begonnen, en de familie Nafiche zou nooit met zekerheid weten wat er was gebeurd. Of hij zou terugkomen, als hij ze er eenmaal van overtuigd had dat hij nooit meer terugkwam. Dat leek veel meer iets voor David dan zelfmoord, stuk voor stuk was dat allemaal veel meer iets voor David.

Henry draaide de spiegel zijn rug toe en ging naar beneden. Zijn vader en moeder zaten aan tafel en hadden ergens flink ruzie over. 'Jij wist dat en je hebt mij niets verteld,' zei Henry's moeder.

Zijn vader had nog steeds alleen zijn ochtendjas aan en op zijn magere kin waren stoppels verschenen. Zijn vader was niet naar bed geweest. Hij moest daar al die tijd in die stoel hebben gezeten, de hele nacht, de hele ochtend. 'Dat zou geen enkel verschil hebben gemaakt.'

'Voor mij wel.' Ze keek van zijn vader naar Henry. 'Voor mij was dat wel van belang, Edwin...'

Henry's vader ging de keuken uit. Ze hoorden hem langzaam de trap op gaan, daarna hoorden ze hem boven door de gang lopen en de deur van zijn studeerkamer dichtdoen.

'Ik ga ons bezoek aan oma uitstellen. Of vind je dat vervelend?'

Henry schudde zijn hoofd. Hij voelde zich bijna een vreemde hier, en niets zeggen was het beste antwoord dat hij geven kon. Hij schonk een glas melk voor zichzelf in en ging zitten, en luisterde toen hoe zijn moeder opbelde en tegen zijn oma zei dat ze niet morgen zouden komen maar een paar dagen later, ze zou nog wel bellen wanneer ze zeker wist op welke dag. 'Nee, met ons is alles goed,' zei ze, 'maar... er is iemand gestorven.' Ja, als we tenminste geluk hebben, dacht Henry. 'Het zijn eigenlijk vrienden van Henry. U kunt die kaarten wel afzeggen, moeder, dat weet u best, of vraag anders aan kennissen of die ze willen hebben. Het spijt me echt maar...' Oma had al plannen gemaakt en vond het niet prettig dat ze die veranderen moest, daarom maakte ze nu bezwaren tegen het ongemak. 'Nee, dat kan ik niet,' zei zijn moeder, 'omdat ik het niet prettig vind om nu weg te gaan.' Weer stond ze een minuut te luisteren, haar gezicht een masker van beleefdheid. 'Ja, ik zal u bellen zodra ik het weet. Dank u wel... en het spijt me echt heel erg dat we u last bezorgen. Ja, ik verheug me er ook op om u te zien.'

Zodra ze had opgehangen nam ze Henry onder handen. 'En nu moet jij me maar eens vertellen wat er allemaal is gebeurd, vind ik.'

'Er is helemaal niets gebeurd,' zei Henry. Ze ging zitten. Hij stond op om een boterham met pindakaas en jam te maken. Ze draaide zich om op haar stoel en volgde hem met haar ogen. 'Alleen maar dat het niet helemaal een verrassing was.'

'Zo iets had ik al vermoed. Ik had wel het een en ander geraden.'

'Ze hebben altijd geweten dat hij... dat hij zelfmoord wilde plegen. Dat wou hij altijd al.'

'Altijd?'

'Vanaf dat ze hem gevonden hebben.'

'Maar waarom? Je zou toch denken dat hij heel blij zou moeten zijn, dat hij ontsnapt is, dat hij het heeft overleefd, dat hij nu bij een gezin hoort, familie heeft waar hij naar toe kan gaan.'

'Niemand wist waarom, ook de psychiaters niet, geen mens.'

'Welke psychiaters?'

Henry nam zijn boterham mee naar de tafel en ging bij zijn moeder zitten. 'Omdat hij altijd loog... David. Dat denk ik. Ik geloofde nooit zo erg wat hij zei. Hij was in Duitsland, mama, de hele oorlog. Hij was joods maar ze verborgen hem, bij hun kindermeisje thuis, ze zorgden dat hij wegkwam, maar... daarna was hij in een vluchtelingenkamp en... het leven zag er voor hem niet hetzelfde uit als voor jou.'

'Dat kan ook niet, dat weet ik wel, maar wat waren dat voor psychiaters?'

'Daarom zat hij in die inrichting... het was een psychiatrische inrichting.'

'En ik dacht nog wel dat ik zo slim was,' zei zijn moeder.

Zelfs dood kon David dit nog voor elkaar krijgen. 'David,' begon Henry te zeggen.

'Jij mag hem niet. Ik hoor het aan je stem. Je hebt echt een hekel aan hem.'

'Hebben ze zijn lichaam al gevonden?' vroeg Henry.

'Je vader heeft vanmorgen opgebeld, en Leo vertelde hem van de boot. Weet jij dat van de boot?' Henry knikte. 'Een lijk komt altijd te voorschijn,' ging ze verder. 'Maar Henry, als David zo graag zelfmoord wilde plegen, waarom heeft hij het dan niet eerder gedaan? Als hij het werkelijk had gewild, had hij het ook kunnen doen. Of niet? Het is niet moeilijk, Henry, het zou voor hem toch heel makkelijk zijn geweest. Je weet best dat ik gelijk heb, verzin dus maar geen uitvluchten.'

Henry was niet van plan voor David uitvluchten te bedenken. 'Misschien wachtte hij wel op het juiste ogenblik.'

'En dat was gisteravond?'

'Blijkbaar.'

Zijn moeder zat hardop te denken. 'Die arme vrouw. En je vader wist ervan.'

Dat had Henry niet geweten. Zij kon beter weten wat zijn vader wist dan hij.

'Het is zo iets slechts om dat te doen,' zei zijn moeder. 'Ik kan zelfs geen medelijden met hem hebben. Je zou denken dat ik dat toch op zijn minst zou voelen, maar nee.'

Ze bleven in de keuken en luisterden elk uur naar het nieuws op de radio. Aan het eind van de middag kwam er een bericht dat een schip van de kustwacht een lijk had opgevist. Henry verwachtte dat Jon hem nu wel op zou bellen om het hem te vertellen, maar de telefoon ging niet.

Die zondag belde Jon niet op, de hele dag niet. Op maandag-morgen schoof Henry alle meubels in de woonkamer naar het midden en sopte de muren schoon. Terwijl hij blikken verf uit de kofferruimte van de auto haalde, vertelde zijn moeder hem dat 'Leo's Eethuis' gesloten was. Dat verbaasde Henry niets. Hij begon te verven; het werd wel tijd dat er eens iemand iets aan hun woonkamer deed. Onder het werk lette hij steeds op of hij de telefoon soms hoorde, of dat hij Jon binnen hoorde komen.

Op dinsdagmiddag stapte hij op zijn fiets en reed naar de stad. Het restaurant en de keuken waren donker en leeg. De deur van de woonverdieping was dicht. Henry klopte zachtjes aan.

Meneer Nafiche kwam opendoen. Hij vroeg Henry niet bin-nen te komen, maar wel drukte hij hem de hand en luisterde stil hoe Henry hem condoleerde. Om de mouw van zijn jasje was een zwarte band genaaid. Henry dacht dat hij misschien beter iets anders aan had kunnen trekken, hij had zijn spijkerbroek vol verfvlekken nog aan. 'Je wilt zeker Jon zien. Ik zal hem voor je roepen.'

Terwijl hij op de overloop stond te wachten, hoorde hij bin-nen stemmen. Daar waren mannen en vrouwen die ernstig en plechtig met elkaar praatten. Hij kon niet horen wat er werd ge-zegd, maar wel de ernst van de woorden. Even later zag hij Jon door de gang komen, hij had een overhemd en een lange broek aan, maar droeg niet zo'n band om zijn arm. Meneer Nafiche duwde Jon vooruit. 'Ga naar buiten, je bent in geen dagen bui-ten geweest. Ga wat frisse lucht happen. Maar ga niet te ver, Jon.'

'Nee, papa.'

'En blijf niet te lang weg.'

'Nee, heus niet.'

Henry bleef achter Jon lopen tot ze bij de kademuur onder aan het grasveld waren. Daar ging hij naast Jon staan, zonder hem aan te kijken. Jon haalde diep adem en keek over het water naar de horizon, waar wolken zich samenpakten.

'Ik geloof,' zei Jon met de deur in huis vallend, 'dat als we van hem gehouden hadden, we hem hadden kunnen redden. Hoe-wel, dat kun je niet zeker weten.'

Henry wist niet wat hij daarvan denken moest.

'Hoewel wat ma betreft, zeker weet ik het niet maar zij waarschijnlijk wel. Dat ze van hem hield, bedoel ik. Ik niet, zoals je wel zult weten. Behalve dan als symbool.' Hij keek aandachtig naar de horizon. 'En als symbool moest hij natuurlijk sterven.'

'Hoe zit het met Enid?'

'Ze plakte wel erg aan hem, net een kikker, maar... ik geloof niet dat ze van hem hield. Geloof jij dat? In ieder geval vroeg ze míj om met haar mee te gaan voor de abortus en...' Jon was stil. 'Nee, alleen ma... en sinds hij het gedaan heeft is ze, geloof ik, niet langer nuchter geweest dan de paar minuten die ze nodig heeft om haar ochtendjas aan te trekken. Papa zal moeten zorgen dat hij haar aan iets anders krijgt dan cognac, als hij niet failliet wil gaan.'

'Denk je dat hij je haatte?'

'Mij speciaal of ons allemaal?' vroeg Jon.

Henry wist niet goed wat hij daarop zeggen moest. Jon stond te wachten, maar hij hoefde geen antwoord te geven, doordat Enid over het grasveld heen naar hen riep dat Jon binnen moest komen. Niemand hoefde Henry te vertellen dat hij niet mee naar binnen werd genodigd.

Ze draaiden zich om en liepen over het gras terug. 'Waarom ben je niet in Boston?' vroeg Jon.

'Mijn moeder heeft het een paar dagen uitgesteld.'

'Nou, veel plezier,' zei Jon en liep om Enid heen naar de trap.

Henry keek hoe hij met twee treden tegelijk naar boven liep. Er was iets mis met Jon, maar wat? Hij stond op het punt het aan Enid te vragen, maar zij gaf hem er de kans niet toe. 'De dokters hebben hen gewaarschuwd,' zei ze. 'Ik snap niet waarom ze op zo'n manier reageren. We wisten het toch? Je kunt niet net doen of we het niet vooruit wisten.' Ze keek Henry fel aan. 'Vind jij dat ik met hem had moeten trouwen?'

'Nee,' zei hij, geschrokken.

'Als ik wel met hem...'

'Ik geloof niet eens dat hij dat echt wou.'

'Wat wou hij dan? Jij bent een man, of ten minste bijna, je was een vriend van hem.'

'Nee, ik ben geen vriend van hem, ik was zijn vriend niet.'

Dat moest ze niet denken, dat ontkende hij beslist.

'Ik kan je niet vragen om boven te komen,' zei ze toen.

Henry ging naar huis.

Zijn moeder begroette hem en vertelde dat ze de volgende dag naar Boston zouden vertrekken. 'Dat is goed,' zei Henry, en dat meende hij.

'Hoe gaat het met de Nafiches?'

'Weet ik niet.'

'En met Jon?'

Henry dacht: Jon wou mij niet zien. 'Weet ik niet,' zei hij. Dat was nou wat er mis was: die kille, verstandelijke, neerbuigende manier van praten van Jon. 'Wel goed, geloof ik.' Vijandig, onaardig, alsof het mijn schuld was.

'Het is een ervaring waar mensen zich door afzonderen. De dood. Je mag niet verwachten...'

Henry knikte ten teken dat hij haar had gehoord. Hij ging naar boven om zijn koffer te pakken.

's Avonds na het eten zaten ze nog wat samen om de keukentafel te lezen. Een klop op de deur schrikte hen op, ze keken elkaar aan. Henry ging opendoen. 'Meneer Nafiche!' Hij probeerde niet te verbergen hoe verbaasd hij was.

De vader van Jon stond op de drempel, in zijn pak met de zwarte band om een arm. 'Neem me niet kwalijk dat ik jullie kom storen.'

'Je stoort ons helemaal niet, Leo,' zei Henry's moeder. 'Kom binnen. Ga zitten. Ik zal een kop koffie voor je maken.'

'Ja, graag,' zei meneer Nafiche. Hij liet zich moeizaam in een stoel zakken.

'Gebruik je melk? Suiker?' Ze zette een beker voor hem neer.

'Nee, dank je.'

Er viel even een ongemakkelijke stilte. 'David,' begon Henry's moeder.

Als Henry niet naar Jons vader had zitten kijken, zou hij niet gezien hebben hoe die heel even zijn ogen opensperde, alsof meneer Nafiche bang was voor wat zij misschien ging zeggen. Meneer Nafiche schraapte zijn keel, nam een slok koffie, en verklaarde: 'Ik ben hier zo maar, onuitgenodigd, bij jullie gekomen om jullie een gunst te vragen.'

'Je bent hier altijd welkom,' zei mevrouw Marr. 'We hadden willen langskomen maar we wisten niet...'

'Dat begrijpen we, en dat waarderen we.'

'Wat voor gunst?'

Meneer Nafiche keek naar Henry. 'Gaan jullie al gauw naar Boston?'

'Morgen,' zei Henry. Meneer Nafiche zag er moe uit. Zijn wangen hingen in plooien omlaag en zijn ogen waren rood omrand. Hij zag er oud uit.

'Dat heeft Jon me verteld,' legde meneer Nafiche uit. Henry knikte. 'Ik vraag me af of Jon soms met jullie mee kan gaan. Naar Boston.'

Henry keek zijn moeder aan.

'Ik geloof niet dat we dat kunnen doen. Het spijt me, Leo.'

Dat was precies wat ze ook altijd tegen Henry had gezegd, ieder jaar weer als hij om dezelfde gunst had gevraagd, tot hij oud genoeg was geweest dat ze hem vertellen kon dat Jon joods was, en al mocht dat voor hem dan Geen Ene Moer uitmaken, voor zijn oma betekende dat wel wat, en daar kon hij niets aan veranderen.

'O, kunnen jullie dat niet,' zei meneer Nafiche en knikte een paar keer, ten teken dat hij dat tot zijn verdriet heel goed begreep. 'En waarom niet, vraag ik me af?'

Ze kneep haar mond stijf dicht, weigerde iets te zeggen. Ze tilde haar kopje omhoog en dronk. Ze keek naar Henry. Ze leunde met haar ellebogen op de tafel en strengelde haar vingers ineen.

Meneer Nafiche zat te wachten.

'Omdat hij joods is,' zei ze.

Dat was een goed argument, als ze er dan argumenten voor nodig hadden. Wat Henry nodig had was de kans om weg te zijn van de Nafiches, weg van David, weg van Jon, zo ver weg als hij maar kon en dat was hij in zijn oma's huis in Boston. Hij voelde zich over alles slecht op zijn gemak, ook over Jon; hij had gezorgd dat Jon veilig was, hij had tegen David gevochten en het gewonnen, het was voorbij – en nu moest hij ver weg zijn van dat alles.

'Dat hij joods is, is dat voor jullie een verrassing?'

'Je hoeft niet zo sarcastisch te zijn.'

'Worden er dan geen joden in Boston toegelaten?'

'Waar we het nu over hebben, dat is een heel gesloten wereld-je. Dat weet je best. Je weet wat ik bedoel. Jon zou zich daar niet op zijn gemak voelen, Leo.'

'Waarom zou hij zich daar niet op zijn gemak voelen? Henry is er dan toch ook?'

Henry bestudeerde zijn handen.

'Je begrijpt het niet.'

'Wat begrijp ik niet?'

Nu ze ertoe gedwongen werd, zei Henry's moeder ronduit: 'De antisemitische gevoelens die daar heersen.'

'Misschien toch wel. Denk erover na. Misschien begrijp ik dat wel.'

'Neem me niet kwalijk, Leo.'

'Misschien begrijp ik ook waar dat soort gevoelens toe kunnen leiden, en hoe gemakkelijk. Voor de niet-joodse wereld is dat toch de les van Dachau, van Buchenwald, van Auschwitz, van Ravensbrück.' De namen waren net dode handen die uit de aarde staken, lange benige vingers die Henry wilden grijpen en naar beneden trekken, terug in... Opnieuw voelde hij medelij-den en schaamte, angst, schuld, walging, pijn, ook als vingers die hem vastgrepen. Hij kon ze niet van zich af schudden, kon zich niet van ze bevrijden, hij kon niet vrij zijn.

'Geef je ons daarvan de schuld?' vroeg Henry's moeder fel. Henry had wel voor haar in zijn handen willen klappen. 'Omdat wij geen joden zijn? Nee, Leo, nu moet je mij ook laten uitpra-ten, jij hebt dit te berde gebracht. Alsof er alleen joden zijn om-gekomen. En zelfs in de kampen zaten niet alleen joden.'

'Dat weet ik, maar daarom moet jij ook weten dat het voor joden iets anders betekent. Ik weet hoeveel je begrijpt, Elea-nor.'

'Ik geloof niet dat ik het kán begrijpen,' gaf zij toe. 'Waarom zou je nou willen dat Jon met ons meegaat naar Boston? Waar hij niet gewenst is,' legde ze nog uit.

En ook niet wenste te zijn, had Henry daaraan toe kunnen voegen. Als er niet iets helemaal mis was, zou Jons vader dit niet vragen. Meneer Nafiche kon onmogelijk weten dat Henry Jon ook helemaal niet mee naar Boston wilde hebben, net zo min als Jon zin had om daarheen te gaan.

'Je moet proberen het van mijn kant te bekijken. Wat moet ik dan tegen mijn zoon zeggen? Moet ik tegen hem zeggen: als je een jood bent, is het nooit voorbij? Waar kan een jood in deze wereld nog leven? En hoe moet hij leven, als jood? Wat moet ik tegen mijn zoon zeggen?'

Mevrouw Marr wierp tegen: 'Ik begrijp niet wat dat te maken heeft met de vraag of Jon meegaat naar Boston.'

Henry verwachtte dat meneer Nafiche het haar uit ging leggen, maar meneer Nafiche zei niets meer.

De stilte duurde lang. En werd ten slotte door Henry's vader verbroken. 'Het gaat niet alleen om de joden, Ellie. Niet alleen om Jon. Het gaat om iedereen. Ook om Henry.'

'Wat bedoel je daar nou mee?'

'Ik bedoel,' zei hij langzaam, 'dat Henry ook moet leven. In deze wereld, zoals Leo zei.'

Ze stond op om voor allemaal nog een keer koffie in te schenken, en daarna ging ze niet weer bij hen zitten.

'Ik vraag je of je hem, alsjeblieft, mee wilt nemen,' zei meneer Nafiche. 'Alsjeblieft, ik vraag het je voor mijn zoon.'

Mevrouw Marr bleef daar maar staan, niet in staat een beslissing te nemen. 'Henry? Nee, laat maar... ik zal het aan jou niet vragen. Henry,' zei ze toen tegen Jons vader, 'zou op zijn blote voeten door het vuur lopen, als jullie Jon hem dat vroeg.' Henry vroeg zich af of dat waar was, hij stelde zich vlammen en gloeiende kolen onder zijn blote voeten voor... en was er niet zeker van of hij op zichzelf wel rekenen kon.

'Onze Jon zou naast hem lopen.'

Hij was er ook niet zeker van of hij wel op Jon rekenen kon.

'Dat weet ik,' zei mevrouw Marr.

'Jij en ik zouden moeten bidden dat dat nooit nodig zal zijn,' zei Jons vader.

'Ik vind het geen prettig idee om hem mee naar Boston te nemen, Leo. Het lijkt me niet prettig voor Jon.'

'Maar neem je hem, ondanks dat, toch mee?'

'Liever niet.'

'Maar je doet het wel?'

Ze wou nee zeggen. 'Ik zal het vragen, dat zal ik doen. Als mijn moeder zegt dat zij geen bezwaar heeft, dan nemen we hem mee. Maar ik ben er niet van overtuigd dat het goed is voor Jon, Leo.' Het viel Henry op dat het geen van hen iets uit scheen te maken wat hij ervan dacht. 'Nee, blijf hier, we zullen het nu af- handelen.' Ze ging naar de telefoon en vroeg het nummer aan. 'Hallo, moeder... Nee, we komen morgen heus, laat in de mid- dag, maar ik heb een vraag: is het goed als Henry een vriend meebrengt?' Ze luisterde. 'Dat is dan in orde. Tot morgen dan, om een uur of vier?'

Meneer Nafiche zei alleen maar: 'Dank je wel.' Hij gaf hun al- lemaal een hand en vertrok.

Jon zat de volgende morgen op de onderste tree van de trap op hen te wachten. Een koffer stond naast hem. Hij legde de koffer op de achterbank, stapte in, ging ernaast zitten en trok het por- tier dicht, voordat Henry kon besluiten of hij wel of niet bij hem achterin zou gaan zitten. Ze reden weg.

'Papa vroeg me of ik u nog een keer wou bedanken omdat u mij meeneemt,' zei Jon tegen Henry's moeder. 'Hij zou het zelf wel hebben gedaan, maar mijn moeder had hem boven nodig.'

'Ik hoop dat je je zult amuseren,' antwoordde mevrouw Marr.

Terwijl ze praatten keken ze elkaar in de achteruitkijkspiegel aan.

'Tja, we dachten dat het wel eens goed voor ma zou zijn als ik een poosje het huis uit was.'

'En als je het er niet prettig vindt, kun je weer naar huis. Daar hoeven we geen enkel probleem van te maken, je hoeft het alleen maar te zeggen. Als je dat wilt.'

'Dat heeft papa ook al tegen me gezegd. Maak u maar geen zorgen, ik begrijp het.'

Wat begreep hij? Bijna vroeg Henry het hem, maar deed het toen toch maar niet, en toen hij even later zijn hoofd omdraaide om iets tegen Jon te zeggen, zat Jon weggezakt in een hoek van de bank en was kennelijk in slaap gevallen.

14

Het huis van de familie Chapin stond tegen een lange heuvelrug aan die voor het grootste deel eigendom was van Henry's oma. Onder de wielen van de auto knarste het grind van de oprijlaan. Hoge bomen vormden een soort poort. Jon was weer wakker en zat door het raam naar de glooiende gazons te kijken en toen ze een bocht om gingen, kreeg hij even een glimp van het huis te zien, dat zo sterk en duurzaam leek alsof het uit de rotsen gegroeid was waar de heuvels erachter uit bestonden. Jon keek Henry aan, en tuitte zijn lippen alsof hij floot. Henry haalde zijn schouders op en voelde zich verlegen.

Mevrouw Marr stopte voor het huis. De deur ging open en mevrouw Chapin kwam naar buiten, en naast haar verschenen twee bedienden, een om de bagage naar binnen te brengen en een om de auto weg te rijden, zodat die niet langer in het gezicht stond. Een gevoel van plechtstatigheid vervulde Henry toen hij langzaam de drie treden van de stoep op klom.

Twee keer per jaar drukte hij een kus op zijn oma's wang, een keer als hij aankwam en een keer als hij wegging. Nu, op deze zonnige middag, merkte hij dat hij zich niet meer uit hoefde te rekken om bij haar wang te komen. Ze keek hem aan, haar ogen op gelijke hoogte met de zijne. Zijn oma was lang voor een vrouw, en net als altijd was ze gekleed in gedekte kleuren. Een snoer parels glansde op haar borst. 'Je begint lang te worden,' zei ze tegen Henry. 'Dat is goed. Bij ons Chapins zijn alle mannen lang.'

Als zijn oma lachte, blonken haar tanden wit. Oma was trots op haar gebit. Chapins hadden een sterk gebit; ze gingen met hun eigen tanden het graf in. Henry lachte naar haar terug, zodat zijn eigen stevige tanden te zien waren.

'Dit is mijn vriend, Jon Nafiche,' zei hij en deed een stap opzij. Jon drukte mevrouw Chapins hand, een hand waar diamanten en smaragden aan schitterden. 'Zeer vereerd kennis met u te mogen maken,' zei Jon.

Mevrouw Chapin moest iets omhoog kijken om Jons gezicht te kunnen bestuderen. Ze liet zijn hand los maar bleef hem in zijn ogen kijken. 'Ze hadden me niet verteld dat je een jood bent.'

Henry's moeder liet een luide zucht ontsnappen. Je moest toch je petje wel voor oma afnemen, dacht Henry, en vroeg zich af wat te zou gaan doen.

Maar het was Jon die de volgende zet deed door minzaam te zeggen: 'Ze hadden mij niet verteld dat u rijk bent.'

Er viel een stilte die lang duurde. 'Moeder,' zei mevrouw Marr protesterend. Toen ging mevrouw Chapin opzij en liet hen het koele, ruime huis binnengaan.

Henry nam Jon meteen mee naar de slaapkamer die voor hen beiden bestemd was, de glanzend gewreven trap met zijn Perzische loper op, daarna over een brede overloop vanwaar je neerkeek in de hal, en weer over een Oosters tapijt naar de kamer die vroeger van zijn oom William was geweest. Hier waren ze in de oostelijke vleugel van het huis. Hij keek uit op het noorden, op grasvelden en tuinen opzij van het huis, en op het oosten over glooiend land met in de verte even een stuk van een rivier die lag te glinsteren als zilver. Een paar daken van huizen waren ook te zien, elk omringd door bomen.

Hun koffers waren op een rek gezet en al geopend, om het uitpakken gemakkelijk te maken. Jon ging voor een van de ramen naar buiten staan kijken, draaide zich toen om en nam de kamer in ogenschouw, hij keek hoe Henry zijn koffer uitpakte en alles in een mahoniehouten commode borg. 'Ik weet niet, Henry, maar ze schijnt niet al te blij met mij te zijn.'

Ook voor Jon moest je wel je petje afnemen. 'Dat is wel heel zachtjes uitgedrukt. Ik had dit echt niet verwacht, Jon.' Het was maar voor een week, het was Jon toch... het zou wel goed komen.

'Ik moet er niet aan denken wat ze nu op dit ogenblik allemaal tegen je moeder zegt.'

'Hé, nou moet je oppassen, Jon.' Henry keek hem aan. 'Oma

zal nooit iets achter je rug zeggen.'

'Chapins zijn feilloos, bedoel je dat?' Jon begon ook met uit-pakken en borg zijn kleren in net zo'n commode als die van Henry. Henry had neiging om op dezelfde toon te zeggen: 'Juist ja, zo is het,' maar slikte de woorden in. Wat was er nou eigenlijk zo verkeerd aan om een Chapin te zijn?

'Maar Henry,' zei Jon achter hem, 'dat betekent dus dat ze het me recht in mijn gezicht gaat zeggen!' Henry lachte bij zich-zelf, en niet erg vriendelijk. 'Ik weet niet of dit alles hier het wel waard is het strijdtoneel te verplaatsen.'

'Dit alles hier?' vroeg Henry. 'Ga de badkamer maar eens in-specteren, Jon.'

Toen Jon terugkwam van zijn inspectieronde was zijn enige commentaar: 'Die tegels zijn van echt marmer.'

De tegels waren van echt marmer en hielden de warmte van het douchewater vast, de handdoeken waren dik en zacht. Hen-ry kwam van onder de douche vandaan en voelde zich omhuld door comfort, net zo dik en zacht als de handdoek. Toen hij in de slaapkamer terugkwam om zich aan te kleden, lag Jon op een van de bedden. 'Neem jij ook maar een douche,' bood Henry aan.

'Is er dan nog wat heet water over? Wacht even, je hoeft het me niet te vertellen – Chapins zitten nooit zonder heet water.'

'Okee, dan vertel ik je niets.'

Aangekleed en opgedoft, pak en das en gepoetste schoenen, daalden Henry en Jon de trap weer af en gingen bij Henry's moeder en grootmoeder, die zich ook voor het avondeten had-den verkleed, in de grote salon zitten. De twee vrouwen zaten naar elkaar toegewend, maar een eind van elkaar af, op een lange bank. Henry ging in een van de twee hoge leunstoelen zitten, Jon in de andere.

Al na vijf minuten zat Henry zich vol verbazing af te vragen waarom hij zijn moeder toch al die voorafgaande jaren zo aan haar hoofd had gezeurd of ze Jon mee wou nemen. Al na vijf mi-nuten voelde Henry zich tot het uiterste geprikkeld, hij zat stokstijf in zijn stoel en hield zijn glas gemberbier zo stevig vast alsof het – als hij zijn vingers er wat losser om heen hield – zo maar uit zichzelf in iemands gezicht zou kunnen vliegen, in het strakke, vormelijke, onverbiddelijke gezicht van zijn oma of in dat van Jon, zoals die daar zat en eruitzag als een diplomaat, een of andere buitenlandse diplomaat, met zijn benen gestrekt en zijn enkels over elkaar, losjes, als een diplomaat op zijn gemak.

Op de lage tafel voor de bank was een zilveren schaal neergezet, waarop in een spiraal artisjokblaadjes lagen, en op ieder blaadje lag een roze garnaaltje, gebed in een kloddertje met kerrie gekruide mayonaise. 'Voor mij niet, dank u wel,' zei Jon toen hem de schaal werd voorgehouden; de woorden die hij niet zei, bleven onuitgesproken in de lucht hangen.

Oma opende het gesprek. 'Wat doet je vader?'

'Hij is kok,' antwoordde Jon van onder uit zijn stoel.

Henry's moeder keek Henry even aan. Henry ging verzitten.

'Kok,' zei oma aarzelend. 'En waar kookt hij dan?'

'In een restaurant,' vertelde Jon.

'O. Is dat hetzelfde restaurant waar jij in dienst bent geweest?' vroeg ze aan Henry.

'Ja.' Henry probeerde Jons blik te vangen. 'Meneer Nafiche is de eigenaar.'

'Juist, ja,' zei zijn oma. 'Is het eten daar...' ze moest even naar het juiste woord zoeken, 'koosjer?'

'Nee, mevrouw, er wordt volgens de Franse keuken gekookt.'

'Er bestaan ongetwijfeld ook Franse koks die koosjer koken,' zei oma bits.

'Ik neem aan van wel,' gaf Jon met een vriendelijke glimlach toe.

Jon maakte het niet bepaald gemakkelijk. Oma zat daar in haar goede manieren gehuld als in een avondjapon; bijna kon Henry zien hoe ze met haar handen de rokken van haar goede manieren gladstreek toen zij zich tot haar dochter wendde: 'Ik weet niet hoe deze twee jongens zich hier een hele week moeten gaan amuseren. Heb jij soms al plannen voor ze gemaakt?'

Henry's moeder keek Henry even aan.

'Wij amuseren ons heus wel,' zei Henry.

'Want gewoonlijk brengt Henry zijn dagen hier op De Club door,' vertelde oma aan Jon. 'Daar gaat hij altijd zwemmen, of een spelletje golf spelen met andere jongelui.'

Henry vermeed het Jon aan te kijken. Hij boog zich voorover en pakte een van de artisjokblaadjes. Op zijn gemak schraapte hij er met zijn tanden het zachte deel van af, kauwde en slikte. Zijn oma moest toch weten dat hij bijna nooit naar De Club toe ging. Ze moest toch op zijn minst gemerkt hebben dat er nooit rekeningen kwamen voor het gebruik van een van de voorzieningen die er voor gasten waren, en ook niet voor lunches. Hij vermoedde dat zij dacht dat hij wel naar De Club toe ging omdat zij zich niet voor kon stellen dat iemand ook iets anders kon doen. Het was niets voor haar om leugens te vertellen, dus waarschijnlijk dacht ze het echt, maar ook omdat ze wou denken dat hij erheen ging.

'Ik heb mijn zwembroek ingepakt,' stelde Jon haar gerust.

Nu zei mevrouw Marr: 'Henry speelt geen golf, moeder.'

'Speelt hij geen golf? Waarom in hemelsnaam niet? Ik heb je toch volledig vrijgelaten om gebruik van mijn lidmaatschap te maken?'

'Ik speel wel,' zei Jon ongevraagd. Henry schoot in de lach. Zijn oma vroeg gewoon om moeilijkheden met Jon.

'Wat is er zo grappig?' vroeg zij aan Henry.

'Hij plaagt u.' Hoewel, plagen was het juiste woord niet. Uitdagen, daar leek het meer op.

Henry begreep niet waarom hij vroeger dacht dat het zo leuk moest zijn om samen met Jon in Boston te zijn. Het gesprek leek nog het meest op een duel met scherpe degens, pareren en toesteken. Soms scheen oma het overwicht te hebben, en dan was het Jon weer die zijn kans greep. Wat Henry of zijn moeder ook deden, niets kon die twee van dat duel afleiden, een duel van dubbelzinnig gestelde vragen, op twee manieren uit te leggen antwoorden, dat eerst in de salon werd gestreden en daarna voortgezet tijdens het eten. Jon had kunnen weten wat voor iemand oma was. Dat had Henry hem toch al zo vaak verteld. Maar Jon was anders nooit zoals nu, zo zonder humor. Dat was het nou precies: humorloos.

Zij praatten over hoe spinaziesoep het best bereid kon worden ('...als uw kok nu maar verse kippebouillon had gebruikt in plaats van uit een blikje...'), en over *De vreemdeling* van Camus ('...hij ziet angst voor gezond verstand aan, wanhoop voor vrijheid, of ligt het aan mijn leeftijd dat ik dat denk?'), over architectuur ('...het verschil tussen huizen die met het oog op toekomstige generaties worden gebouwd en bouwsels waarin mensen wonen voor wie het hoogste streven is – of moet ik zeggen "hoop"? – de volgende dag te overleven...'), en over geschiedenis ('...het is zeer beslist van de allergrootste betekenis dat onze voorouders het Mayflower-verdrag ondertekend hebben voordat iemand een voet aan wal zette, dat het maatschappelijk verdrag – het eerste voorbeeld van een maatschappelijk verdrag dat in volledige vrijheid en bewustzijn is gemaakt – aan de maatschappij voorafging'). Henry ging stug door met eten: rosbief, gegratineerde aardappelen, een soufflé, sperzieboontjes. Niemand vroeg aan hem wat hij dacht, Jon en oma gunden niemand anders de gelegenheid om ook iets te zeggen.

'Dit is een goed maal,' merkte Jon op, voordat hij weer met zijn onderwerp doorging. 'Een uitstekend maal. Natuurlijk was Kafka een jood, en dat maakt dat hij in een speciaal licht komt te staan.' Hij keek oma aan, in afwachting van wat ze daar nu eens op zou zeggen.

Henry had hem dat wel kunnen vertellen – in de aanval. 'Jij denkt dat hij wellicht een dieper inzicht in het lijden kon hebben. In zijn speciale geval het lijden door vervreemding, zoals de niet-geassimileerde eenling die voelt binnen een gesloten hiërarchische maatschappij.'

Jon ging op de uitdaging van al die veellettergrepige woorden niet in. 'Ach ja, het lijden,' zei hij. 'Soms lijkt het wel eens of de joden menen dat zij die hele handel in lijden in handen hebben. Maar ik zal u eens wat zeggen, volgens mij halen ze het op geen stukken na bij de Russen.'

Henry begreep niet wat Jon wou bereiken. De mond van zijn oma was nog slechts een dunne streep; zij wilde nergens meer over praten, niet met Jon.

Die avond, in het donker van hun slaapkamer, klonk Jons stem die zei: 'Eigenlijk zou jij hier moeten wonen. David zou het hier heerlijk hebben gevonden.'

'David vond het nergens heerlijk.'

'Denk je dat? Geloof je dat werkelijk?'

Henry kon niet uitmaken of Jon sarcastisch was of dat hij het meende, en daarom deed hij of hij de vraag niet gehoord had. 'Ik hoop dat je het naar je zin hebt.'

'Ja hoor. Maar ik ben er niet zo zeker van dat je oma het ook naar haar zin heeft. Zijn er nog meer kleinkinderen?'

'Je weet best dat er niet meer zijn.'

Hun stemmen zweefden, los van hun lichaam, in het donker naar elkaar toe.

'Dus jij gaat dit erven.'

'Dat is niet erg waarschijnlijk.'

'Bedoel je...' Henry hoorde lakens schuiven, hij hoorde hoe Jon zich omdraaide en met zijn gezicht naar hem toe ging liggen, 'bedoel je dat ze niet alleen hier in haar eentje haar eigen leven blijft leven, binnen deze slotgracht om haar niemandsland vol duiten, maar dat ze ook nog... wat eigenlijk? Gaat ze het soms allemaal aan een kattenasiel schenken?'

'Doe gewoon, Jon, alsjeblieft. Ik zou trouwens in dit huis toch niet kunnen leven.'

'Waarom niet? Het past precies bij je.'

'Dan kijk je niet goed uit je doppen. Jij bent degeen die zich hier goed thuis schijnt te voelen, met al die dubbelzinnige opmerkingen van je, en zoals je op je gemak achteruit in zo'n Queen Anne fauteuil hangt.'

'Ik? Je bent niet goed wijs. Zo gauw ik uit de auto was gestapt, voelde ik mijn zijlokken groeien en de vouwen uit mijn broek verdwijnen. Wat je vanavond gezien hebt, dat was nou mijn beroemde imitatie van een goj.'

Henry protesteerde zwakjes, zei toen dat Jon zijn mond moest houden en gaan slapen.

Jon deed of hij het niet hoorde. 'Je hebt gelijk dat je in het leger wilt gaan,' zei hij. 'Als ik naar al die portretten aan de muren kijk, al die opgeblazen Chapins, zo tevreden met zichzelf... het waren allemaal niemendallen, Henry, lege pakken opgevuld met stro, ik bedoel dat ze letterlijk niets waren, of misschien geen persoonlijkheid hadden? Ik dacht altijd dat je alleen over dat in het leger gaan praatte om – je snapt wel – om je tegen je vader af te zetten, of misschien om de wereld te bewijzen dat jij niet net als je vader bent. Maar hoe dan ook, nu begrijp ik het.'

'Ik ben blij dat het je goedkeuring kan wegdragen.' Henry probeerde niet te verbergen hoe kwaad hij was.

'Daar ben je helemaal niet blij om, en dat bedoelde ik ook niet.'

'Jon, je weet best,' zei Henry en trok tegelijk de deken over zich heen om een eind aan het gesprek te maken, 'je weet best wie je nu napraat.'

'Nee. Echt, dat weet ik niet. Wie dan? Wie praat ik na, Henry?'

15

De volgende morgen zorgde mevrouw Chapin ervoor dat de auto klaar stond, hoewel Jon zich bereid verklaarde naar De Club te gaan – hij sprak die twee woorden met diep ontzag uit – en er een paar *holes* te gaan slaan, maar zij gaf Henry geld om in Boston wat te gaan eten en ried hun aan de historische bezienswaardigheden te gaan bekijken. Ze stonden op de stoep voor haar huis en zij keek strak naar een punt in de lucht, ergens tussen hen in – ze moesten beroemde huizen gaan bezichtigen, zei ze, dat van de familie Alcott en van Revere, en naar de oude Noorderkerk gaan, naar Concord, Lexington. Henry, nog een beetje door het dolle heen door die frontale aanval van Jon, dreunde op: 'Bij de beek en de brug armzalig van hout, Toen de bries van april de vlag ontwond...'

Zijn oma stond ongeduldig te wachten.

Henry ging door: 'Hier stonden de boeren in rijen gesteld, En vuurden het schot dat klonk de wereld rond.' Hij maakte een buiging, ook al klapte er niemand.

'Jawel, Henry, maar...' zei Jon. 'De vijand sinds lang slaapt in stilte, Ook d'overwinnaar slaapt stil en gedwee. En de Tijd heeft de brug doen bezwijken, De stroom nam hem mee naar de zee.'

Oma deed haar mond al open om iets te zeggen, maar Jon was haar voor. 'Hoe moeten we dit opvatten?' vroeg hij. En voordat zij iets terug kon zeggen, duwde hij Henry achter in de auto naar binnen.

Waarom moest Jon hem toch altijd zo nodig overtroeven? vroeg Henry zich af. Hij begreep niet wat Jon in zijn hoofd had of wat hij wou, maar hij wist dat Jon hem niet wilde overtroeven, Jon was gewoon zoals hij was, en dat was nu eenmaal iets beters dan wat Henry was. Behalve dan dat Jon hem vroeger nooit dat gevoel gaf dat hij stom was en sloom.

Ze kwamen laat in de middag terug. Er werd die avond vroeg gegeten, omdat ze naar een concert zouden gaan. Aan tafel praatte Jon met mevrouw Marr over twintigste-eeuwse muziek en componisten. Oma, dat had hij al aan het begin van het gesprek vastgesteld, wist net zo min iets van dat onderwerp af als Henry. 'Zelfs het werk van uw schoonzoon kent u niet,' merkte Jon op en ging toen door met Henry's moeder uit te vragen over Ives en Cage, over Bartok en atonale muziek.

Op vrijdag verklaarde Jon dat hij er wel voor voelde om wat te gaan zwemmen op De Club, maar oma stopte Henry geld in zijn hand en gaf de chauffeur de opdracht hen naar Cambridge te brengen. 'Het kon wel eens gaan regenen,' zei ze en wees naar de bewolkte lucht. 'Bovendien hebben alle Chapins college gelopen in Harvard of in Radcliffe.'

'Wat handig bekeken,' mompelde Jon die ook echt geen gelegenheid voorbij liet gaan.

'Waar ben jij van plan te gaan studeren?' vroeg oma.

'O, Harvard natuurlijk,' zei Jon zonder ook maar even te aarzelen. 'Maar u zou over Henry na moeten denken en niet over mij.' En meteen stapte hij in de auto die al klaar stond.

De grote slee reed geruisloos de oprijlaan af. Henry en Jon zaten samen achterin, gedwongen op elkaar aangewezen door het raam van dik glas dat hen van de voorbank scheidde. 'Wat bedoelde je nou weer met die hatelijkheid?' vroeg Henry. 'Denk je soms dat ik niet op Harvard kan komen?'

'Natuurlijk kun je dat, maar wie gaat het betalen? Dat is de vraag.'

'Wat bedoel je?'

'Denk jij dan nooit eens na? Rechtens – als we die term nu eens heel ruim opvatten, en dat is iets waar we een andere keer nog wel over kunnen praten – maar rechtens zou jij nu op Groton moeten zitten, of op St Paul, of op Choate, of op welke middelbare school dan ook die de familie Chapin heeft ingesteld als Familie Instituut. Exeter, ik wil wedden dat het Exeter is. Maar in plaats daarvan zit jij op Orleans. Denk je daar dan nooit eens over na?'

'Nee. Waarom zou ik?'

Jon keek hem zwijgend aan.

'Daar zit jij toch ook op.'

'Jááá, maar ik ben een jood. Henry, soms begrijp ik echt geen snars van je. Nee, wacht eens, laat ik nou eens een beetje als een goj denken, dat kan ik wel – tot nu toe heb ik het aardig gedaan, of niet soms? Het is vanwege je vader. Waar of niet?' Hij porde Henry met een vinger in zijn ribben. 'Omdat hij nog leeft en haar zoon niet. Omdat hij veel ouder is dan je moeder en omdat hij geen succes heeft – daarom was hij geen goede partij voor een Chapin. Omdat ze jaren geleden besloten heeft dat ze iets tegen hem heeft.' Jon zat Henry's gezicht te bestuderen. 'Daar heb je het weer, die eeuwige saamhorigheid van de Chapins.'

Zoals Jon dat woord uitsprak klonk het bijna als iets smerigs. 'Wat heb je toch tegen haar? Je gedraagt je helemaal niet zoals je bent, Jon. De hele tijd zit je haar op stang te jagen. Dat is niets voor jou.'

'Een gelijkenis,' zei Jon. Henry kon wel kreunen. 'De gelijkenis van de gevangene. Er was een gevangene, alleen opgesloten in een cel met een klein getralied raampje hoog in de muur. In zijn eenzaamheid sloot de gevangene vriendschap – als dat het juiste woord is – met een kakkerlak. Hij gaf het diertje een deel van zijn dagelijks brood, en praatte ertegen. Soms liet hij het over zijn lichaam kruipen. Soms ving hij het onder de lege soepkom en liet het daar urenlang zitten, dan bestudeerde hij zijn panisch gedrag. Een keer trok hij het een pootje uit en moest lachen toen hij het zo gek zag rondhinken. Tot hij daaraan gewend raakte.'

'Welke betekenis moet dat nou weer hebben? Bedoel je soms dat oma een gevangene is? Of jijzelf, want jij bent het die haar aldoor uitlokt. Wat moet dat nou betekenen dat de gevangene de kakkerlak een poot uittrekt?'

'Het zorgde ervoor dat hij in leven bleef,' zei Jon. 'Misschien zorgde het ervoor dat hij niet gek werd. En wie weet wat die verstandhouding voor de kakkerlak betekende.'

'Nee,' zei Henry, 'deze keer sla je echt de plank volkomen mis.'

'Denk er maar over na, Henry. En blijf erover nadenken,

want je hebt nog niet eens een tipje opgelicht van wat ik bedoel. Weet je, deze vakantie is voor mij van grote opvoedende waarde – om eens te zien hoe de andere helft van het mensdom leeft, om de tegenstander in ogenschouw te nemen. En ook om jouw erfgoed van dichtbij te bekijken. Het is gewoon een wonder dat jij een menselijk wezen bent,' zei Jon. 'Ik begrijp nu heel goed waarom je vader zich verre houdt van dit soort grenzeloze huichelarij.'

'Probeer je me nou te beledigen?' vroeg Henry.

'Ja,' zei Jon breeduit lachend. 'Mag ik aannemen dat me dat gelukt is?'

Henry kon het zelfs niet opbrengen tegen hem te glimlachen. Hij was Jon kwijt, of hoe dan ook, Jon was voor hem verloren, ze waren voor elkaar verloren. Dat had David gedaan. Uiteindelijk had David toch gewonnen. 'Klote David,' zei Henry.

Hij had het niet hardop willen zeggen. Of misschien toch wel, dacht hij, vol twijfel over zijn eigen bedoelingen.

'David is dood en heeft hier niets mee te maken,' zei Jon. Het was als een kanonschot pal in zijn gezicht.

Henry keerde zich van hem af.

Die avond in de grote eetkamer, nadat mevrouw Chapin en mevrouw Marr het leven van de vrouwen waar ze op De Club mee hadden geluncht besproken hadden, hun echtgenoten en waar de echtgenoten werkten, hun huwelijken en hun kinderen, waar de kinderen op school gingen en hoe ze het daar deden, maakte Jon gebruik van een korte stilte in het gesprek om aan mevrouw Chapin te vragen: 'En hoe zit het met Henry? U weet wel, uw kleinzoon Henry? Waar zit die eigenlijk?'

Ze hield zich opzettelijk van de domme en antwoordde: 'Henry zit hier in de kamer.' Henry kon het haar niet kwalijk nemen. Hij had er veel zin in om tegen Jon te zeggen dat hij zijn mond moest houden.

'Ja, dat is juist,' zei Jon. 'Maar wat van meer belang is, is dat hij niet daar zit, en "daar" is dan de school waar alle jongens van de Chapins op zitten om zich op de universiteit voor te bereiden. Waar zat uw broer op school, mevrouw Marr?'

'Op Exeter, Jon. Maar dat maakt niets uit.'

Jon grinnikte even over de tafel heen naar Henry. Toen keerde hij zich weer tot zijn gastvrouw. 'Zou Henry niet ook op Exeter moeten zitten?'

'Jon, alsjeblieft,' zei mevrouw Marr. Jon deed of hij haar niet hoorde.

Mevrouw Chapin weigerde op de vraag in te gaan. 'Ik zie niet in waarom,' zei ze alleen.

'Omdat hij intelligent is,' was Jons antwoord, alsof ze hem daarom gevraagd had. 'Omdat hij een Chapin is.'

Henry zat daar maar en voelde zich een stomkop, een stuntel, een echte klooihans. Zijn oma legde haar vork neer en keek Jon met grote ogen aan. Ze probeerde niet haar afschuw te verbergen. 'Ik kan onmogelijk geloven dat de opvoeding van mijn kleinzoon jou iets aangaat.'

'Daar hebt u volkomen gelijk in,' gaf Jon toe. 'Behalve... als u me dit ene nog wilt vergeven?'

Oma wachtte, maar Jon hield zich langer stil.

'Het komt me voor dat ik je al heel veel heb vergeven,' zei ze voorzichtig.

'Dat waardeer ik. Dus waarom nu niet nog een onbeschoftheid meer?'

Ze perste haar lippen op elkaar, dacht na, en zei toen: 'Ik was me er niet van bewust dat ik je onbeschoftheden vergeven heb.'

Nu had ze hem beet, dacht Henry.

Jon glimlachte. 'Die zit, dat geef ik toe en ik vraag excuus. Maar toch, ik denk dat u niet erg veel van Henry af weet, u ziet hem maar een keer per jaar, en hier in huis. Ik denk dat u hem niet echt kent. Weet u bij voorbeeld wat voor pyjama hij 's nachts draagt?'

'O, Jon,' zei mevrouw Marr rustig, 'schei nou toch uit.'

'Ja, hé,' zei Henry ook. Hij begreep niet waar Jon op uit was en hij vond het niets prettig om als stok te worden gebruikt om zijn oma mee te slaan.

Mevrouw Chapin stak haar hand op en beduidde dat zij zich er niet mee moesten bemoeien. In het kaarslicht glansden de smaragden en fonkelden haar diamanten. 'Het is wel in orde, Ellie.' Ze aarzelde even en zei toen tegen Jon: 'Ik vermoed dat Henry, net als de meeste jongemannen, naakt slaapt, of anders toch bijna naakt.'

Dit was zo'n onverwachte uitval dat Henry hard begon te lachen. Zijn oma, voldaan over zichzelf en over hem, lachte hem even toe. 'Nou heeft zij je te pakken, Jon, en dat weet je ook.'

'Ik weet wel wat van jongemannen af,' zei mevrouw Chapin. 'Ik heb twee broers gehad en een zoon. Ik ben niet zo bekrompen als jij denkt.'

'Ik heb nooit gezegd dat u bekrompen bent,' gaf Jon terug, 'ik heb alleen gezegd dat u Henry niet goed kent.'

Mevrouw Chapin zei daar niets op terug, maar ze keek nu met meer belangstelling naar Henry dan ze ooit eerder had gedaan. Jon, kennelijk tevreden gesteld, nam zijn vork en mes weer op. Hij sneed een stuk gebraden eend af. 'Waar zijn uw broers nu, en wat doen zij?' vroeg hij. 'Dan zal ik u ook over die van mij vertellen,' bood hij aan. Hij stak het stuk vlees in zijn mond.

Het gezicht van mevrouw Chapin werd een masker, het was of zij zich daarachter terugtrok. 'Allebei gestorven. De ene in de eerste wereldoorlog, de andere op de operatietafel. Een heel gewone blindedarmontsteking,' voegde ze eraan toe. 'Hij was vijftien.'

Oma's stem verried haar. Jon legde zijn vork neer en zijn mes. Henry zag hoe hij zijn best deed zijn meegevoel de baas te blijven. Hij keek naar Jon en zag dat het hem niet lukte. Zijn hand ging over de tafel naar de oude vrouw toe en Henry voelde – alsof het een tastbare golf was – het medelijden dat van Jon naar haar toe stroomde, naar zijn oma die er opeens heel oud uitzag. Maar zij zat buiten zijn bereik. 'Dat is erg,' zei Jon en voor het eerst in al die dagen leek hij zichzelf weer te zijn. 'Er komt ook geen mens onbeschadigd doorheen, hè?'

'Je hoeft bij mij niet met je gemeenplaatsen aan te komen, jongmens. Wat weet jij daar nou van?' zei oma. Ze wees zijn medelijden af, zijn hand... ze wees hemzelf af.

'Wacht, oma, luister...'

'Wel iets,' viel Jon hem in de rede. Zijn hand, die hij weer had teruggetrokken, lag ogenschijnlijk ontspannen naast zijn bord. Zijn stem klonk opnieuw koud en gevoelloos. 'Ik weet er wel iets van af. Daar zult u natuurlijk een bewijs van eisen. Chapins

geloven nooit iets zonder meer. Het bewijs heb ik voorhanden.'
'Nee, heus...' zei mevrouw Chapin protesterend. 'Heus, Ellie.' Maar Jons stem ging door.
'Mijn grootouders van vaderszijde, Helene en Baptiste Nafiche. Mijn vaders broer Louis, zijn vrouw Mimi, een neefje en
een nichtje, Claude en Rachel, zeven en tien jaar oud. Jong, dat
moet u toegeven, ze waren nog erg jong. Verder mijn moeders
eerste man. Verder haar zuster, Clarisse Bach, Clarisses man
Otto en hun vier kinderen, een van hen een veelbelovend vio-
list – hoewel ik toe moet geven dat we dat alleen weten van horen zeggen. Mijn tante Sofie Steintodt, haar man Herman, en
drie van hun vier kinderen, Elisabet, Joshua, Anna.' Hij sprak
de namen langzaam uit. 'Mijn grootouders van moederszijde,
de Feders, Seiglinde en Hershel. En ik vind dat we David er ook
wel bij mogen noemen, mijn neef David Steintodt, de enige
overlevende en die vorige week is gestorven. David was twintig.
Hoewel, aangezien hij zelfmoord heeft gepleegd, zou je aan
kunnen voeren dat hij er niet echt bij hoort.'
Oma moest nu maar voor zichzelf zorgen, vond Henry, hij
had alleen nog oog voor Jon. Hij wachtte, maar Jon was klaar.
Niemand zei een woord. Jons vijandigheid vulde het hele ver-
trek.
'En ik geloof trouwens,' zei Jon toen, 'dat ik blij ben dat David het ten slotte heeft gedaan.'
De beide vrouwen, elk aan een uiteinde van de tafel, haalden
duidelijk hoorbaar adem. Het was of zij vaag fladderend bewogen in het licht van de kaarsen maar buiten Henry's blikveld.
Hij legde zijn armen op tafel en boog zich voorover, dichter
naar Jon toe, naar waar hij zat in zijn donkere pak. Zijn ogen
ontweken die van Henry.
'Jon?' zei Henry. 'Maar er is geen enkele reden, Jon, waarom
je niet blij zou zijn.' Dit was iets waar hij over had nagedacht.
Hier wist hij iets over te zeggen. 'David had het op jou gemunt.
Heel speciaal op jou. Dat weet je, Jon. Hij wou jou kapotmaken.'
'Er bestaat een legende,' zei Jon tegen hem. Ze keken elkaar
nu strak aan, Jon keek Henry aan en Henry kaatste die blik terug. Iemand zei iets, zijn oma of zijn moeder. Jon vertelde: 'Na-

dat het water van de Rode Zee gespleten was en het leger van de farao had meegevoerd en de dood in gedreven, en het volk van Mozes veilig verder de woestijn door trok, wilden de engelen in de hemel een lied aanheffen, een lied om de overwinning te vieren. Maar de Heer van het Universum, gezegend zij Zijn naam, weerhield hen. "Het werk van Mijn handen is in de zee verdronken," zei Hij. "En zoudt gij Mij dan een lied brengen?"'

Op dat ogenblik begreep Henry, of hij dacht in elk geval dat hij het begreep, daar in dat halfduister met alleen wat kaarslicht, waarom meneer Nafiche Jon had weggestuurd. Dat begrijpen overweldigde hem, deed hem pijn. De vrouwen zwegen nu en zaten in spanning te wachten. Dit was niet het soort gesprek dat je om de eettafel van de Chapins behoorde te voeren, maar hij ging het toch zeggen, nu, omdat Jon hem nu een kans bood.

'Er zit een zwak punt in de vergelijking,' zei Henry. 'Als er overeenkomsten bestaan, dan zouden de joden ook uit de concentratiekampen weg zijn geleid. En dat...' hij moest het zeggen, al wou hij het liever niet, 'roept een paar moeilijke vragen op.'

Op Jons gezicht stond duidelijk te lezen dat hij afwees wat Henry had gezegd. Henry dacht verder na.

'Er zit nog een ander zwak punt in.'

Jon trok vragend zijn wenkbrauwen op.

'Jij bent God niet,' stelde Henry voor hem vast.

'En dat is dan dat,' zei Jon. Zijn stem klonk bedaard maar zijn ogen verrieden hem. Henry dacht dat hij Jon ten minste heel even aan het lachen had gemaakt. 'Je bedoelt dat ik maar een mens ben.'

'Zo iets, ja. Er gaat veel verloren in de vertaling.'

'En de dood zal haar heerschappij verliezen,' citeerde Jon. 'Bedoel je dat?'

Alle aandacht was op Henry gericht. Hij kon de intense blik voelen waarmee zijn moeder hem gadesloeg, en ook de meer peinzende blik van zijn oma; hij zag hoe Jon naar hem zat te kijken. Maar die waarnemingen schoof hij ter zijde. Het was zo ingewikkeld, het was ook allemaal zo verdomd ingewikkeld, je kon het onmogelijk maar eventjes in een paar eenvoudige woorden uitdrukken.

'Nee,' begon hij, 'dat bedoel ik niet.'

Jon scheen dat te betwijfelen, alsof hij wel beter wist. Henry praatte vlug door, voor hij het contact met Jon opnieuw kwijtraakte.

'Wat ik bedoel is... weet je nog dat je me een keer verteld hebt, met citaten en al...'

'Als ik wat vertel is het altijd met citaten.'

'...dat we moeten kiezen, kiezen voor het leven of kiezen voor de dood?'

'Ja, dat herinner ik me nog heel goed,' zei Jon, maar aan zijn stem kon je horen dat het niet waar was. 'Wat ik je toen niet heb verteld is, dat als je voor het leven kiest dat zo ongeveer hetzelfde is als ervoor kiezen dat je lever er elke dag door een ongeschoolde adelaar uit wordt gepikt. Of eeuwigdurende kruisiging.'

'Jawel, dat heb je toen gezegd. Dat heb je me al verteld,' antwoordde Henry. 'Wat is er? Ben je bang?'

Hij had Jon overrompeld, deze keer wel. Eindelijk wist Jon ook eens een keer niet wat hij moest zeggen. Daar maakte Henry gebruik van. 'David was voor alles bang,' zei hij. 'Voor winnen en voor verliezen, voor binnenhalen en voor uitdelen, voor misdaad en straf... voor alles. Behalve voor doodgaan.'

'Ik geloof,' zei Jon langzaam, 'dat hij misschien nog het meest van al bang was voor doodgaan.'

'Laat me uitpraten,' drong Henry aan. 'Het feit ligt daar dat David voor de dood koos. En voor zover het mij betreft is dat ook in orde, dat is zelfs gewoon eerlijk. Hij had er het recht toe, en ik kan zelfs ook begrijpen waarom hij het wou. Nee, echt waar, dat kan ik, of je me nou gelooft of niet. Maar hij probeerde om ook voor jou de dood te kiezen, hij probeert zelfs nu nog jou daartoe te dwingen. En daar heeft hij het recht niet toe.' Henry's stem klonk zo heftig dat hij er zelf bang van werd, om wat erdoor verraden werd. Hij slikte een paar keer voor hij verder ging. 'Ik denk dat hij had voorzien hoe jij zou reageren, hoe je je voelen zou... hij was echt heel intelligent, Jon, een meester in psychologie, dat moet jij weten, jij hebt met hem samen geleefd... en dat is één reden waarom hij het deed. Niet de enige reden, dat zal ik nooit beweren – maar ik geloof dat zelfs David het niet allemaal uit elkaar kon houden. Maar jij moet blij zijn

185

dat hij dood is, omdat je een mens bent, al is het maar een klein onderdeel van alles wat je voelt. Maar als je aan dat gevoel niet toegeeft, dan probeer je God te zijn. En je kunt niet proberen God te zijn zonder voor de dood te kiezen, als mens.'

Henry overdacht wat hij gezegd had. 'Dat is wat ik bedoel. Misschien wel: En de Dood zal haar heerschappij verliezen, maar dan toch maar in zekere zin. Want de Dood heeft haar eigen heerschappij, daar hoef je jezelf niets over wijs te maken, en de geschiedenis ook, maar alleen haar eigen heerschappij en meer niet, meer moeten we haar niet toestaan.'

Jon keek hem aan, keek hem in zijn ogen. 'En dat geloof je werkelijk?' Hij waarschuwde Henry: 'Want jou vertrouw ik, Henk. In jou vertrouw ik en jou zal ik geloven.'

Nee, dacht Henry, vertrouw me niet, geloof me niet. 'Ja,' zei hij en keek Jon recht aan. De leugen maakte hem haast misselijk.

'Goed dan,' zei Jon. Hij zei het haast als terloops en glimlachte erbij op zijn gemak.

'Goed dan, wat?' drong Henry aan.

'Goed dan – misschien,' zei Jon. 'Zo ver wil ik op dit ogenblik gaan maar verder niet. Misschien is het inderdaad een zegen om te overleven.'

Zo ver zou Henry niet zijn gegaan, en zelfs niet voor Jon. Henry wist dat hij even onoprecht was als David, tot in de kern onoprecht. David had tenminste niet geweten waarin hij onoprecht was, dat gold voor Henry niet. Hij wist hoe en hij wist waarom. De stilte duurde al heel lang, tot eindelijk mevrouw Chapin iets zei.

'De kampen. De concentratiekampen.'

Jon keerde zijn gezicht naar haar toe. 'De vernietigingskampen.'

'Dat was een domheid van mij,' zei mevrouw Chapin.

'Nee, geen domheid,' zei Jon. 'Onverschilligheid.'

Zij stond op, vouwde haar servet op en legde het netjes naast haar bord. 'Ik ga jullie nu welterusten wensen. Maar ik geloof dat ik – als ik er goed over nadenk – tot de conclusie kom dat ik jou, Jon, mijn excuus aan moet bieden. Je bent – dat weet je zelf ook wel – een fantastisch jongmens.' Ze liep de kamer uit, tegelijk statig en gehaast.

Ze keken haar na. 'Ik weet niet – wat ben je toch aan het doen, Jon?' zei mevrouw Marr. 'En jij, Henry, ik begrijp niet...'

'Mama,' zei Henry. 'Alsjeblieft,' smeekte hij haar.

Ze verontschuldigde zich en ging haar moeder achterna de kamer uit.

Het duurde een hele tijd voor eindelijk Jon begon te praten. 'Ik ben wel een verdomd beroerde gast geweest, hè? Ben je erg boos op me?' Henry schudde zijn hoofd, hij was niet boos. 'Ik had niet moeten komen, dat heb ik ook tegen papa gezegd. Ik had ook niet op die manier tegen haar moeten praten, en ik ben niet trots op mezelf, voor het geval je je dat misschien afvraagt. Van nu af zal ik me netjes gedragen. Dat beloof ik je, iedere minuut van de dag. Charmant zal ik zijn, uiterst charmant en onweerstaanbaar.'

Nou, dat leek in elk geval weer op Jon, Jon was weer de oude. Henry schudde zijn gedachten van zich af en zei: 'Jawel, maar wat moet oma nou?'

'Zij is veel taaier dan jij denkt, die eer zou je haar moeten gunnen,' zei Jon. 'Ze is een soort taaie ouwe gans. Ik geloof dat ik haar aardig begin te vinden. Wat vind jij, Henk? Moet ik haar aardig vinden?'

Die avond, toen Henry ervan overtuigd was dat Jon al heel lang sliep, klonk zijn stem opeens door de donkere kamer. 'Wat denk jij, Henk? Ik wil wedden dat ze ons mee naar De Club neemt.'

'Oma? Nooit van haar leven.'

'Hoeveel verwed jij erom? Een dollar? Ik zet al mijn geld op je oma. En jij?'

'Ga toch slapen,' zei Henry, 'je zult morgen al je energie nodig hebben.'

Jon was een poos stil, maar begon toen weer te praten. 'Heb jij David wel eens horen lachen?'

Henry dacht daarover na. 'Een keer misschien. Ik heb hem ook nooit zien huilen, Jon.'

'Ik heb jou ook nooit zien huilen, Henry.'

'Nee, dat is zo.'

'Henk?' vroeg Jon. Hij draaide zich om in zijn bed.

'Ga toch slapen,' raadde Henry hem aan. 'Ik probeer te slapen.'

Even later zei Jon: 'Wij hebben het nog gemakkelijk gehad, weet je dat wel. Denk je daar ooit wel eens aan, hoe gemakkelijk wij het hebben? Geloof jij dat wij het ook maar een haar beter zouden doen dan alle andere mensen? Dat is nou waar ik bang voor ben, Henry.'

'Dit?' vroeg Henry. 'Was dit gemakkelijk?' Hij had een gevoel alsof hij gedurende de laatste maanden uit elkaar was getrokken in tientallen kleine, bloederige brokjes en daarna weer aan elkaar genaaid, en alsof hij zich nooit meer zonder pijn zou kunnen bewegen.

'In verhouding wel, ja.'

Henry kon begrijpen wat Jon bedoelde en was blij dat Jon dat zo bedoelde, maar voor hem had David alles anders gemaakt. Door David was het voor Henry onmogelijk om weer te zijn zoals hij was geweest, en weer met Jon samen te zijn zoals vroeger.

'Maakt dat jou niet bang?' drong Jon aan.

'Jawel,' zei Henry tegen het donker.

Hij lag zich af te vragen of hij, als hij vooruit geweten had wat het hem zou kosten, eraan begonnen zou zijn het tegen David op te nemen. Hij wist het niet. Hij zou graag willen geloven van wel, maar hij zou er niet om willen wedden. Het was zo ook maar beter, dacht hij, en in het donker moest hij bij zichzelf lachen, want doordat hij het niet had geweten had hij het wel geprobeerd. Omdat hij het niet geweten had en hij het daardoor had geprobeerd, werd die hele vraag van 'als' hypothetisch en onmogelijk te beantwoorden. En als er wel een antwoord op bestond, zo lag hij verder uit te denken, dan kon hij daar wel over nadenken maar daar schoot hij ook niets mee op, en dat was wel een soort zegen.

'Henk? Waar lig je aan te denken?'

'Over het nutteloze van het onderzoeken van vragen die toch niet te beantwoorden zijn,' zei Henry, er zeker van dat Jon niet zou begrijpen waar dat op sloeg.

'Ha!' zei Jon, bijna stikkend van het lachen. 'En ik lag me af te vragen welk overhemd ik aan zal trekken als we mee naar De

Club worden genomen. Een streepje zal wel een beetje te ver gaan, vind je ook niet? Ik zou me zoveel mogelijk gedeisd moeten houden, wat denk jij?'

'Het lijkt wel of je er beslist op rekent.'

'Nou, en waarom niet? Elke dag heeft genoeg aan zijn eigen hoop – zoals niet geschreven staat. Kan hoop enig kwaad aanrichten?' vroeg Jon zonder een antwoord te verwachten. Henry was ook niet van plan op die vraag antwoord te geven.

1967

Hij stond zijn handen te wassen, spoelde af met heet water, en waste ze toen nog een keer. Jon vroeg meer van je dan hij het recht had om van je te verwachten. Wat Jon niet wist was dat Henry nog aldoor voor de keus stond: hij kon het Fowler van hem over laten nemen, dan was het Fowler die alle risico's nam, dan was het een vreemde die de schade aanrichtte. Hij kón Fowler de operatie laten doen.

Om precies te zijn, stond Henry te denken, kon hij hem het ontleedmes laten pakken en de eerste snee aanbrengen, hem laten inkepen en dan een reep van Jons vlees laten wegtrekken, hem gaten in Jons schedel laten boren en door het levende bot heen zagen. Een stuk van Jons schedel eruit laten lichten tot het krakend loskwam. En dan... bijna zou hij erom kunnen lachen... moest het moeilijkste nog komen. Want dat was alleen nog maar het voorbereidende werk.

Jon nam gewoon maar aan dat Henry het wel zou doen. 'Jij zult het niet verprutsen, dat soort fouten maak jij niet. Jouw fout is eerder dat je te voorzichtig bent. Doe me een plezier, Henry, en doe het niet al te voorzichtig, ga niet staan treuzelen. Wees liever briljant.' Fowler was een knappe chirurg, hier op Chirurgie waren ze allemaal goed. Maar Henry was net iets beter, dat maakte het zo verschrikkelijk.

Henry had Jon verteld hoe het ervoor stond: 'Granaatscherven en splinters bot, en één groot stuk dat dieper zit,' en ook hoe ze te werk zouden gaan: 'Eerst gaan we je hoofd kaal scheren.' Maar over de gevaren waar Jon aan blootstond als hij de operatie overleefde, daar had hij niets over gezegd. En Jon had alleen gevraagd: 'Zal ik dan op Yul Brynner lijken?' Alsof... alsof het een spelletje was en meer niet. Bijna was Henry toen weggelopen, wou hij er niets meer mee te maken hebben, bijna liep hij toen weg van Jon die altijd te veel van hem vroeg.

Zes uur later – om precies te zijn, zes uur en drieëntwintig minuten later, stelde hij vast – had hij het volbracht. De verpleegster wikkelde verband om Jons hoofd, alleen een geelbruine jodiumvlek kwam er onderuit, die liep over de jukbeenderen en over een oor tot in zijn hals. Het verband verborg het rauwe vlees, gezwollen, gewond, met overal zwarte hechtingen, en ook de gesloten ogen. Henry's handen zaten onder het bloed, evenals zijn schort; achter hem op de wagentjes lagen door elkaar met bloed bedekte instrumenten, een schedelzaag en rongeurs, bloederige stukken gaas en proppen watten, de geur van bloed was sterker dan die van ontsmettingsmiddelen. Alleen de lasernaald zag er nog schoon uit. De verpleegster reed Jon de operatiekamer uit. Henry, die zelf haast te moe was om op zijn benen te staan, knikte Fowler en de anderen toe. 'Goed werk.'

Leven of sterven, daar ging het allemaal om. Daar moest je aan blijven denken. Wat je altijd zo graag wou weten maar nooit te weten kwam, was of je het zo goed gedaan had als mogelijk was.

'Je ging snel naar binnen,' merkte Fowler op.

'Dat heeft hij me gevraagd.'

'Hij is toch geen chirurg, hè?'

'Nee. Een vriend van me,' bekende Henry.

'Jezus, Marr, hoe kon je... Ik beklaag me niet, hoor. Als je het aan mij had overgelaten waren we nu nog bezig, en nog wel drie of vier uur langer ook, maar... Dus het is een vriend van je? Lijkt ontzettend op Yul Brynner, vind je niet?'

Henry had bijna zin om te lachen.

Henry zat naast Jons bed in de Intensive Care. Daar hoorde een chirurg te zijn – en Henry hoorde hier nu heel beslist te zijn – wanneer een patiënt uit zijn verdoving bijkwam, of stierf – of welk geestelijk niemandsland hij ook verkoos om te gaan bewonen, nadat medische wetenschap en geschiedenis met hem hadden afgerekend. Die middag was niet meer dan de helft van de bedden bezet. Om hem heen hoorde hij gekreun, geschreeuw, gehuil, gekots. Achter hem liepen verpleegsters op sloffen tussen de bedden door.

'Henk?' zei Jon met onduidelijke, zwakke stem.

'Hier ben ik,' zei Henry. Hij legde zijn hand op de broodmagere schouder. 'Hoe voel je je?'

Jon bewoog zijn mond, hij probeerde iets te zeggen. 'Klote.'

Dat kon een teken zijn van logisch denken. 'Dan is het goed,' zei Henry. Hij voelde iets zwaars op zijn borst drukken – angst, of was het misschien al opluchting?

'Masoch...' Jon beet op zijn lip. Zijn strak getrokken huid zag grijs, zijn mond hing slap, onrustig bewoog hij zich op het bed.

'Lig stil,' zei Henry. 'Ik heb hier een pijnstiller voor je.'

'Een flinke,' vroeg Jon.

Henry gaf hem de injectie en daarna hield hij Jons hand vast zo lang de pijn, waardoor het zweet hem in zijn hals stond, duurde. 'Ik zal je zeggen... toen Laurie... Sofie kreeg...' Jon was al niet meer bij bewustzijn voordat Henry had kunnen zeggen: 'Ja, zeven keer.'

De volgende morgen was Jon volledig bij kennis.

'Goeiemorgen,' begroette Henry hem.

'O, ja? Ik bedoel, is het morgen? Of hij goed is, daar kan ik nog niet over nadenken.' Dat lichaam met maar een half gezicht, plat uitgestrekt op het bed, deed Henry aan een insekt denken.

'Hoe voel je je?'

'Alsof ik nooit meer de moed zal hebben om mijn kop van dit kussen op te tillen,' zei Jon. 'Ik voel me veel te goed voor zo beroerd als ik me voel. Wat geef je me?'

'Morfine.'

'Henry!' zei Jon protesterend.

'Daar winnen we tijd mee,' legde Henry uit. 'Maak je geen zorgen, we zullen je niet... te veel geven.'

'Als je dat doet vermoord ik je. En daarna mijzelf. Dat meen ik. Ik weet nu hoe het moet, Henry.'

'Je bent blind aan een oog,' vertelde Henry hem.

'Niet dat ik het erg vind dat ik me zo goed voel. Ik vertrouw je ook heus wel. Maar ik vind één bloedverwant die aan chemicaliën verslaafd is wel genoeg om kinderen mee op te zadelen, wat vind jij?'

195

'We hebben geleerd er voorzichtig mee om te gaan,' zei Henry.

Ze stonden op een kluitje aan het voeteneind van Jons bed, met z'n drieën. Alle drie hadden ze een pyjama van het hospitaal aan, blauw en wit gestreept, die veel te wijd om hen heen zat. Hun nekken leken op dunne stokken, te breekbaar om het gewicht van hun hoofd te dragen. Toen Henry naderbij kwam, liepen ze weg, schuifelend op hun papieren sloffen. Jon sliep. Henry ging hen achterna. De drie mannen zagen er, zoals ze door de Intensive Care-zaal liepen en daarna de gang door, uit als jongens van vijftien of zestien die nog niet goed wisten wat ze met die lichamen van ze aan moesten. Hij riep: 'Hé, daar,' en zij draaiden zich om. Hun gezichten waren niet jong.

'Wat moeten jullie van Jon?'

'Bedoelt u die daar in dat bed?'

'Bent u een dokter?'

Henry knikte.

'Psychiater?'

'Ze zeiden dat het goed was als we een eindje gingen lopen. We hebben niet met hem gepraat, we hebben hem niks gedaan.'

'Ik ben zijn chirurg,' zei Henry.

'We hebben hem niet wakker gemaakt.'

'Zij zeiden dat het weer goed kwam met hem.'

'Ja, dat geloven we,' zei Henry. 'Hij maakt een kans. Maar...'

'Het zou niet eerlijk zijn als hij niet beter werd.'

'Eerlijk. Jezus. Wat ben jij toch soms een klootzak, zeg.'

'Jullie zaten in dat kamp,' giste Henry.

'We mogen toch best even naar hem kijken. Niemand heeft gezegd dat dat niet mocht.'

'Ja, dat mag,' zei Henry, 'maar wat wilden jullie dan?'

Ze keken elkaar aan, zochten een antwoord.

'We wilden hem alleen maar even zien.'

Henry knikte, alsof hij het wel begreep.

'Hij hing altijd de pias uit, snapt u.'

'Zij spraken niet veel Engels.'

'Hij deed net of hij het voor ons vertaalde.'

'Dat was soms... behoorlijk grappig. Als u kunt geloven dat

daar iets grappig kan zijn.'

'Jawel,' zei Henry en hij dacht dat hij dat wel kon. Het zich voorstellen niet, maar het geloven wel.

'Ze zetten hem in zo'n kooi... en wij allemaal... wij liepen eromheen, wij moesten om hem heen marcheren en naar hem kijken... en...'

'We hoeven hem dat niet allemaal te vertellen.'

'Nee, maar hij is geen psychiater, we hoeven niet op vragen van hem te antwoorden.'

'We hebben niets aangeraakt.'

'Hij haalde altijd iets geks uit... die arme kerel.'

Ze keken elkaar aan, onderzoekend, om zichzelf gerust te stellen.

'Ja, nou...'

'Ik heb honger.'

'Laten we teruggaan.'

'Dokter, als hij wakker wordt, wilt u hem dan de groeten van ons doen?'

'Ja hoor,' beloofde Henry.

Al ruzie makend liepen ze weg.

'Dat zou niet moeten mogen, een man in een kooi stoppen. Niet op die manier, helemaal naakt en zo.'

'Het kon hem niet schelen.'

'O nee? Je hebt het helemaal mis, mannetje. Hij zou het geen dag langer hebben uitgehouden.'

'Dat zeg jij altijd.'

'Wou je soms een wedje maken?'

'Hij zou het nooit hebben overleefd. Als ze niet hadden ontdekt waar we zaten en ons waren komen bevrijden, hadden ze hem ook klein gekregen.'

'Zeg dat nog eens. Als je dat nog een keer zegt zal ik jou klein krijgen, als ze ons hier ooit weghalen.'

'Hé, ventje, wat bedoel je daarmee, ooit?'

'Goed dan, stil maar. Als.'

Een week later werd Jon overgebracht naar de ziekenzaal. Henry had de leiding van de verhuizing, maar niet omdat dat nou nodig was. 'We zullen je nog een paar dagen met gordijnen afgescheiden houden van de rest,' zei hij tegen Jon.

'Wat ik wel eens zou willen weten is waarom dokters en dergelijke altijd zo nodig in het meervoud moeten praten.' Jon kon nu zitten. Hij kon ook naar de wc lopen, al was het niet zonder begeleiding, maar toch in elk geval op zijn eigen benen.

'Morgen...'

'Nee, serieus, Henk, waarom doen jullie dat? Vormen jullie een commissie? Zijn jullie elke keer wanneer er zelfs maar een persoon bij elkaar komt om zijn praktijk uit te oefenen automatisch een commissie? Of komt het voort uit een oude traditie... de Egyptenaren deden toch ook al hersenoperaties?'

'Je bent aan een oog blind, Jon.'

'Heb jij ooit nagedacht, Henry – nee, ga nou zitten, zit je al? Ga zitten en praat met mij – over geboren worden? Hoeveel pijn dat doet? Niet voor de moeder – dat is iets anders, zij weet wat er gebeurt, ze weet waar het voor dient, maar heb je ooit over het kind nagedacht? Wat dat een ervaring moet zijn, als je hele wereld om je heen samentrekt, en daarna die verschrikking van licht en lucht.'

Henry pakte Jons kaart. Hij ging de rij medicijnen na die hij kreeg.

'Het moet dan toch pijn doen om adem te halen, Henry?'

Daar was niets bij. 'Ik vermoed van wel. Jazeker, ik denk het wel.'

'Je bent niet gaan zitten. Je kunt toch wel een poosje blijven?' Henry kwam weer bij hem en ging zitten. 'Nou dan, vertel me dan nu eens waarom je niet getrouwd bent.'

'Daar valt niets over te vertellen.'

Nu hij hem niet in zijn ogen kon kijken, was het bijna onmogelijk om iets van zijn gezicht af te lezen.

'Heb je me niet gehoord?'

'Jawel. Alleen... zeg Henry, hou je van mannen? Ik praat niet over broederschap, maar erotisch. Word je op mannen verliefd?'

Wat was Jon hem nou aan het vragen, vroeg Jon hem soms...? Maar Jon was getrouwd. En al was Henry dan niet getrouwd, dat betekende nog niet dat hij er niet van hield om met een vrouw naar bed te gaan. 'Wat vind jij eigenlijk van mij, Jon?'

vroeg hij en probeerde zijn stem in bedwang te houden.

'Ik vind je heel geweldig,' zei Jon. 'Wat ook je seksuele voorkeur zijn mag. Nou, en wat vind jij van mij?'

Nog veel geweldiger. Maar dat zei Henry niet. Hij zei helemaal niets.

'Kijk,' zei Jon en hij schoof een beetje verder naar boven in zijn bed, 'waar ik nou niet uit kom, Henk, en waar ik nu over in de knoop zit met jou. David zei tegen me dat jij op hem geilde, precies met die woorden zei hij het, en ik geloofde hem niet, omdat hij altijd loog en omdat... Nou goed, ik zal eerlijk zijn; als ik jou was en ik zou op een man geilen, dan zou dat op mij zijn.'

'Jezus, Jon,' wierp Henry tegen.

'En dat doe je niet, of wel soms?'

'Nee,' zei Henry.

'En waarom ben je dan niet getrouwd?' vroeg Jon. 'Of, wat nog belangrijker is, verliefd. Of ben je dat wel?'

'Dat ben ik gewoon niet.'

'Wel ooit geweest?'

Hij was niet zoals Jon; die was altijd op zijn minst op één meisje, en soms op meer tegelijk verliefd. 'Een keer, geloof ik, ben ik misschien verliefd geweest, maar...'

'Nou weet ik het weer,' zei Jon. 'Ik dacht het al toen.'

'Hoe zou jij nou...'

'Het was op mijn bruiloft. Janine, zij heet Janine, ze is een nichtje van Laurie uit het Midden Westen. Je zei toen dat je haar op zou bellen, Henk, en dat heb je nooit gedaan.'

Henry wist niets te zeggen.

'Ik heb haar nummer,' zei Jon.

Jon wachtte. Henry zei niets.

'Nu dan,' zei Jon ten slotte, 'wat vind jij dat ik met mijn leven moet gaan doen, nu me dat gelaten is?'

'Ik heb geen idee, Jon.'

'Ga jij praktijk houden in Boston?'

'Wat maakt dat nou voor verschil?'

'Hoe moet ik dat weten? Of dat iets uitmaakt, ooit in de toekomst, ligt in de schoot der goden verborgen. Ik vraag alleen maar. Papa zou het fijn vinden als ik in het restaurant kwam werken, maar dat zegt hij niet.'

'Het gaat toch nog maanden duren voordat je weer iets doen kunt. Waarom zou je er niet nog een beetje over nadenken?'

'Omdat,' zei Jon, 'omdat...'

Henry wachtte.

'Omdat nadenken wel eens een wat zonderlinge uitwerking kan hebben?' vroeg Jon.

'Je bent nu onder behandeling van een psychiater, niet?' vroeg Henry.

'Nou nee, dat niet precies.'

'Wees eens serieus, Jon.'

'Waarom?' vroeg Jon. 'Nou, goed dan. Ja. Het probleem is dat niemand daar wist hoeveel ik van hun taaltje begreep. Onderschat nooit de macht van een linguïst, Henry. En zo moest dus die brave dokter zijn kostbare tijd besteden aan het opschrijven van militaire informatie, terwijl hij eigenlijk te weten wou komen of ik soms stiekem gek ben.'

Henry zei niets.

'Vertel hem maar dat ik niet gek ben, wil je dat doen?' Jon maakte zijn lippen vochtig met zijn tong. 'Of ben ik wel gek?'

Henry schudde zijn hoofd, bedacht zich toen. 'Niet gekker dan vroeger,' zei hij, 'voor zover ik het kan beoordelen. Jon, luister eens, je bent aan je rechteroog blind. Toen ik die splinter opdook, die waar ik je van vertelde... heb ik de oogzenuw doorgesneden.'

'Met opzet?'

Hij kon het onmogelijk ontkennen. 'Ja.'

'Ik was er niet zeker van of je er de moed wel toe zou hebben. Je hebt de moed om chirurg te zijn, en daarom hoopte ik... Je had de moed om die kat dood te slaan. Weet je nog wel, die kat?'

'Ja, dat weet ik nog. Ik had geen andere keus, Jon.'

'Dat is jouw kant van de zaak,' zei Jon. 'En dan ook nog,' zei hij, 'zelfs als je het kind eenmaal veilig door zijn geboorte heen hebt geloodst, als je dat lukt, dan kun je nog niet weten hoe het leven er voor haar uit zal zien. In het geval van Sofie, of van hem, in het geval van... ik heb een kind dat ik nog nooit heb gezien, wist je dat, Henk?'

'Ja.'

'En neem nou bij voorbeeld ma. Ze kon nog net op tijd uit

200

Duitsland wegkomen, en kreeg haar kinderen daar ook weg. Je zou toch denken... maar vijftien jaar later moet ze wel als alcoholiste geclassificeerd worden, zo is het toch? Is de medische wetenschap het daarmee eens? Of Enid, die nooit meer een kind zal kunnen krijgen, dank zij de onmedische wetenschap van abortuspraktijken in achterbuurten en die... ze wil van adoptie helemaal niets weten, Henry, en ze is ook weer thuis, zij zegt dat hij bij haar weg is gelopen maar... Of neem papa, die zijn hele leven lang dingen voor mensen aan het verzorgen is, of voor mensen zorgt, en altijd wordt er maar meer van hem gevraagd.'

'Maar Jon...' Henry boog zich wat naar voren. 'Dat allemaal komt door David.'

'En nou jij ook nog,' zei Jon. 'Komt dat ook door David? Arme David, zoveel op zijn verantwoording, zoveel schuld. En niemand weet zelfs wie hij was.'

'Wat bedoel je?' Henry stond op. 'Bedoel je dat hij niet een neef van je was?'

'Het kan zijn dat hij geen neef van mij was. Niemand wist het echt zeker. Misschien wist David het zelf niet eens, daar ben ik niet zeker van, maar ik heb altijd gedacht dat hij het niet wist.'

'Wacht eens. Wacht nou even, Jon.'

Jon wachtte.

'Als David David niet was, dan kon hij wel iedereen zijn geweest. Hij kon wel... Ik kan niet geloven dat je ouders... Als hij niet...'

'Maar als hij het nu eens wel was, Henry. Als hij het wel was, wat dan?'

'Je zegt alleen maar dat hij het niet was, omdat jij dat liever niet wilt.' Henry stond nu aan het voeteneind van het bed, met zijn handen om de ijzeren stang geklemd.

'Wat liever niet wil? Dat hij mijn neef was? Of bedoel je soms dat hij een jood was? Hoeveel maakt het uit of hij wel of niet een jood was?'

'Als hij geen jood was, betekent het iets heel anders als hij zelfmoord pleegde.'

'Toen,' wees Jon hem terecht. 'Zo is het. Toen hij zelfmoord pleegde. Het gaat niet om wie wat deed tegen wie.' Jon praatte langzaam. 'Waar het om gaat is dat het gedaan wordt. Dat het nog steeds gedaan wordt. Stalin heeft vijftien miljoen mensen vermoord. Om maar één voorbeeld te noemen. Vijftien miljoen menselijke individuen. Het is ook niet alleen maar Hitler, Henry, en ik ben moe,' zei Jon. 'Ik ben echt heel moe. Ik wil gaan slapen.'

'Jon,' protesteerde Henry. 'Jon?' vroeg hij. Jon gaf geen antwoord.

De volgende dag 's middags zag Henry pas kans om terug te komen. Jon lag heel rustig met zijn gezicht voor de helft in verband en zonder iets te kunnen zien naar het plafond gekeerd. Henry keek op hem neer. 'Wie is daar?' vroeg Jon.

'Ik. Ik ben het.'

'Dat klinkt niet zo best. We hebben het echt nooit geweten, Henry.'

Henry trok een stoel naar zich toe en ging zitten. 'Waarom vertel je het me nu?'

'Omdat het tijd wordt dat jij eens met het geval David in het reine komt.'

'Daar ben ik al jaren geleden mee in het reine gekomen.'

'Toen we er gisteren over praatten,' zei Jon, 'heb je niet opgemerkt dat wij allemaal zijn slachtoffer zijn geworden, behalve ik. Wij allemaal, alleen ik niet. Vroeger merkte jij dat soort dingen altijd op, Henry, als dingen niet met elkaar klopten. Aan de andere kant ben ikzelf ook niet helemaal een sukkel, en het heeft mij een tijd gekost voor ik die uitzondering in de gaten kreeg, en ook dat jij het klaarblijkelijk helemaal niet gemerkt had, en dat is niets voor jou, Henry. Dat vind ik niet bepaald geloofwaardig, tot die conclusie ben ik gekomen. En dat komt mij nou niet zo erg in het reine gekomen voor. Als ik eerlijk moet zijn.'

'En waarom zou ik moeten vergeten?' Zijn stem klonk zo wrang dat het Henry zelf verbaasde, maar het werd tijd dat Jon eens een paar dingen goed begreep. 'Ik wil ook niet vergeten... behalve dan dat ik zou willen dat ik hem nooit had gekend, nooit... het is net zo iets als deze oorlog, het minste wat ik kan doen is toch wel dat ik hem waarneem, en hem niet vergeet, hem niet ergens verstop...' Hij kon de zinnen zelfs niet helemaal uitspreken. 'Ik kan in elk geval niet vergeten. Dus kom mij maar niet vertellen wat ik in mijn herinnering bewaren moet, wat ik in mijn geest moet opbergen en waar... Alsof jij dat zou weten.'

'Ik wou dat ik kon zien! Ik hoop dat je net zo kwaad bent als je klinkt.'

'Alsof jij het altijd beter wist.' Henry beet zich op zijn tong, haalde toen een keer diep adem. 'Jon, het spijt me zo verschrikkelijk van je oog.'

'Wat is eigenlijk het gevolg ervan? Zal ik nog maar de helft van alles zien?'

'Je kunt geen diepte meer zien.'

'Echt waar?' Jon lachte. 'Hoe moeten we dat opvatten?'

'Als een feit,' zei Henry, uit het veld geslagen.

'Wacht eens, Henry... je blijft maar steeds over dat oog doorzagen. Meen je dat serieus?'

'Natuurlijk meen ik het serieus.'

'Henk, je moest het gewoon doen. De hele rest was op geen enkele manier jouw schuld. Hoe noemde je het ook weer? Je hebt de schade beperkt. Luister eens, Henk, ik vergeef je dat oog, toen en nu en de volgende Yom Kippoer en voor altijd. Ik ben een optimist, weet je, ik ben een clown, maar... als ik het goed heb is er één woord dat je heel zorgvuldig vermeed om tegen me te zeggen en dat is hersenbloeding. En dat brengt de onderzoekende geest tot termen als Hersenletsel... Menselijke Plant... Was Beter Dood Geweest...?'

Henry keek alleen maar naar hem.

Heel kalm ging Jon door: 'Henk. Wij zijn in dienst geweest en hebben het overleefd. We hebben David overleefd – ik in elk geval, en ik geloof dat jij dat ook kunt – en we hebben deze oorlog overleefd, en dit is onze oorlog, hoe we er ook over mogen denken. En ik denk er niet veel goeds van, de waarheid dient gezegd. Wij zouden wijn moeten drinken, nu, ginds bij de dansende vrouwtjes. Het glas is half vol.'

'Misschien heb je gelijk.' Hij had nooit goed met Jon kunnen debatteren. Hij had er ook nooit behoefte aan gehad.

'Ik zeg het je toch altijd weer, ik heb altijd gelijk, zelfs als ik ongelijk heb. Misschien wel vooral als ik ongelijk heb. Wat vind jij, Henk?'

'Ik vind dat ik heel wat keren erg veel zin heb om een prop in je mond te stoppen, Jon.'

De avond voordat Henry naar Hawaï zou vliegen, van Hawaï naar San Francisco en vandaar naar Boston, kwam hij langs op etenstijd. Jon zat rechtop. Alleen de onderste helft van zijn gezicht was te zien, maar hij had een goede kleur en dat halve gezicht was al iets meer gevuld. Het ziekentafeltje was tot vlak voor zijn borst geschoven en hij zat fijngehakte biefstuk op zijn blauw gestreepte pyjama te morsen. Om hem heen, overal in de zaal, zaten andere mannen te eten, alleen of door iemand geholpen.

'Laat mij dat maar doen,' bood Henry aan.

'Alleen omdat ik zo'n honger heb. Moge de trots voor de honger buigen, dat is een oud spreekwoord.'

'Vlees,' kondigde Henry aan.

'Ga je morgen naar huis?'

'Ja.'

'Je zal moeten vliegen en dan zul je waarschijnlijk wel luchtziek worden.' Dat scheen Jon een gevoel van voldoening te geven. 'Er zijn dingen die nooit veranderen, Henk.'

'En jij gaat overmorgen naar Tokio, en over een week naar huis. Waarom had je eigenlijk bijgetekend, Jon?'

'Ik dacht dat ik het misschien te gemakkelijk had gehad. Dat wist je toch wel?'

'Aardappels,' zei Henry. Hij had het geweten. 'Ben je nu tevreden gesteld?'

'Ik geloof het wel. Ja. God weet dat ik tevreden zou moeten zijn. Weet je, je hebt nooit gezegd wat ik nu met mijn leven moet gaan doen.'

'Ik vind dat niemand je over dat soort dingen raad moet geven. Hoe gaat het nou met je hoofd?'

'Ik heb me beroerder gevoeld. Ik heb me ook wel eens een stuk beter gevoeld. Maar Henry, je kunt me toch gewoon zeggen wat jij ervan denkt. Je kunt me toch raad geven, en die kan ik dan in de wind slaan.'

'Je zou waarschijnlijk wel bij je vader kunnen gaan werken,' raadde Henry hem aan om het spelletje mee te spelen.

'Ben ik met je eens. En bovendien zijn mijn vrouw en kinderen al daar vlakbij in een huis getrokken. En papa wordt oud, er zal iemand moeten zijn die voor mijn moeder zorgt.'

'Wil jij dat wel doen?'

'Ik wil niet het niet doen, en voor mij is dat voldoende.'

'Aan de andere kant is het niet zo erg het soort leven dat je ligt. Weer vlees.'

'Bedoel je dat het niet goed genoeg is?'

'Nou, dat is het toch ook niet?'

'Ik ben een goede chef,' zei Jon. 'Zo'n beetje bijna de allerbeste, of daaromtrent.'

'Het zou zonde zijn,' zei Henry. 'En dan bedoel ik niet zonde van de graad die je hebt gehaald. Tenzij je... Peertjes.'

'Uit blik?'

'Wat dacht jij dan?'

'Dan hoef ik ze niet.'

'Je moet.'

Jon zuchtte, at een hapje, vroeg toen om meer vlees en at dat op. 'Hoe zie ik eruit?'

'Beter dan eerst.'

'Want ik wil Laurie niet een hartstilstand bezorgen. Of de kinderen. Tenzij wat, Henry?'

Het duurde even voor Henry begreep wat Jon bedoelde. Toen zei hij: 'Tenzij je ook nog iets anders deed, iets waar je goed in bent, iets waar je een talent voor hebt.'

'Zul jij in Boston zijn?'

'Bedoel je of ik in het huis van mijn oma ga wonen?'

'Kom nou, Henk, je hebt dat huis altijd fijn gevonden. Bovendien is het nu van jou. Bovendien is Boston een goede stad voor een arts.'

'Waarom wil je dat ik daar woon?'

'Ik heb het je al eens verteld maar jij luistert ook nooit met gepaste eerbied naar mij: jij bent mijn beste publiek.'

Toen gaf Henry het op, helemaal. Hij gaf zich gewonnen. En terwijl hij zich onvoorwaardelijk overgaf, zat hij doodstil met zijn ogen op Jon gericht, die niet naar hem kon kijken, op Jon, levend, en halfblind. 'Eet nog wat peertjes,' zei Henry. 'Wat dacht je van lesgeven? Je hebt je diploma's en het restaurant is alleen open in vakantietijd. Waarschijnlijk ben je een geboren leraar. Of je zou een boek kunnen schrijven.'

Jons mond trok in een glimlach. 'Een boek? Hoezo, hierover?' Hij stak zijn arm opzij om te wijzen naar de ziekenzaal, en naar het land eromheen. 'Of over David?'

'Vergelijkende taalstudie?' stelde Henry voor. Dat was maar een middelmatig idee, maar dat kon hem nu niet schelen.

'Hoewel ik een theorie heb. Wil je mijn theorie horen?'

'Nee. Dit is de laatste hap vlees.' Henry zuchtte, duidelijk hoorbaar, en lachte. 'Vooruit dan maar, vertel op.'

'Ik heb nagedacht over hoe oorlogen gebruikt zijn om achteraf een land, dat binnen zijn eigen grenzen door onrust verdeeld is, tot eenheid te brengen. Het was niet alleen de economie die de tweede wereldoorlog gezond heeft gemaakt, als je er goed over nadenkt. Maar op deze oorlog reageert het land niet op die manier, hè?'

'Misschien omdat het niet een echte oorlog is?'

'Hij was voor mij anders nogal behoorlijk echt,' zei Jon en snoerde zo Henry de mond. Hij was het bijna vergeten – hoe had hij dat kunnen doen – hoe het was om met Jon te praten.

'Dat was stom van me,' zei hij.

'Of een goede imitatie,' gaf Jon toe. 'Waar ik over heb liggen denken – en ik weet niet of het wat te betekenen heeft, of zelfs of wat ik denk dat het zou kunnen zijn wel iets is – maar het zou de moeite waard kunnen zijn om over na te denken. Een gelijkenis van dieren op een boerderij misschien. Wat vind jij?'

'Ik geloof dat dat boek al geschreven is.'

'Ik zou het kunnen doen zonder Orwells varkens. De varkens zijn niet van belang.' Jon lachte, en Henry stopte gauw de laatste hap peren in zijn mond. 'Nou goed dan, de varkens zijn wel van belang.'

'Als ik bij je in de buurt ben,' waarschuwde Henry, 'dan zal ik je achter je vodden zitten...'

'Daar reken ik ook op. En in ruil...'

'Gratis eten?'

'Niks gratis eten,' zei Jon. 'Ik heb jou zien eten. Nee, in ruil zal ik dat nog ongeschreven boek aan je opdragen.'

'Dat lijkt me leuk,' zei Henry. 'Voor Henry Chapin Marr,

zonder wie dit boek nooit geschreven zou zijn.'

Jon lachte. 'Voor Henk, die de schade beperkte.'

Henry grinnikte en schudde zijn hoofd, hij ging wat gemakkelijker achteruit zitten met zijn benen gestrekt en glimlachte. Ja, hij zou naar Boston gaan, daar gaan wonen, er werken, dicht bij maar ook weer niet al te dicht bij. 'Goed,' zei hij.

'Wat, goed?'

'Jij hebt dat toch altijd al tegen mij gezegd? Dat ik, aangezien ik mijn leven leven moet, net zo goed kan trachten...' Hij zocht naar de juiste woorden maar kon geen betere vinden dan: 'om het te leven.'

'Heb ik dat gezegd?' vroeg Jon. 'Wat vreselijk goed van mij om dat tegen je te zeggen. Wanneer was dat, Henk? En meende ik dat toen echt?'

Henry begon te lachen, hij kon er niets aan doen, en Jon lachte met hem mee. Henry kon niet meer met lachen ophouden, al dacht hij dat het misschien wel heel onwaardig van hem was, om maar niet te zeggen ongepast, om maar niet te zeggen dat het nou niet bepaald netjes was om daar op die plaats en dat uur te gaan zitten lachen. Maar het kon ook zijn dat dat wel meeviel, dacht hij toen, en al die tijd klonk hun luide lachen door de lange zaal.